U0551454

風雲時代

風雲時代

大漠鵬城

8 荒漠悲歌

大結局

蕭瑟——著

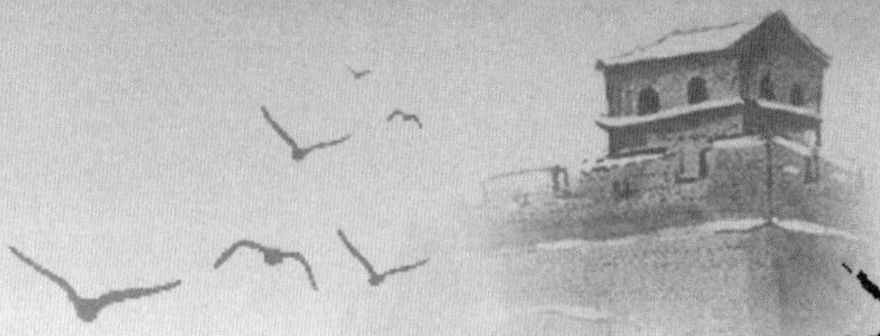

目錄

第一章　神戟凌雲

丹離子見沙子奇在兩個外人面前，將秘門中的秘密盡數洩露出去，直急得冷汗直流，他負責各派之動態情報，居然沒有發現沙子奇早已知道他所負的任務，這事若給門主曉得，必會連他一起處死，治他洩密暴露身分之罪。

丹離子驚得魂飛膽裂，厲聲道：「老沙，你說話可得留意一點！」

沙子奇目中凶光大盛，冷漠地道：「我連殺你都不在乎了，還有什麼事值得我保留！」

秦虹冷冷地道：「不然，你該有所顧忌，秘門暗樁天下之最，我們這四個人當中說不定就是秘門中人，這事若給傳了出去當真非同小可，說不定連我和石砥中的命都白白送上了！」

沙子奇一怔，道：「秦兄這話是什麼意思？」

秦虹目中閃過詭異之色，道：「沒什麼，沙兄，你可以動手了！當心那個老狐狸請了幫手，那時你要守住這點秘密都不可能了！」

沙子奇深覺秦虹話中有點太過玄秘，由於丹離子沒有毀去，時間上不容許他有太多的考慮，他連聲道：「對！秦兄，你請退過一邊，老夫這就出手！」

他大吼一聲，身形凌空躍起來，拔高數尺，右掌倏地一翻，掌勁如山，斜斜劈向丹離子的胸口。

丹離子深知沙子奇的功力在自己之上，長吸一口氣，手中長劍疾迅往外一點，身形連晃三次，在空中連換三個姿勢，一劍向沙子奇的身上劈去。

雙方的動作都是快得出乎意料，只見劍影如雨灑出，掌影如山迭起，在電光火石間，兩人已連換數招，雙方俱是大出殺著，招招都是意料之外的絕手。

丹離子拚出全力擊出七劍，雖然暫時將沙子奇逼退幾步，可是他心裡比誰都還要明白，對方功力深厚，再出幾掌自己準得躺下。

他心中駭懼，揮出一劍後反身躍出，連著奔出五、六步，喘道：「老沙，我們在秘門關見了！」

秦虹這時突然拔起身形一躍而落，指著丹離子道：「秘門之主何等威風，豈有門中之友臨危逃生之人，你身為秘察使，怎可連門主的面子都不顧！」

丹離子一怔，聞言心中大寒，秦虹說得不錯，秘門之友都是臨死不苟之徒，若是這樣逃回去，非讓門主活活劈死不可。

他這時欲走不能，只得冷哼一聲，回身捧劍奔來。

沙子奇雙目圓睜，怒吼道：「丹離子，你的命我要定了！」

一股澎湃的浪潮如山崩地裂般的推了過來，丹離子欲避已經來不及，他怪異地劈出一劍，肩上硬生生中了一掌。

「砰！」丹離子身子陡地飄起，摔落在三丈之外。

「呃！」他低聲慘嗥了一聲，一口鮮血自嘴裡噴出來，灑落滿地，紅點斑斑。

他劇烈地喘了一口氣，道：「老沙，你不要得意，門主馬上會替我報仇！」

沙子奇濃眉一舒，嘿嘿笑道：「那是以後的事了，我現在要的是你的命，殺了你之後沒有誰會知道，也沒有誰會告訴門主！」

他嘿嘿一笑，右掌緩緩抬起，掌勁方待吐出。

秦虹突然將他手臂一抓，冷冷地道：「你要殺人滅口，總得將我和石砥中也一塊毀了，有我們兩個人活著，你的事總會洩露出來，那時……。」

沙子奇只覺手臂一麻，蓄集的掌勁全都沒有辦法發出來。

他心中大駭，回頭冷冷地望著秦虹，道：「你這是幹什麼？」

秦虹臉色一冷，道：「秘門天下秘，寒曲宮中有幾？你是老幾？」

沙子奇神色大變，覺得額上冒出一股晶瑩的汗珠，他凜凜一顫，伸出一隻手比了比，道：「我是老八！」

丹離子也是滿臉詭異的望著秦虹，幾乎不敢相信，他竟也是秘門十二友之一，他急忙也做了一個手勢，那是告訴對方自己排行老幾。

秦虹斜睨他一眼，冷冷地道：「你們都比我小，我是幸運的老七！嘿嘿，門主待你們菲薄，你倆居然敢這樣不將秘門之主放在眼裡！」

沙子奇顫聲道：「七兄，請你……。」

秦虹冷冷地道：「我代表門主將你開除十二友的資格，現在你已非秘門之友，還是那句老話，三天之內，你必須上秘門關去闖一闖。記住，生死全在你自己，誰也沒有辦法救你！」

沙子奇黯然道：「七兄，你何必要小弟去受那種罪！」

秦虹身列十二友中的第七名，所以沙子奇以七兄稱之。

秘門中規矩森嚴，只要互相表露身分，門主必會擇其一而除去，他曉得沙子奇屢犯門規，秘門之主必不會饒恕他。沙子奇雖然有意向他求助，但他卻不敢表明自己的立場，因為他懷疑場中的石砥中，可能也是秘門十二友之一。

這個理由很簡單，因為秘門十二友多互不相識，在自己身邊隨時都有門主手下環伺，只要稍有不慎，便有滅門之禍。

秦虹搖搖頭道：「你不要求我，這事見了門主，你再解釋。」

他冷冷地看了石砥中一眼，道：「我希望閣下在三天之內能赴秘門關一趟，最好是和老沙一起來，你對我們秘門之主有太多的不敬，秘門中人絕不會放過一個輕視門主的狂徒！」

石砥中冷冷地道：「秦虹，我現在才看清楚你的身分！你是兩面人，能夠偽裝自己深藏不露。秘門關之主，在下誓必去相會，那時我可要好好鬥鬥秘門十二友！」

沙子奇急得全身顫抖，道：「石砥中，你不能去！」

石砥中感嘆世人的詭變多計，覺得每個人表面上都裹著一層美麗的外衣，像秦虹這等高手，在人前裝扮得那麼正直，誰又想得到他竟是恨天行的心腹之一呢！

恨天行能駕馭這麼多隱世高手為其奔波於命，可見此人確實是個不簡單的人物，而他又利用十二友間互相猜忌之心，使誰都不敢對門主生出異心，僅從這點上即可看出，門主是何等機心。

他長吸一口氣，沉重地道：「沙老前輩，有許多事不是我們所能躲避得過的，一個人若是知道厄運即將要來，必須要面對現實，設法和命運之神搏鬥。現在這種情形，不去已經不行了，你想想，十二友會放過你我嗎？恐怕我們即使躲過今天也無法躲過明天，寧願我們去找他，也不要讓他來找我們，因為生機往往只出現在那一剎那間……。」

他低沉有如夢幻似的說完之後，冰冷的目光裡，閃出一股令人畏懼的寒光，緩緩逼落在秦虹的臉上。

他冷冷地道：「你回去告訴貴門之主，我回天劍客三天之內必去秘門關一會。」

秦虹嘿嘿一笑，道：「好，我們在秘門關裡見！」

「砥中！」

神手鬼醫幾乎是和樊竹君同時出現，他臉上現出焦急之色，望著石砥中道：「砥中，秘門之事我略有所聞，我希望你不要和這些人打交道。秘門之主心黑手辣，什麼事都做得出來，你去秘門關，無異是惹火燒身！」

石砥中堅決地道：「謝謝老前輩的關心，我心裡自有主張！」

樊竹君眸裡閃出一層淚影，像是失落在冰潭裡一樣。

她全身泛起輕顫，低聲道：「我爹的話不會錯，你又何必要和那秘門十二友結怨呢？我不是看不起你，你實在是惹不起他們！」

石砥中仍搖頭道：「你的好意我很感動，可是我不能因為你這幾句話而改變初衷，你請回去吧，一切全憑天意！」

樊竹君默默含淚退向一邊，她有少女的矜持和自尊，石砥中雖然說得婉轉輕柔，可是在無形中，她覺得自己的感情受到傷害，那是自尊的毀滅……。

秦虹向神手鬼醫笑道：「我那侄兒怎麼樣了？」

神手鬼醫冷冷地道：「你帶他走吧，我們這裡不需要你們這種人！」

秦虹一瞪丹離子，飄身離去。

丹離子躍起身來叫道：「秦兄，我和你一起回秘門關！」

嬝嬝餘聲在空中回盪許久方始散去，這幾個人輕描淡寫的幾句話，引起江湖上無限的波瀾，使得整個江湖都為之震盪。

而一顆巨星正如雲中之燈發著亮光，在秘門十二友中，他發現令他難忘的人，也看見了他的仇人。

× × ×

一切都變得如此匆忙，匆忙的連青苔下的流水也不知載走多少落英，雖然流水聲仍舊那樣清晰……在這三天鬱鬱寡歡的日子裡，石砥中和沙子奇踏上漫長的征途——一個有死無生的秘門關。

秘門關曾經流盡無數英雄的鮮血，這是一個血的沼澤，也是一個亡魂聚集之所，它象徵著邪惡，也象徵著黑道無比的魔力。

一顆殞星曳著尾芒投射到這塊死亡之地，沒有人能攔阻得住他，也沒有人能救得了他，因為那顆殞星已沉溺在一片黑黝黝的血沼裡。

消逝的人影逐漸遠去，空中僅留下淡淡的蹄聲，如夢似幻的擴散開來。

而她樊竹君也像自一場大夢中清醒過來，眼前茫茫一片。

她望著遠去的人影，一片悽情湧滿她的心中。她伸出手，想抓住被流水帶走的夢跡，可是，她又不忍看著她指縫間無情滾去的流水。

而那迢遙的綺夢，僅有這短短數日，在那清澈的溪面上，所留下的僅是清澈的溪水和幾片落葉的緋紅。

美夢如煙無處可尋，這些日子歡樂的痕跡，早在風雨中隨著溪流淡然遠去。

她幽幽嘆了口氣，道：「他終於走了！」

神手鬼醫嗯了一聲，道：「他太倔強了，秘門之主恨天行妒才如惡，他如果爭取不到石砥中，就會將他毀在秘門關！」

「爹！」樊竹君凜然顫抖道：「爹，你好像和秘門關也有什麼關係？」

「唉！」神手鬼醫突然一聲長嘆，冷漠的臉上顯現出激動之色。

他深情地望了愛女一眼，道：「孩子！爹也是秘門十二友之一，如果事情不演變到這一地步，我也不會將身分告訴你。孩子！你年紀還小，有許多事情還不懂！」

「什麼？」樊竹君全身緊張地問道：「爹也是秘門之友，這是不可能的呀！」

神手鬼醫黯然搖搖頭，道：「不錯，爹的確是秘門十二友之一！江湖上詭譎多變，處處都是殺人陷阱，爹只因年輕時走錯一步而陷身於隱世十二邪之中，受恨天行終身駕馭。」

「爹！」樊竹君不解地道：「爹，這是為什麼？你竟會和這些人為伍？爹，你騙我，你不會是那種人，我不要你和秘門中人來往！」

當這個純潔的少女知道自己的父親竟名列黑道十二邪之中時，她少女的美夢立時幻滅了。

在她心裡覺得父親除了看病時有些冷酷外，對任何事都是十分熱心的，哪裡想到，連父親這樣慈祥和藹的人都會和邪惡之徒為伍，這是一樁極不可能的事實，但是父親都承認了。

他承認的話語有如一柄利刃戳進她那顆善良的心裡，純潔的心靈恍如被邪惡沾染上了邪氣，使得她連自己都不敢面對。

於是她哭，她哭她的父親失身於邪道，更為自己不幸有這樣一個父親而哭泣。

神手鬼醫輕輕撫摸著樊竹君頭上的髮絲，嘆息道：「孩子，爹在年輕時和你一樣，只以為世上萬物都是美好的，而不知在這美麗外衣後面，隱藏著無窮的邪惡。當初也正因為這樣，爹自恃無敵的功夫，懷想英雄的歲月，而盲目地走進了秘門關，弄得至今不能自拔……。」

「爹！」樊竹君輕泣道：「秘門之主到底是什麼的人，能將你們這批自傲自大的高手網羅殆盡，並使得你們忠心耿耿！」

「唉！」神手鬼醫輕嘆了口氣，道：「恨天行到底是出自何門何派沒有人曉得，但是他的那身武功卻是羅盡各派中的秘學。舉凡劍道、詩琴、笛畫、醫術無一不精，爹這身醫道便是從他那裡學來的，你只要進入秘門，他必先以武功降服你，然後再傳你一樣功夫，使你終身不得叛離，受他調度一輩子。」

他眼前恍如又看見恨天行手刃叛徒那種凶殘的手法，嚇得全身一顫，暗中倒吸口氣，道：「秘門關又有闖關之人，恨天行必會將我們十二友召集去，我想過不了今天，傳召童子就到了。」

「哦！」樊竹君哦了一聲，道：「爹！你也要去秘門關？」

神手鬼醫嗯了一聲，道：「並非爹爹要去，而是不能不去。我去那裡最多一月，少則半月，你在家裡可不能出去，石砥中這次亂子可鬧大了，說不定爹爹……。」

他下面的話再也說不出口，哽咽之間，目光奇異地望著愛女，彷彿在頃刻間就要生離死別。

那種臉色與口氣十分特殊，這種特殊的感覺使樊竹君心頭一酸，哭得更加厲害，不知不覺想起她逝去的母親。

神手鬼醫黯然嘆氣，又道：「孩子，每當秘門關有大事發生，秘門之主必然將我們十二友輪流召去，或者聚集在一起。並非爹爹願去那種地方，而是門主之命難違，爹如果不去，你我父女逃不出第二天，便會遭到死亡厄運，這是絲毫不能違抗的！」

樊竹君輕輕泣道：「爹，你去吧！如果機會容許的話，請你暗中幫助石砥中一把，不要讓他死在秘門關裡！」

神手鬼醫搖搖頭道：「沒有這個機會，門主那個人太厲害了！」

「咚！咚！咚！」

空中突然響起一連三聲蕩人心弦的沉重鼓聲，這鼓聲沉重如雷，像是苗疆跳月大會中狂舞的鼓擊。

樊竹君只覺心神一緊，愕然望著她父親。

神手鬼醫神色大變，道：「傳召童子來了！」

果然，隨這沉重的鼓音散去，一個全身黑衫的十一、二歲的小童，雙手捧著一柄長劍緩緩行來。

這童子身形一鞠，冷冷地道：「樊雲生，請令嬡回避！」

這十一、二歲的黑衣童子聲音冰冷，有如自萬年雪谷裡吹出來的寒風，幾乎不像是出自一個童子口裡，令人懷疑恨天行怎能將童子訓練成這樣冷酷，其本身之冷酷便可想而知了。

神手鬼醫肅容望著愛女，道：「孩子，你先回屋中等我！」

樊竹君雖然有心要看看這個黑衣童子到底和她父親說些什麼事，可是當她看到父親那種神色凝重與嚴肅的樣子之後，她只好默默往屋子裡走去。

神手鬼醫長長吸了口氣，道：「神童有何吩咐？」

黑衣童子雙手高舉長劍過頂，道：「奉門主之命！傳令秘門十二友樊雲生，在明日午夜之前，向秘門關報到，並將門主所賜之服飾佩戴整齊，親持信令進關！」

神手鬼醫躬身道：「遵命！」

黑衣童子將長劍一收，道：「樊雲生，門主附帶一件小事要我告訴你！」

神手鬼醫問道：「請說，只要老夫能辦得到的，當盡力以赴！」

「好！」黑衣童子嘿嘿一笑，道：「不枉門主栽培你一場，現在門主已至風燭殘年，本身痼疾，非得百年鐵樹之花不能治療。他老人家為了不願將本身所學失傳後世，特在十二友中選擇了你女兒，想要收她作弟子，將她教導成天下第一高手。」

神手鬼醫全身一顫，恍如受到巨雷轟擊一般，一顆顆冷汗冒了出來，滿臉惶恐地道：「這……。」

黑衣童子冷冷地道：「這可是天下難得的福緣，有人想登秘門都還沒有門路，而令嬡一步登天，得門主親傳絕藝，將來前途不可限量。希望你三思而行，莫錯過這百年難逢的福緣呀！」

神手鬼醫這時真是痛苦極了，他知道秘門之主心黑手辣，自己若不答應，將來難免遭受門主唾棄，若是答應，則自己這唯一的愛女便得修習魔功，走入邪道。他深愛著樊竹君，不能讓自己的女兒終日和豺狼為伍，於是，他下定決心，選擇了後者。

他搖搖頭道：「多謝門主厚愛，小女身軀柔弱，不適合練武，而且她淡泊明志，對於武林事更是厭倦。」

黑衣童子冷冷地道：「很好，我會將你的話回稟門主！」

他轉身便走，再也沒有多說一句話。

神手鬼醫心中大寒，黑衣童子回頭冷笑道：「秘門關之會，你得準時赴會！」

× × ×

「秘門關在什麼地方？」

一陣清脆的話聲突然自一排大樹之後傳來，黑衣童子抬頭一看，頓時心中大寒。

一個身穿藍衫的少女冷漠地凝立在樹後，這少女滿頭銀白髮絲，明媚的眸子裡閃出幽怨之色，在潔白的臉上洋溢著一股令人不敢逼視的湛然神儀。

黑衣童子冷冷地道：「你到底是誰？一路跟著本童子幹什麼？」

這少女冷笑道：「我跟著你，看看你都找些什麼人？秘門十二友我見識了七、八個，不知你下去還要找哪些人？」

黑衣童子心中大寒，沒有想到這個銀髮女子如此厲害，竟在暗中跟蹤自己，查訪秘門十二友。他知道洩漏這個秘密的麻煩太大了，這事若給門主知道，自己這條小命準得要丟了。

他目中寒光一閃，怒叱道：「你居然敢蒐集秘門的秘密，十二友中我已去了七家，我不相信你真知道這七人是誰？」

銀髮少女冷冷地道：「你要不要聽聽我告訴你有哪些人？」

「這！」黑衣童子急得全身顫抖，道：「你知道的太多了，也許你是我所見過的最可怕的敵手！」

他輕輕拔出手中長劍，冷冰地道：「在你臨死前，你可以說出你的身分吧！」

這銀髮少女掠了掠額前的髮絲，冷笑道：「東方萍，這個名字對你不會太陌生吧！」

黑衣童子連著倒退兩步，顫道：「白龍湖之主，怪不得你要尋查秘門十二友呢！原來你是秘門之主的世代仇人，嘿嘿！門主對你也很留意，想不到你自己找來了！」

東方萍漠然道：「白龍湖上代主人之死，你主人正是元凶，還有那些幫凶我也查得差不多了。秘門中沒一個好人，在不久將來，我會公布這十二個人的名字。」

神手鬼醫全身泛起一陣顫悚，急切地道：「東方姑娘，你不可這樣！」

要知秘門十二友在門主的駕馭下，做出無數駭人聽聞的事情，江湖上不論黑白兩道，都在明查暗訪那些事情的真相。

江湖上只知道秘門十二友是這些事情的凶手，而不知道十二友到底是那些人。

十二友也儘量掩藏自己的身分，不為外人所知。東方萍一說將於近日公布十二友的名字，他哪能不駭，只要名字洩露，這十二友將沒有一個人能再安身於武林了。

東方萍斜睨神手鬼醫一眼，道：「你現在也知道事情嚴重了嗎？樊雲生，我如不是看在你那個女兒的份上，早就讓這片淨土變為瓦礫了！」

黑衣童子長劍一揮，道：「東方萍，你我水火難容，本童子謹代表秘門之主追索你的殘命。」

他身形向前輕輕一躍，手中長劍陡地顫起幾個劍花，幻化至極的朝東方萍的身上點去。

東方萍斜斜一移，纖手輕輕抬起，舒出一根手指，對著劈來的長劍彈去，勁強的指風如電射出，只聽叮的一聲，黑衣童子抱劍而退。

東方萍淡淡一笑，道：「恨天行只教會了你這手三才劍嗎？」

黑衣童子心中大駭，沒有料到對方目光如此犀利，僅在一招上便看出自己劍法的來歷。

他冷喝一聲，長劍倏地在空中兜一大弧，一招「神戟凌雲」對準東方萍的胸前斜點而去。

這手劍法是黑衣童子融匯各派劍法臨時自創的一招，雖然名曰「神戟凌雲」卻不含回機手法。

東方萍看得一怔，倒是從沒有看過這種招式。她無意將這個年僅十一、二歲的童子傷在掌下，身形輕輕一晃，飄然退了出去。

她淡淡一笑，道：「回去告訴恨天行，總有一天，我要上秘門關去會他，清算一下白龍湖和秘門關之間的恩恩怨怨！」

黑衣童子冷笑道：「我還有臉回去嗎？你連我們的棺材本都摸清楚了，我如何向門主交代！要我回去不難，除非拿了你的人頭走路！」

東方萍見這個童子這樣頑強，倒是頗出她的意料。

她心中微生怒氣，頓時將臉沉了下來，怒叱道：「我有心放你一條生路，想不到你這個孩子這麼不知好歹！好，你要死很簡單，我送你上路太容易了！」

黑衣童子見她神情冰冷，潔白的臉上恍如罩上一層寒霜，他倒是十分識趣，急忙運劍擋身退後兩步。

他斜睨神手鬼醫一眼，道：「樊雲生，本童子命你將這個女子毀了！」

神手鬼醫冷冷地道：「你是以什麼身分施發命令？」

黑衣童子傲然道：「本童子以是門主的傳召童子的身分，特傳符命令你。」

神手鬼醫思前想後，覺得這事情嚴重地關係到自己一生，偷偷看了東方萍一眼。

只見她那微微上翹的嘴角上，含著一絲淡淡的冷酷，頓時有一股惡念湧上他的心頭，忖道：「這個女孩子太可怕了，我如果不動手，將來可能發生難以想像的後果，為了竹君，我只好先毀了她！」

他嘿嘿冷笑道：「姑娘，並非是老夫心狠手辣，只因你對我的事情太清楚了！」

他陰冷地笑了笑，一股濃聚的煞氣霎時布滿臉上。

東方萍看得柳眉輕皺，暗自冷笑不已。

東方萍冷冷地道：「我早就算到你有這一手！樊雲生，你可以儘量動手，白龍湖的功夫，我想你是知道的，你自己先摸清楚自己的分量，瞧瞧是不是我的對手！」

神手鬼醫心中一凜，腦海中電光石火間浮現出上代白龍湖主的絕世武功，那次秘門之主恨天行親自出手，再加上十二友中的一半以上的實力，都未能將白龍湖主毀去，而使得自己這方面死傷幾乎大半，這些事在他腦海中記憶猶新，怎不令神手鬼醫滿心躊躇不敢上前呢？

黑衣童子不知死活地道：「樊雲生，你讓他幾句話就嚇住了！」

東方萍見黑衣童子這般可惡，頓知這個孩子已染上邪道惡習，她有意要給這童子一點顏色瞧瞧，立時露出不屑的笑意。

她輕輕一揮手，叱道：「你這孩子，這麼小就學得這樣壞！」

雖然只是輕描淡寫的輕輕一揮，卻有一股無形的勁道隨手而去。

黑衣童子只覺通體一顫，整個身子連退七、八步，方始穩住將倒的身影。

「呃！」他痛苦地低吟一聲，沒有一絲稚氣的小臉上泛起陣陣痛苦的抽搐，哇的一聲，吐出一口鮮血，畏懼地瞪著東方萍。

這還是東方萍手下留情，否則以他這種人早就躺回老家去了。

黑衣童子顫聲道：「東方萍，你等著瞧，門主會替我報仇！」

他踉蹌向外行去，輕輕抹去嘴角的血漬，發出一連串嘿嘿冷笑，那實在不像是一個幼童憤怒的笑聲。

神手鬼醫黯然低下頭來，胸中的惡念陡地一清，他曉得僅憑對方那一手，自己縱然是四隻手也非人家的對手。

他落寞地長嘆口氣，道：「東方姑娘，你也請吧！」

東方萍輕輕笑道：「我不能進來坐坐嗎？」

神手鬼醫不知她到底是什麼意思，也猜不透她是敵是友，搖頭道：「姑娘，是非只為多開口，你已惹下彌天大禍。傳召童子這一回去，秘門之主隨時會來。」

東方萍冷笑道：「他眼前對付回天劍客都還來不及，哪有時間再來惹我！」

她淒涼地嘆了口氣，道：「樊前輩，秘門有許多事情我還不明白，我希望能向你討教幾個問題！」

「不敢！」神手鬼醫神情一變，道：「討教倒是不敢，只希望姑娘不要再提秘門之事！」

東方萍輕聲道：「我曉得你心早已向善，只是擺脫不了恨天行的糾纏。在秘門十二友中，我見過的，沒有一個不是可殺之輩，包括你在內，罪孽已深植在你們心中，但是你要為你的女兒著想，不要只圖一時苟安，而弄得後果不堪收拾，你如果要保全這個家，我希望你能跟我合作！」

「合作？」神手鬼醫心中一動，問道：「東方姑娘，我不懂你的意思！」

東方萍望了望穹空中的浮雲，道：「我們進屋子裡談好了！」

神手鬼醫急忙肅容讓客，領著東方萍穿過一排花樹，遠遠看到那棟石砥中曾經療傷的屋子。

「爹！」樊竹君在屋裡正等得心焦，見神手鬼醫領著一個女子進來，不覺一愣。

東方萍淡淡一笑，道：「樊姑娘，謝謝你對石砥中的愛護！」

樊竹君怔怔道：「你是他的朋友？」

當她看見東方萍長得這樣美豔之時，她心中那點唯一的希望頓時像一盞枯燈似的熄滅了，連她自己都不知道是為了什麼，只覺心中茫然，連對方的名字都沒有問，便扭頭跑回自己的房間裡，倒在床上默默流淚，昔日的溫馨依舊，遙遠的相思……。

夢遠了，該是醒的時候了！

東方萍望著樊竹君奔去的身影，怔怔地出了一會神，女人的感覺靈敏，她霍然領悟到什麼似的，歉意地笑了笑，緩緩轉過身來，問道：「你是十二友中的老幾？」

神手鬼醫猶豫地道：「我是第十一位。」

東方萍哦了一聲，道：「秘門關十二友之會你可以不必去了，請將你那身門主所賜的法衣交給我，我代你走一趟。」

神手鬼醫嚇得身軀劇烈地一顫，道：「這太危險了！東方姑娘，門主若是看出來，非但是你要丟了性命，連老夫父女都要命喪黃泉！」

東方萍冷靜地道：「這個我知道，你儘管放心，我會將你的聲音與舉止學得惟妙惟肖，何況門主就算發現，他也不會怪你，你可以告訴他，是因為我奪了你的衣服而無法赴會，這件事黑衣童子可以證明，門主雖然聰明也不會懷疑到你的身上。」

「唉！」沉重的嘆息如幻的飄了出來。

神手鬼醫沉重地嘆了口氣，道：「如果你真要這樣一試，我只好和小女找個地方避風頭，只是江湖雖大，又有誰敢收留我們父女呢？」

東方萍暗中意念一閃，道：「你們可以到天龍谷找我爹！」

神手鬼醫長吁口氣，道：「只有這個辦法了！」

他從臥室裡拿出一套長袖黑袍交給東方萍，她急忙穿上，只見長袍上有覆頂，下有裹足，全身沒有一個地方露在外面。

除了東方萍那雙明媚的眸子外，沒有人會看出她是個冒充的高手。

在身前繡著一個「十一」明顯的金字，惟有這個字才能使人分辨出她是屬於十二友中的第幾位。

第二章　秘門六童

秘門關——在黑暗的夜裡靜靜地橫臥著，它像一隻白額金虎一樣，猙獰地現出可怖的面孔，凶殘地揮舞著巨爪，露出兩隻眼睛——那是兩盞遙曳的風燈，暗紅的光華自石壁上隱隱透出，斜照在那條迂迴的山路上。

「噠！噠！噠！」

黑夜裡響起一陣沉重的蹄聲，那是兩匹驃騎在路上奔馳所發出來的，藉著雲層裡星光的銀輝，可看出這兩人曾經過長途跋涉，風沙在他們的臉上留下了沙塵的痕跡。

蹄聲悠然消逝，這兩個人的身手都是那麼的輕靈，人在坐騎上，輕輕一飄便落在地上。

左邊那個人在馬背上輕輕拍了一掌，道：「這就是秘門關！」

那兩個牲口恍如非常善解人意，低鳴一聲，揚起蹄子向黑夜中奔去，去尋覓牠們的夜夢。

右邊那個年輕男子望了望雄踞在半壁上的那棟屋子，臉上露出冷漠的笑意，他伸手摸了摸斜插在背上的長劍，問道：「那是什麼地方？」

左邊那個長髯老人憂鬱地嘆了口氣，道：「追魂宮，秘門之主罪惡的淵藪！」

年輕男子哼了一聲，道：「讓我燒了它！」

「唉！」這個滿面畏懼的老人低聲嘆了口氣，他恍如非常害怕這個地方，心事重重地沉默了一會，道：「我老沙今夜能不能活過明天還不知道，你倒先吹起牛來了，追魂宮建得有如銅牆鐵壁，你要是能把它燒了，恨天行也不會活到今天了！」

年輕男子冷笑道：「你把秘門關看得太厲害了，不論對方有多厲害，我回天劍客石砥中總有辦法不讓你老沙吃一點虧，你假如真有心想脫離秘門十二友，我們現在就闖關！」

沙子奇黯然道：「我現在想回秘門也不行了，丹離子和秦虹都不是好惹的，這事只要門主知道，我這條命八成是活不成了！」

石砥中沒有想到沙子奇在這裡會變得這樣懦弱，他一生之中會遍各派高手，曾經遇上過無數次的難關都沒有畏懼過，每一次他都能克服艱難而度過厄運，可是在秘門關前闖關的一剎那，沙子奇居然這樣洩氣，怎不令這個百折不撓的年輕俠士心寒。

他冷哼一聲，道：「你既然這樣洩氣，當初為什麼不逃走？」

沙子奇陰沉地苦笑道：「門主伏樁遍及天下，我躲到哪裡，都會有人將我的行藏報告給門主。雖能躲過一時，可是一旦門主追蹤而來，我會死得有多悽慘，將沒有人形容得出來！」

石砥中輕輕拍了拍他的肩頭，道：「沙老，你要振作起來！你不管面對任何困難，都要拿出勇氣來應付，因為路是人走出來的，惟有不畏艱難的人才能掙扎著活下去！」

沙子奇搖搖頭道：「我知道，只是十二友中一個比一個強，我可能走不完這茫茫黑夜，便會死在他們手裡！」

「咚！咚！」沉重而扣人心弦的鼓聲，自那山壁上傳來，低沉的響聲衝破黑夜的沉寂，敲進第一個人的心裡。

沙子奇神情一變，道：「門主已經知道我們來了，這是進關鼓，他已允許我們上去，但必須要經過對方的擊鼓，考驗一下我們是否值得他親臨會見！」

石砥中不屑地道：「他的臭排場倒不少！」

沙子奇急得一搖手道：「你說話小心，門主最恨背後說他的人！」

他畏懼地向四處看了看，一碰石砥中道：「闖關吧，你我的命全看今夜了！」

× × ×

漫長的黑夜裡，響起石砥中朗朗的大笑聲，他身形輕靈像幽靈，足尖輕輕點在巨石上，向那斜陡的大壁上撲去。

凝立在崖壁上，他看見有六個黑衣童子各持一柄寒光凜凜的長劍，守在七星方位上，各自凝立一角。

沙子奇神色大變，道：「傳召六童！」

這六個十二、三歲的童子斜舉長劍，懷抱胸前，俱低垂星目，對這撲近的兩人，不聞不見，沙子奇話聲一出，這六個童子突然睜開眼睛，冷酷地望著沙子奇。

居於最前首的那個童子，像是領袖一樣，他陰沉地哈哈笑了一聲，冷漠地道：「老沙，你的會友資格已經取消了，門主有令傳下來，要你在開關之後，接受秘門正法……。」

沙子奇凜然驚顫，道：「門主現在何處？」

那童子冷冷地道：「在追魂宮，目前正在會見十二友。」

沙子奇正容地道：「請你通告門主一聲，我老沙有事上稟，這件事情有待申訴的必要，門主總不能只聽信一面之辭！」

那童子冷笑一聲，道：「你的事情，門主早就知道了，在六詔山上，你已做出大逆不道的事情，門主已通知各友，在追魂宮中要當著群友之面將你正法。」

他冷冷地看了石砥中一眼，道：「閣下就是回天劍客了？」

石砥中沒有看過這樣小的童子，說話竟比大人還要陰沉。那種沉著與冷酷的神情，簡直比一個胸含珠璣、城府極深的混世高手還要老成。

他雙眉緊鎖，忖道：「怪不得恨天行能指揮這麼多的高手呢，原來他連幾個童子都能訓練得這樣陰狠，可見恨天行這個人絕非普通人物。由沙子奇畏懼的神情上，可知這個人不愧是邪道中的翹楚。」

忖念一逝，他冷冷地道：「不錯，你們可以讓路了！」

那童子搖搖頭道：「這是規矩，規矩不能因你而廢，只要你能過了這七星劍陣，自然有人接待你！」

沙子奇上前豎掌道：「我老沙先動手。」

那童子輕叱一聲，道：「你是門主十二友之一，依例可免，這一關可以通過，但下一關可就不行了，也許你的命就要葬送在下一關。」

石砥中將沙子奇輕輕一推，冷笑一聲，身形對著那童子衝去，那童子長劍一斜，劃出一個半弧，身後另外那五個黑衣童子身形同時晃動，揮劍將石砥中困在中間。

劍光顫起，六道人影圍繞石砥中直轉三匝，傳召六童同時一聲輕喝，各自掄起長劍斜劈而出。

石砥中見這六個童子依照七星方位移形揮劍困住自己，不覺十分詫異。對方劍勁極強，招式詭秘，倒也不敢輕視。

他對天下陣法怪譜自小就隨父親寒心秀士學習，一見對方擺出小小的七星陣，不禁冷笑一聲，身形穿過對方擊出的劍光，直撞而去，伸手抓住一個童子的手臂往外摔了出去。

「啪！」這個童子摔出八、九尺，那個七星劍陣因為缺少一個人而大亂。石砥中輕輕揮出一掌，這些童子便收劍暴退，紛紛向黑夜之中逃去。

「嘿！」寧靜的夜空裡，響起一聲冷冰的低喝，只見一道人影像隻大鳥般自山崖上斜斜飄落。

好一個勇猛漢子，身高約有丈二，滿面都是絡腮鬍子，敞開了前胸，露出黑叢叢的長毛，手中拿著一柄開天巨斧，威風凜凜地向石砥中奔來。

沙子奇神情大變，道：「這是守山神賈奎！」

守山神賈奎揮起手中巨斧，露出兩道凶殘的目光，咧著嘴呵呵大笑。他高大的身形與可懼的面容，使石砥中心中大駭，不覺倒退了一步。

賈奎沉聲大吼道：「老沙，你的膽子好大！」

沙子奇身形斜斜一飄，道：「賈兄，你要幹什麼？」

賈奎低頭望著顫悚的沙子奇，兩隻銅鈴似的眼睛恍如要噴出火來一樣。他一揚手中巨斧，道：「我奉門主之命，要將你送回姥姥家！」

沙子奇在這個守山神面前，像小孩子一樣渺小，在氣勢上他已輸了一籌，心中猛打寒顫，居然不敢出手。

他輕聲對石砥中道：「這個大個子我惹不起，你出手吧！」

回天劍客石砥中自出江湖以來，還沒有看過這樣雄偉身軀的人，守山神賈奎手中巨斧約有面盆般大，他知道這種人力大無窮，天生神力，他伸手掣出斜插在背上的金鵬墨劍，一道寒顫的光輝脫鞘而出，濛濛的劍氣如水布起。

他沉聲道：「賈奎，老沙這場交給我了！」

守山神賈奎緩緩轉過頭來，可懼的面孔像個大頭鬼，他伸手抓了抓頭上蓬亂的長髮，呵呵笑道：「傳說你石砥中力能回天，我賈奎若不是終日守在山上，早就找你比試了。嘿！江湖雖大，要與我賈奎能成對手的到底能有幾人，你這小子長得好像娘兒們，等會兒動手可不能讓我失望啊！」

石砥中冷冷地道：「你這個空殼子，不知你娘怎麼養出你來的，個子那麼大，口氣也不小！」

他有意將這個身材雄偉的賈奎激怒，嘴裡頓時尖酸起來，直罵得賈奎暴跳如雷。

守山神賈奎大吼一聲，喝道：「好小子，你居然敢罵我！」

他天生神力，怒吼一聲之後，手中巨斧陡地斜揮而起，在空中連續劈出六道斧影，兩丈之內全然罩在巨斧之下，端的是個厲害角色。

回天劍客石砥中心中一寒，沉重地長長吸了口氣，迎著對方擊出的斧影，輕靈幻化劈出一劍。

「叮！」斧劍相交，發出一聲清脆響聲，激射而起的火星，射濺灑出。

回天劍客石砥中只覺手臂劇烈一震，居然被對方震退幾步，而守山神卻絲毫沒有移動半步。這種從未聞見過的事，不禁使石砥中一呆，怎麼也不會相信這個大漢的臂力竟是如此驚人。

守山神賈奎哈哈大笑，道：「不錯，你的力氣不小！」

石砥中此時暗忖和這種天生神力的人不可力敵，他心念電轉，腦海之中陡地湧起一個念頭。

他忖思道：「真想不到一個守山神賈奎已經這樣難鬥，那秘門之主的功力豈不更是厲害無比，我得速戰速決，這樣耗下去對我太不利了。」

他長吸一口氣，神劍斜舉，暗中將全身勁力聚集在劍刃之上，一股流灩的光華自劍身逼射而出，森寒的劍氣颯飄而起。

守山神賈奎一呆，道：「小子，你的長劍還會放光……。」

他如雷似的大吼一聲，掄起大斧對著回天劍客石砥中的胸前劈來。

這一斧是他全身氣勁所聚，只見斧影突斂，一股強勁的尖銳響聲，霎時布滿空中。

石砥中目注對方這種威脅，暗中冷笑一聲，他突然一聲大喝，一股劍光沖天而起，自那削出的劍刃上湧起一層繚繞的青霧，冷颯的劍氣瀰漫而起，周圍立時罩滿一層寒氣。

在晃動的劍影裡，只聽石砥中沉喝道：「看劍！」

他巨目圓睜，髮鬚直立，大喝聲中，劍尖揚起無數的寒芒，一個蕈狀的光圈朝著守山神賈奎的頭上罩去。

沙子奇顫聲道：「劍罡！」

守山神賈奎心魂俱喪，嚇得大叫一聲，迎著長劍連續劈出七斧，身軀卻如棉絮般的飄了出去。

回天劍客石砥中長嘯一聲，手中長劍有如附骨之蛆，逐身之蠅，劍尖凝聚著劍罡，寒芒突漲，躡空掠起，「嗤嗤」劍氣聲中，朝守山神賈奎星射而去。

「呃！」鬱雷似的痛哼和一陣截鐵斷金之聲響過，那柄銳利的巨斧立時被石砥中手中神劍震得寸斷而碎。

守山神賈奎大叫一聲，翻身栽倒地上，死於血泊之中。

沙子奇顫聲道：「你殺了守山神！」

石砥中凜然笑道：「這才是開始，守山神賈奎在這裡不知害死過多少人，我只是替天行道……秘門中人沒有一個是好東西，多殺幾個也不為過！」

沙子奇搖搖頭道：「這個禍你可闖大了，秘門關守關之人，都是門主的心腹，門主記仇心最深，你我都不要想活了！」

石砥中冷笑道：「我來這裡就沒有打算活著回去，你如果怕與我為伍，現在退出還來得及，我不信正義鬥不過邪惡！」

「咚！」一聲如雷的鼓聲散逝於空中，那震動心弦的鼓聲像悶雷般的敲醒黑夜，給這淒涼的寒夜增添森寒的冷清，使得秘門關更可怕了。

一蓬藍光脫空射入穹蒼，藍色的火焰升在白雲間，突然暴散開來，化作點點寒星，落在漆黑的夜裡……。

沙子奇畏懼地道：「門主到了！」

數盞大紅的風燈在風中搖曳，向這裡慢慢行來。那提燈的是六個傳召童子，他們手提大紅風燈在前開路，步伐整齊，除了沙沙的腳步聲外什麼也聽不見。

在這六個黑衣童子之後，緊跟著一排黑衣蒙面的漢子，這些漢子除了露出冷森的目光外，俱沒有一絲表情，唯一可辨認的是他們胸前各繡了一個數字，那是代表他們的排行與身分。

這是秘門十二友。

秘門十二友各在兩旁散開，一頂紅轎如飛奔來，在那轎子裡端坐著一個冷酷無情的黑面老人。

這老人一現，黑衣童子和秘門十二友同時躬身道：「門主親臨！」

秘門之主恨天行陰冷地一笑，輕輕一揮手，扛轎立時一停，他緩緩走了出來，有人急忙端出一把椅子讓他坐下。

這個煞星能夠領袖群邪，自有其不可忽視的力量，他始終沒有說一句話，只是冷冷地環視場中一匝。

沙子奇暗中打了個寒顫，只覺全身發軟，他雙膝一跪，顫聲道：「門主！」

恨天行冷冷地看了他一眼，向身後一揮手，道：「帶他下去！」

兩個黑衣蒙面人輕靈地閃身出來，伸手就往沙子奇的身上抓去。

沙子奇知道這一去準死無疑，大吼道：「放手！」

恨天行冰冷地一笑，道：「你要和我動手嗎？」

沙子奇搖搖頭道：「屬下不敢，只是門主遇事不察，沒有將真相弄明白便定老夫死罪，這個實在難以令我心服。」

恨天行冷笑道：「你早有叛我之心，這事不須再多說明，我知道你心中還存萬一之想，也好，我就給你這個機會！」

沙子奇急忙站起身來，道：「謝門主法外開恩！」

恨天行冷哼一聲，目光緩緩掃過倒臥在血泊中的賈奎身上，淡淡地一點頭，恍如沒有發生過這件事情一樣。

他向石砥中冷冷一笑，道：「你便是那個鵬城之主嗎？」

石砥中漠然冷哼一聲，道：「不錯，你大概便是秘門之主吧！」

「嘿！」恨天行嘿嘿一笑，道：「好高傲的年輕人，我姓恨的領袖武林四十年，還沒遇上像你這樣的人物，單憑你這種氣魄值得和你認識一場。」

他輕輕一揮手，道：「敬酒！」

只見自迂迴的山路口彷彿出現三個臨塵的仙子，三個明媚的少女一個比一個豔麗，各自端著酒向這裡奔來。

× × ×

稀疏的寒星高掛穹空，散發清瑩的光華，像幾個小精靈對著漫漫長夜眨動眼睛，山間颳起的冷風，悄悄訴說著黑夜的神秘。

暗夜裡，輕輕靈靈地飄來三個全身粉紅色羅衫的美豔少女，風輕輕地掀起她們的裙角，那會說話的眸子、閃亮的黑眼珠以及秀挺的鼻子，還有輕輕翕動的紅色嘴唇，顯示出這三個美麗的少女出塵的豔媚。

在她們那纖纖潔白的玉掌裡，各自端著一個白玉杯，恭敬地獻給恨天行、沙子奇還有豐朗如神的回天劍客石砥中。

閒閒散散的，恨天行高高舉起酒杯，嘿嘿笑道：「這是生死酒，喝下這杯生死酒，你倆也許再也看不見明天的太陽了……。」

冰冷的語聲，居然含有無比的殺意。

他悠悠閒閒舉起杯子，淡淡地將滿滿一杯酒輕鬆地喝下去，然後又將酒杯交給那個少女。

回天劍客石砥中冷冷地笑了笑，他那豐朗的面上罩上一層令人畏懼的煞意。

他輕鬆的望了望黑夜裡沉寂的長空，嘴角上閃現出一絲落寞的笑容，淡淡地道：「也許，明天是個陰霾的天氣，我也許看不見晨曦的美麗，而你……哈哈！可能連晨間的大霧都看不見！」

「砰！」

一聲巨響傳來，將回天劍客石砥中的思緒整個敲碎了。

他輕鬆地回過頭去，只見沙子奇全身泛起劇烈的顫抖，面容有如死灰瞪著地上那碎裂的酒杯，酒汁噴濺在地上，醇厚的酒香和著夜風飄散出去。

石砥中淡淡地笑了笑，道：「老朋友，對酒當歌，人生幾何……你怎麼不喝下這杯酒呢？」

他像是沒事一樣一飲而盡，輕鬆地向沙子奇扮了一個鬼臉。

沙子奇心中一沉，冷汗簌簌地自額角上滴落下來，一種面臨死亡的恐怖之色在他臉上顯露出來。

他顫抖地搖了搖身子，喃喃道：「對酒當歌，人生幾何……唉！我……。」

秘門之主恨天行嘿嘿一聲冷笑，道：「逆友，秘門十二友今夜要除去一個了！念你在秘門中曾有功績，不當場處決你，現在你隨我先去追魂宮，等待擺香堂，再論死罪！」

沙子奇低聲嘆了口氣，道：「門主若以香堂論是非，我老沙死無怨言！」

他這時已知求生無望，只求一個痛快的死法，免去那遠非常人所能忍受的幾種厲害刑罰，所以欣然答應在香祝之前死去，而免得被秘門之主親手殺了自己。

秘門之主恨天行目光輕輕一瞥，斜睨石砥中一眼，冷冷地道：「我們的事，等會再談。現在我們要先處理點家務事，希望閣下自重，不要插手管到別人頭上的事。你是我這裡的貴賓，不妨也請你去觀摩一番我對背叛者所給予的處罰。」

石砥中也知道同道上的規矩，對方既然已經擺明了，他自然不能再插手管這件事，只是他必須要先徵求沙子奇的意見，如果沙子奇自甘接受對方審判，他也只好撒手不管了。

他冷漠地笑了笑，道：「沙老，你的意思如何？」

沙子奇神情緊張，道：「門主對我老沙已經夠寬大了！石老弟，這事你不要再管，在香堂之前，我還有申訴的機會。」

恨天行一揮手，道：「行，我們回追魂宮！」

第三章　香堂論罪

月黑，風高。

天上有大片的烏雲，夜色朦朧，一條溪流嗚咽而過，彷彿繞在腳底。爬過一條陡峭的石壁，眼前是一片平臺，風在頭頂呼嘯而過，冷月還沒鑽出雲頭，遠處閃起兩盞閃爍的燈光，有如九幽的鬼火，使黑夜顯得更加恐怖。

在追魂宮的大廳裡，燃起了三、五十根松油火炬，把整個大廳映照得通亮，除了松油火炬辟啪作響，大廳裡連一點聲音都沒有……。

秘門十二友迅速地排在兩旁，走向一方約莫一丈長、三尺寬的石桌前。恨天行黑髯輕輕拂動，身穿長袍馬褂，腳穿草鞋，平伸右手，五指輕輕地敲在桌面上，發出一連串得得的聲響。

他冷漠地凝立在石桌右側，以君臨天下之姿傲然昂立，雙目冷酷地凝視虛空，嘴角上掛著一抹冷笑。

自大廳左側緩緩走出六個大漢，排頭的那個黑衣漢子，雙手捧著一座神龕，他將神龕恭放在石桌上。

霎時，五彩的布幡與七彩的簾幕在大廳中飄揚，一對粗約人臂的大紅燭高高燃燒，紫銅爐裡香菸繚繞。在石桌後，一列五個神位，上面寫著秘門五祖的名字。

佇立在兩旁的漢子俱躬身垂立，仰望桌上的神位。

恨天行身子輕輕移動，他親自上香、長揖、磕頭，隨在他身後的那些漢子俱隨著恨天行跪了下去。

僅有石砥中沒有跪下，他冷漠地望著這種場面，臉上沒有一絲表情。

在他腦海裡卻突然湧現無限的思緒，忖道：「秘門之主果然不是個簡單的人物，僅從這種排場上，即可看出這個人雄心大展，顯示出超人的才幹。」

當他斜睨跪在地上的沙子奇一眼後，他的心神突然一顫，只見沙子奇神情倉皇，全身微微地顫抖，像是遭到雷殛一樣的絕望與恐怖。

「黑旗大管事！」恨天行突然道：「拿本門主的追魂劍來。」

一個滿臉虯髯的漢子，手中捧著一柄古銅色的寶劍走上法壇。

恨天行輕輕一掣長劍，錚的一聲暴響，一道青濛濛的劍氣瀰空布起。森寒的劍光在空中連揮數次，將那斜插在壁間的火炬跳動的火焰都逼得一黯。

陡地，各人嘴唇顫動，字字鏗鏗有力，整個大廳的人俱唱起「山門令條」：「秘門關上群英會，一片丹心賜英雄！自古英雄重忠義，秘門五祖神在位，斬盡天下叛離人……。」

唱罷，黑旗大管事上前大跨一步，低沉有力贊了一聲禮，道：「請門主拈香！」

他急忙上前走了兩步，在大紅燭上再拈燃三炷香，雙手捧獻到秘門之主恨天行的手上，黑旗大管事這時開始宣會了。

他怨毒地瞪了沙子奇一眼，道：「一炷信香透天廷，聯盟結義十二兄，當初飲血宣盟誓，今按血盟懲元凶，自今十二少一友，先毀老沙謝天廷……。」

沙子奇神情遽爾大變，絕望地發出一聲長嘆，他乞憐地望著黑旗大管事，哪知對方也正怒目瞪視他，沙子奇全身簌簌顫抖，雙目之中泛現一片淚影。

黑旗大管事唸完了宣令之後，立刻倒退四步，緩緩回到排頭的位置。

此刻所有的人俱都凝立不動，惟有沙子奇一個人跪在秘門五祖的神位前，連吭都不敢吭出一聲，默默地在神祖之前祝禱一番後，才緩緩地抬起頭來。

「左右侍立！」

黑旗大管事聲音甫落，自廳外突然走進來兩個身罩紅袍的漢子，手上各執一柄霍霍閃閃的鬼頭刀，像哼哈二將一般，兩個執法劊子手異口同聲應和著。

沙子奇呃了一聲，顫道：「門主！」

他腳步踉蹌向前奔出幾步，跑到秘門之主恨天行的面前，噗通一聲，雙膝跪倒在地，顫顫地道：「門主，你不給我老沙申訴的機會！」

恨天行冷漠的臉上沒有一絲人性的溫暖之色，他冰冷地望著腳前的沙子奇，竟連一點僅有的表示都沒有。

沙子奇心神大顫，恍如遭受一柄銳刃片片割裂一樣，茫然的眼神裡湧出一股恨意，道：「我們結義之時，門主曾說過，秘門十二友中，只要有人犯下山門令條，都給予一次申訴的機會，你今天為什麼不給我機會，是不是非要我死？如果你真心要我死，也不要拿開香堂的美名欺騙我，乾脆給我一刀痛快！」

「沙子奇！」恨天行冷冷地道：「你認為申訴就可以將你從鬼門關救回來嗎？」

「我倒不敢有這種想法。」沙子奇冷笑道：「只是我在生死間掙扎，既然有這種機會，我老沙自然得爭取這唯一不死的一線生機。你如果真如山門令條所說的那樣重義氣，這個機會便不能不給我！」

「好，我給你！」

恨天行臉上的殺機陡地變濃，冷寒如刃的目光，迅速在場中各個人的臉上看了一眼，仰首望天，沉思一會，冷冷地道：「申訴只有一次，你思量著辦吧！」

劇烈地顫抖了一下，沙子奇堅決道：「我知道，是非自有公論，如果大家認為我罪該一死，我老沙哪怕是屍落寒潭，也不多放個屁！」

恨天行斜睨黑旗大管事一眼，道：「讓他申訴！」

黑旗大管事雙手拈了三根信香，交給沙子奇。

沙子奇雙手捧著信香，恭恭敬敬地獻進繚繞的紫銅小香爐裡。

沙子奇神情莊嚴道：「五祖在上，我沙子奇已身落秘門祖位之前，說話絕無半句虛言，若心有不正，願遭雷神劈靈！」

他冷漠地回過身來，望了黑旗大管事一眼，道：「你可以執問了。」

「沙子奇！」黑旗大管事長長地吸了口氣，道：「你也是好生生的兄弟，硬錚錚的好漢，想不到今天有兄弟大義滅親，告你犯下秘門山令三大罪條。」

沙子奇冷冷地道：「哪三條？」

黑旗大管事鏗然道：「一是見利忘義，連門主都不放在眼裡。僅背叛門主一罪，已足夠治你死罪，這一條是不是有辯白？」

沙子奇滿面怒容道：「我對秘門忠心耿耿，當年也曾立下不少汗馬功勞，如果我真有心背叛，今天恐怕你們也不會在這裡了。」

黑旗大管事冷笑道：「人證在此，你還有什麼話可說？」

沙子奇怒氣衝衝叱道：「丹離子和秦虹都和我有深厚的私怨，他們借題發揮，在門主之前故意說我的壞話，欲將我毀在這裡，這事有目共睹，你大管事怎麼也不多想想！」

他全身衣袍簌簌抖動，隆隆鼓起，目光如火，頷下長髯根根飄動，瞪視那十二友各個人一眼，道：「嘿！丹離子和秦虹給我出來！」

「住嘴！」黑旗大管事一聲暴喝，身形陡地飄了過來，伸出巨掌，重重地摑了沙子奇一個大巴掌。

他滿面憤怒地道：「老沙，你身為秘門十二友，怎麼連門主的親令都忘了！十二友身分秘密異常，你怎可將他倆人的名字輕易公開道出，單是此一點，你已失去申訴的機會了。」

五道紅紅指痕印在沙子奇的臉上，他痛得全身劇烈地一顫，冷汗自頭頂上直冒出來。

剛才只因一時憤怒，而忘了秘門十二友的身分是不許公開的，竟直截了當直接呼出秦虹和丹離子的名字。這是秘門大忌，自己既然身犯大忌，要想活著走出秘門關已經不可能了。

黑旗大管事無異已經宣判了他的死罪，他就是再多辯白都沒有人會同情他了。

他黯然長嘆一口氣，道：「我錯了！」

黑旗大管事冷冷地道：「這是你自己找死，沒有人能救得了你！沙子奇，如果你沒有異議的話，本管事要宣布了……。」

沙子奇絕望地道：「小弟知罪，罪該萬死，但憑大哥按律發落。」

黑旗大管事聽他這麼一說，不由一怔，沒有料到這個一跺腳能使四海顫動的一代高手居然會突然改變口氣。

他緊接著再問一句，道：「沙子奇，你曉得你所犯的條律，該當何罪？」

沙子奇恍如中了邪魔一樣，連聲道：「兄弟該死，該死……。」

「唉！」黑旗大管事雖然外表冷酷沒有一絲情感，可是他和沙子奇相交多年，心裡還有一絲情誼，這時一見老沙直認不諱，黯然發出一聲長嘆，道：「沙子奇，大哥是按秘門山令治你的罪，你心裡如果不服，不妨先說出來。」

他這時心裡突然升起一絲憐憫之情，只恨不能用話點醒對方。回過頭去，望了望五祖神位，又掃視場中所有的弟兄一眼，心中的感觸使得他連連搖頭。

沙子奇這時一挺前胸，道：「小弟死而無怨。」

回天劍客石砥中心中一愣，猜測不出沙子奇為何會突然這樣軟弱起來，連申訴的一線生機都不爭取，他焦急地道：「老沙，你真要死？」

恨天行神情略變，喝道：「你是外人，希望不要攪和我們兄弟之間的事情！」

石砥中冷冷地道：「這雖然是你們的家務事，但如果受罰者心中不存死念，我回天劍客石砥中本著江湖道義，也不能讓一個心中充滿求生欲望的人這樣死去。」

整個大廳的人都怔住了，俱沒有想到回天劍客石砥中竟敢公然攪亂各派視為最神聖的香堂大典。

十二友同時清叱數聲，俱含怒向石砥中身前逼來。

石砥中雖然看不見這些人的面貌所表現出的憤怒，但從這群高手目中所湧出的怒火，他已知道自己觸動眾怒。

石砥中神色坦然道：「你們誰要不服，我石砥中隨時候教！」

恨天行不愧是領袖一方的霸主，他陰沉地笑了笑，輕輕揮了揮手，秘門十二友俱含憤退了回去。

他冷笑一聲，道：「閣下如果不講江湖道義，雖然我本沒有殺你的意思，但現在……嘿……這裡的事情只要了結，閣下將是第二個送死的人。香堂神聖，五祖在位，我不能因一時不忍，而在列祖之前和你動手，只是這事的後果，我想你比我還要清楚……。」

石砥中冷笑道：「後果如何？讓事實來證明吧！我石砥中敢獨身前來秘門關，就沒有將後果放在心上，閣下還是不要拿這一套來嚇唬我石砥中……。」

「好！」恨天行嘿嘿笑道：「有種，有種！我恨天行算是交到一個朋友，僅憑你這份膽識已足可列為一等的英雄。」

他目光一寒，對黑旗大管事道：「繼續開堂！」

黑旗大管事問沙子奇道：「你如沒有話說，本管事就按律宣判了！」

沙子奇朝石砥中瞥了一眼，道：「老弟，你的好意我心領了，不要再為我出頭，在這一剎那，我突然覺得身上罪孽太多，像是有無數的厲鬼纏繞在我身邊，這也許是因為我殺人太多，現在我能這樣死去，正可使我良心上的罪惡感減輕一點……。」

人之將死，其言也善。沙子奇一生詭譎，做過不少滿手血腥的事情，雖然石砥中有心救這個遷惡向善的老人，可是對方卻心懷死意，在道義上他已是愛莫能助。

石砥中急道：「你只要有生的欲念，我拚命也不讓你死去！」

「晚了！」沙子奇熱淚滾滾流下，激動地道：「太晚了，我雖然能勉強活下去，可是我的良心卻不容我活著。老弟，你還記得寒玉金釵的事情嗎？我不是真心要造就你成為天下第一高手，而是想借你的力量達到我本身的需求。往後希望你不要輕易接受別人給你的好處，那個人背後也許另有什麼陰謀企圖。現在請你默默地為我送終，不要難過流淚，因為我不是個值得懷念的人！」

一股心酸湧上石砥中的心頭，他只覺得眼前茫茫一片，恍如陷入人生的迷霧裡。他失去了一切的憑藉，像片浮葉似的在空中輕輕盤旋，因為他所信賴的人心與道義在這一剎那間完全崩潰了，崩潰得使他幾乎不敢相信這是事實。

沙子奇這時一昂頭，道：「大管事，是宣布的時候了！」

黑旗大管事緩緩低下頭去，彷彿不忍正視眼前這個多年相處的夥伴，一種無言的辛酸在他嘴角上牽動著。

他長嘆一口氣，揮手道：「唱送禮……。」

霎時，大廳震動，所有的人都唱了起來！

「齊哀伯樂義氣長，中途結拜叩上蒼，義兄今哀刑上死，萬古流傳第一香！」

這一唱，沙子奇的刑罰算是判定了。

沙子奇神情泰然地向黑旗大管事一拱手，他故作鎮定地笑了笑，用一種恍如夢幻似的聲音道：「執法大管事，請了……。」

「請了，請了！」

一連串震盪心弦的聲音在大廳中迴繞，那兩個手持鬼頭刀的紅袍大漢，向列祖神位之前一舉刀，在神位之前輕輕掀起一道石板，底下是黑黝黝的一個大深洞，傳出急湍的流水聲。

一股幽風自底下吹上來，使整個廳中的人不由自主直凜凜一顫，心與血液陡然凝結在一起。

沙子奇望著那個黑幽幽的大深洞，臉上泛起一連串劇烈的抽搐，沉思了一會，背後響起黑旗大管事的聲音道：「三頭點地，叩神祖……。」

沙子奇直挺挺地站立著，臉上蒼白得比死神還要恐怖。他雙膝一跪，突然對著香案口的五位神祖恭恭敬敬地叩了三個頭，然後起身朝秘門之主恨天行恭手一禮。

這隆重的禮節是江湖上結義與幫主登位之時所用的，不論黑白兩道，只要遇上這種場面，都得肅容恭立一旁，石砥中雖然和這些人轉眼之後就要兵戎相見，但這時也不由肅默凝立，臉上也是一片莊嚴。

靜悄悄的連一點兒聲音都沒有，排列成行的兩隊人無聲無息中輕緩的移動。腳陣移向光影和黑暗接壤之處，兩行隊伍逐漸變成一行，在沙子奇與香案之間隔開一條人牆，惟有恨天行依舊斜倚在石桌右邊，像個化石似的連動都不動一下。

沒有一絲聲音，連劈啪的松炬燃燒聲都不知溜向何處。

筆直挺立的沙子奇，這時雙目閃射出兩股精光，恍如兩道要穿射而出的利刃，緊緊投落在恨天行的臉上。

沙子奇的嘴唇輕輕嚅動，嚅動得像是在扭曲……。

良久，他才迸出兩個低沉有力的字，道：「門主！」

恨天行全身劇烈顫抖，苦澀地道：「老朋友！」

這低啞的聲音連恨天行都不知道為什麼，只因對方湛然的目光使人心底生寒，好不令人心悸，急忙扭頭將目光移向右側。

「門主！」沙子奇低呃一聲，道：「請你送我上路吧！」

這是執刑時的規矩，依舊規矩，死者有要求場中任何人相伴的權利，不論對方地位何等崇高，只要死者開口，任何人都沒有拒絕或違拂的理由。

「老沙！」恨天行嗯了一聲，道：「我送你，不要猶豫了，我送你……。」

沙子奇昂然向前大步跨出，繞著大廳行去。

他每行一步，恨天行便緊跟一步，接著，那位黑旗大管事也走上前去跟上一步，那一行十二友隨著移動……。

數十雙薄刃似的靴底輕輕踩在地面上，響起了一連串規則的聲音，「沙沙」的聲響震起一波回音。

松油火炬的光影將大廳中映照起一大片光暈，光影與人組合成一幅極不協調的畫面，每一個人的眼神中都閃著一股淒涼的悲情……。

突然，沙子奇的身子一個踉蹌，幾乎要仆倒在地上，黑旗大管事趕緊向前輕輕扶了他一把，道：「兄弟，小心點！」

漸漸的，沙子奇的身子又開始向前移動，動作非常緩慢，像是十分老邁，拚盡最後一絲力氣向前拖曳，走得非常艱困……。

火光照在他的臉上，蒼白中透出一種臨死前哀懼的神情，他回頭凝視黑旗大管事一眼，道：「大哥！」

他的聲音變得那樣溫柔，溫柔得像是一個多年不見的老朋友，也像是在隆冬裡忽然吹來一陣溫暖的和風，讓大家心裡有如銳刃割刺般的難受。

黑旗大管事似乎震愕了，停下身來在這個道友的臉上凝視一眼，他的雙目溼濡，兩滴眼淚掉落下來。

他嗓門有些沙啞，道：「兄弟，我會給你燒香，送盤纏……。」

「謝了，謝了！」沙子奇以一種夢幻般的聲音道：「人惟有在死前才能將感情發洩出來！」

黑旗大管事的心神劇烈驚顫，恍如中了無形之掌一樣，他嘴唇輕輕顫動，連一句都沒有吐出來。

沙子奇豪邁地一聲大笑，道：「你不要說，我知道你也有靈性！」火光輕輕顫動，莊嚴的行列繞場三匝，沙子奇在走這最後一匝的剎那，竟出奇的平靜，等他走到那黑黝黝的大深洞的前面時，彷彿全身一震，望了那兩個身穿紅袍的漢子一眼，倏地煞止身形。

黑旗大管事上前兩步，和沙子奇並肩站立。

他這時目光冰冷，沒有一絲感情，道：「老沙，請自愛……。」

沙子奇緩慢的側過臉去，一絲苦笑浮現在他臉上。

他濃眉聳動，一字一字迸出道：「我知道……。」

他目光瞥見遠處凝立在那裡的石砥中一眼，大聲呼道：「石老弟，我先走一步了！」

石砥中目眶盡溼，顫道：「你……。」

沙子奇突然轉身朝各人深長的一揖，那是最後的答謝禮。

他回身輕輕一縱，頭下腳上，對著那個黑黝的大深洞躍了下去。

「哇！」

一聲奪人心魄的淒厲大喊，劃過空蕩的大廳嗡嗡作響，所有的人都讓這一幕慘景震愕住了。

第四章 一代魔頭

幽冥的大廳裡，居然沒有任何人發出聲音，俱黯然望著那個黑黝的大洞口，裡面這時正有一股血腥味衝上來，森森的陰風飄起……。

黑旗大管事苦澀地道：「他死了！」

聲音很低，彷彿是來自九幽的嘆息，傳播出沙子奇的死訊。

他們雖然都是邪道上殺人不見血的魔頭，但當看見自己同伴這樣無聲無息地死去時，心裡也不禁泛起一股傷感，那是因為失去一個同類而傷感。

恨天行冷漠的臉上自始至終沒有綻現出一絲表情，這時他忽然狂笑了起來，這陣笑聲像一支銳利的長箭射進每一個人的心裡，他們恍如聽見一陣哀嚎般的難過，也為自己的不幸感到悲傷。

他輕輕拍了一下手掌，道：「好了，現在請大管事超度亡魂！」

黑旗大管事茫然抬起頭來，詫異地望著這個沾滿血腥的一代魔宗，他不解秘門之主何以會突然生出憐憫之情，而有意將死去的沙子奇靈魂超度去西天。難道他也有一份惻隱之心，還是在那張冷酷的臉龐後面也隱藏著人類的靈性？

黑旗大管事輕輕拍了拍手，清脆的掌聲傳遍整個寂靜的大廳，絲絲縷縷的餘音，迴盪在每一個人的心裡。

他高聲道：「祭靈……。」

自左側的小門裡，緩緩走出四個童子，手中俱捧著三炷信香，還有一疊紙錢。

一個如令箭的三角形紙引，上面寫著「沙子奇之位」五個黑字，由那兩個身著紅袍的大漢捧著，輕輕放在那個追魂喪命的洞穴口前。

黑旗大管事大喝道：「上香！」

恨天行首先走了過來，捻起三根香，在沙子奇靈前三揖，然後插進了一泥塑的小香鼎裡。他默默凝視了靈位一會，嘴唇輕輕翕動，像是在對死者默禱，然後才悄悄地又回到原位。

一行人依序為沙子奇進香，大家的眼光都很奇特，沒有一個人的眼睛不露出迷茫又悲悽的神色。

感情是很奇怪的東西，在生前，恨不得咒咀他快一點死去，當那個被咒咀的人真正死去的時候，又會覺得這個人不該就這樣死去，所以說感情是最難以捉摸。

黑旗大管事沉聲道：「送靈上天，亡魂超度！」

這四個童子拋灑出冥紙錫箔，霎時燃燒起來。

熊熊的火焰在眾人的眼前跳動著，彷彿有一個幽靈從那火焰裡躍起，隨著騰起的灰燼升上雲空，逐漸遠去……。

陡地，一縷淒涼的簫聲繚繞而起，清澈地響在每個人的耳際。

縷縷如絲的簫聲，像是一個哀泣的孤子，每個震盪的音符都隱藏著無形的血淚，使得在場所有的人心中一酸，不覺回想起自己親人死去時的慘象。

簫聲如泣如訴，嬝嬝地消逝在空中。

一個亡魂就這樣離去了，離開了這個冷暖的人間，再也不會知道春的明媚，也不會感覺出冬的嚴寒。

低沉哀怨的簫聲一歇，廳外響起一連串炮竹聲響，辟啪辟啪的劇烈聲響使所有的人自哀傷中清醒過來。

恨天行緩緩回過頭來，冷漠地看了場中所有人一眼，低沉而冷酷的話聲自他嘴中吐出道：「一個老友遽和我們分手，我們除了表達最大的哀悼之意，對死者只能寄與莫大的同情，雖然這只怪他心生叛意，而我也只信一面之辭，所以造成他含冤而死，人死無法復生，他人雖死，其名仍留在十二友中。」

他目光如刃冷酷地在十二友中掃了一眼，道：「秦虹和丹離子請出來。」

兩個矇住頭臉的漢子自人群中走了出來，秦虹的身上繡著一個「七」字，丹離子衣袍上則是個「九」字。

秦虹詫異地道：「門主，什麼事？」

恨天行冷冷地道：「你倆的名字已經公開，在秘門中這是大忌。我秘門號稱中原第一神秘之地，絕不容許有人知道門中之人的真實姓名，現在事已至此，該怎麼辦你倆自己決定吧！」

丹離子全身直顫，道：「門主，你不能……。」

恨天行冷冷地道：「你知道江湖上有多少門派和我們有仇，不管明裡暗裡都有人在查訪，尤其是我們世代仇家——白龍湖主人。他人雖已死，其徒代之而起，在許多地方都對我們不利，如果你倆落到他的手中，難免不將我們秘門的秘密洩露出去。」

秦虹搖搖頭道：「不會的，門主你請放心！」

恨天行冷笑道：「你有多大道行能抗拒那『截脈戮穴』的苦刑，我不能因為你們兩個而犧牲了所有的人，況且沙子奇之死，你倆得負起全部責任，現在我的辦法很簡單，你倆就看著辦吧！」

秦虹和丹離子腦中嗡地一聲巨響，恍如受到一記晴天霹靂似的，身子同時一顫，幾乎是在同時兩人跪倒地上，卑微地哀求著……。

丹離子痛苦地道：「門主，念在我們昔日的功績上，請門主……。」

恨天行冷冷地道：「老沙這個人如何？他對本門又何嘗沒有功績。在創門之前，他是我的得力助手，現在下場如何？我想你們的心裡比我還要清楚。」

丹離子低頭嘆了口氣，道：「我到現在才知道你的心腸是何等冷酷，和你共事隨時都有生命危險，這只怪我遇主不明，投錯了地方。門主，以你這種嗜殺為本性的手段，將來每一個人都會叛你而去，那時……嘿……你才知道什麼是感情。」

「住嘴！」恨天行向前連跨兩步，沉聲道：「你敢頂撞門主！」

丹離子嚇得通體一顫，急忙低下頭去。

當他斜睨秦虹一眼時，秦虹的眼中突然閃出一片凶光，丹離子心神劇顫，一種求生的欲念在他的心底漾起……。

他低嘆道：「秦兄，我們難道就這樣束手待斃？」

秦虹的臉上顫抖的扭曲著，蒼白的嘴唇緊緊抿著，他像是正在思考這生與死的代價，也像是在思索冒險拚命的後果。在這須臾之間，他額上漸漸滲出晶瑩的汗珠，那是因為過度驚恐所致……。

幾乎是在同時，兩道人影自地上竄起，兩隻斗大的手掌猛然在空中一揮，兩道勁氣如山般壓了過去。

恨天行的嘴角上漾起一抹殘酷的冷笑，他笑這兩個人的愚蠢，竟然這樣大膽不顧性命地向自己出手。

這種手段在他眼裡不值一文，所以他笑了，笑得近乎不屑，雖是淡淡地一抹殘笑，卻關係著兩條人命。

「砰！」逆激的掌勁有如擊在一面銅牆上，砰的一聲大響過後，秦虹和丹離子身子同時被震飛出去，仰倒在地上。

兩人的驚恐更濃了，始終在心底盤旋的那個結終於解開了，在這極短的剎那，他們才知道恨天行的功力有多高，自己要與人家相比，那真是差得十萬八千里。

「呃！」空中響起秦虹的慘叫聲，他痛苦地抽搐了一下，嘴裡如雨似的噴出一道血箭，畏懼的光芒在他眼中逐漸擴大，死神的魔掌像一道陰影似的罩住他。

他的整個心神劇震，顫聲道：「門主……。」

恨天行淡淡地笑道：「怎麼？還要動手嗎？嗯！」

黑旗大管事奔上前來，叱道：「好呀，你倆竟敢和門主動手，這份膽識也的確使人心寒！嘿！他奶奶個狗熊，我先打你這個沒良心的東西！」

他揚起那隻烏黑的大手，在秦虹和丹離子的臉上左右各摑了幾巴掌，沉重的巴掌聲傳進耳中，令人有種不太舒服的感覺。

「大管事！」

「嗯！門主。」

恨天行搖搖頭，一揮手道：「拉下去，關進蛇牢！」

頓時有四個漢子扶著丹離子和秦虹向外走去。

丹離子畏懼地尖叫一聲，哀求地道：「門主，請給我個痛快，請給我個痛快！不要讓我受萬蛇噬心之痛，門主，我求你，我求你！」

他的哀求聲逐漸遠去，那陣低啞的哀嚎顯出他心裡的恐懼，也表露出人性的卑微，面臨生死抉擇的無力感。

× × ×

「哈哈哈哈！」

不屑的笑聲從回天劍客石砥中的嘴裡緩緩發出，場中的人全都心頭大震，沒有想到這個外人竟還在他們身旁，自始至終都將這醜陋的一幕看在眼裡，這一幕慘劇將是一段不易忘卻的痛苦回憶。

恨天行冷冷地問道：「你笑吧！在這一段時間裡再不大笑，以後永遠笑不出來了，除非你到了另一個世界，那是個死亡之境……。」

石砥中嘴唇輕輕啟動，冷冷地道：「是嗎？可惜我對這世間還有太多的留戀，不想這樣馬上死去，如果你希望向那條路上走一趟，我倒願意替你送終！」

黑旗大管事一跨步，道：「閣下可以請了，我們外面去談。」

石砥中斜睨這個黑旗大管事一眼，神情不屑地笑了笑。

他冷冷地問道：「你的主人還沒有下逐客令呢！是不是該先徵求一下他的意見，還有你那麼多的夥伴，他們也願意去談嗎？」

黑旗大管事一愕，沒有料到回天劍客石砥中有此一問。

這個問題很複雜，他在秘門追魂宮雖然地位甚高，但是總是恨天行的手下，要是自己以下犯上，那倒是一個不算輕的罪狀，他以訊問的眼光看著恨天行……。

恨天行輕輕聳了聳肩，道：「照他的話答覆他！」

黑旗大管事神情一鬆，道：「我雖不敢作主，但也可以擔當部分的事。」

「行！」石砥中長長吐了口氣，道：「衝著你這句話，我們出去！」

兩列人魚貫向外行去，沙子奇投進去的那個黑黝黝的洞穴，這時早已將覆蓋蓋上，恨天行和黑旗大管事伴隨著石砥中隨後跟上，大廳靜寂寂地沒有一人影。

滿天的烏雲這時盡皆散去，空中閃出的寒星多得不可勝數，而那一輪斜月也半隱半現地爬出了雲端，射出蛟潔如玉的光輝，灑在每一個人的身上，將所有的人影斜斜投落在地上……。

呼嘯的冷風自山頂上刮來，帶起一片沙石飛濺在空中，數十支松油火炬將這一大片空曠的草地照得通明。

石砥中冷漠地凝立不動，望著恨天行道：「朋友，有道劃出來，有話擺明講，這裡都是有頭有臉的人物，不必扭扭捏捏地作那女兒態……。」

「不錯！」恨天行嘿嘿一笑，道：「你真是個硬漢子，我恨天行闖蕩江湖還沒有見過這樣不畏死的人！年輕人，如果我們不是在敵對的立場，我真願意和你交個朋友！」

「榮幸，榮幸！」石砥中報以冷笑，道：「能和你大門主交朋友倒是我的榮幸，可惜我生來命賤，高攀不上恨家的門檻，只得心領了……。」

「嘿！」自十二友中突然響起一聲低喝，幽靈般的人影躍空而至，這個人形甫落，石砥中已清楚看到他胸前所繡的是個「五」字。

這個人嘿嘿冷笑道：「石砥中，你別他媽的不要臉！我們門主看上你是抬舉你，你倒拿了幾分顏色想開染坊了……。」

石砥中心念一轉，面上殺機陡地一湧，道：「拿下你的面罩，我已經知道你是誰了！」

這個人一愕，心裡劇烈地一顫，他沒有料到對方會在自己一開口的剎那，便知道自己的身分。他心中一震，背後長劍陡然掣了出來，冷冷地道：「閣下恐怕沒有這個本事吧！」

石砥中冷笑道：「手下敗將猶逞英雄，你那幾手劍式我早就領教過了，說起來非常可笑，恨天行怎麼連你這種草包也找來了。」

「嘿！」這個黑衣人憤怒地一揮劍，道：「石砥中，你欺人太甚！」

一縷寒顫的劍光自他手中揮出，化作一縷青芒，詭異莫測罩空劈出，對著回天劍客石砥中的右肩削去。

石砥中挫腰輕靈地一擰身，移開數尺，斜劈一掌，道：「神火怪劍，大漠一別，你還是老樣子。」

這輕靈飄出的一掌，在空中兜一大弧，一股流灩光華閃耀。

神火怪劍心中大寒，閃身一晃，手中長劍倏地交到左手上，迅捷快速地點向石砥中的「府臺」穴上。

他恐懼地喝道：「誰是神火怪劍，你不要胡說！」

石砥中斜掌一立，瞄準閃電擊來的長劍，對著那冷寒如刃的劍光上切去。勁道一吐，呼地劈出去。

他冷冷地道：「我早看出是你了，閣下這一辯白，更證明出是你！」

「喳！」清脆的斷裂聲揚滿整個空中，神火怪劍只覺手中一震，青芒斂去，長劍突然斷為六截，墜散在地上。

神火怪劍心神劇烈驚顫，身子方退，一道暗勁斜撞而至。

「呃！」他目中凶光一閃，痛苦地大叫一聲，身形向後傾倒，嘴角上立時流出一股鮮血。

他尚未看清楚對方的身影，一隻幽靈似的手掌已將他覆面頭巾抓了下來。

石砥中的雙手背於身後，那種瀟灑不羈的神情，使神火怪劍心中一寒，連自己遮面的長巾何時丟了都不知道。

他一躍身橫空而至，怒喝道：「石砥中，你這是第二次毀我的劍！」

石砥中抖手橫掌削出，道：「這是送命的一掌，我要渡化你的靈魂！」

疊起的掌影像是拍岸的驚濤，幾乎連對方如何出手都不知道，神火怪劍的一顆腦袋已像一顆爛柿子般被擊得稀爛，血漿混合著腦汁，噴灑了滿滿一地。

這神化絕倫的一掌，彷彿將整個場面都震撼住了，除了神火怪劍的屍體還有餘溫外，每個人的心口都像是凍僵了一樣，無數道仇恨的目光俱落在石砥中的身上。

恨天行的臉色微變，雙目之中噴射出來的怒火，恍如要將這個世界燒盡。

他嘿嘿笑道：「你真是空前的勁敵，連我手下所精選出來的秘門十二友都不是你的敵手！嘿嘿，你毀了我的人，就等於在我臉上抹了一把灰，這種難堪將不是我所能忍受得了的！」

石砥中漠然將頭緩緩抬起，長嘆了口氣，目光投射在遙遠的雲空。冷清的星光，斜橫的眉月，在他眼中變得那麼遙遠、那麼悽迷。

他淡淡閒閒地對著空中笑了笑，嘴角輕輕牽動，以一種夢幻般的聲音道：「你利用人性的弱點，以高壓手段控制這些江湖敗類，做盡天下惡事。我替天行道，殺幾個惡貫滿盈的凶徒，在你眼中又算得了什麼？」

「什麼？」恨天行狠狠地道：「替天行道！石砥中，我恨天行是睚眥必報，你怎麼毀我的人，我就怎麼毀了你。不要以為那點道行便可以行遍天下，告訴你，在我眼中你還不算什麼……。」

「當然，當然！」石砥中緩緩地自雲端收回視線，冰冷地道：「一根指頭搞翻船，你認為我沒有力量將你口口聲聲所說的秘門毀去嗎？說句實話，我還沒將秘門放在眼裡。」

「嘿！」恨天行幾乎氣炸了肺，他嘿地怒喝一聲，怒道：「好！我姓恨的今夜認了，石砥中，這裡都是我的人，你是單挑呢？還是大家一場混戰……。」

石砥中沉吟地一笑，道：「你說呢！」

他爽朗地一聲大笑，又道：「這不是廢話！地方是你的，人也是你的，惟有你愛怎麼動手就怎麼動手。我只是個客人，強龍永遠壓不了地頭蛇，一切悉聽尊便！」

恨天行冷笑道：「我看這裡誰是你的對手？」

石砥中一愣，這倒是個極不容易回答的問題。

若論秘門高手，當然是以恨天行和黑旗大管事最為難纏，可是十二友也不是省油的燈。要石砥中回答這個問題，當真是難以論斷。

他冷冷地瞥了恨天行一眼，道：「你很不錯，或許我倆還可以論論英雄！」

黑旗大管事滿臉憤怒地吼道：「你是什麼東西，也配和我們門主動手！」

陰沉而又詭詐的恨天行這時心神一緊，頗為詫異地哦了一聲，他想不出適當的理由，為自己解釋石砥中何以會敢和自己單挑，難道他不畏生死？還是有意想給自己一個難看？

一時念頭紛沓，饒是恨天行陰沉如海，也不覺被眼前這年輕男子的豪氣所懼。

恨天行嘿的一聲大笑，道：「朋友，你真是自取羞辱！」

他目光一冷，面罩寒霜，冰冷地道：「本門主不會讓你失望。」

他一捲衣袖，露出兩隻粗大的手臂，古銅色的手臂上長滿長長的黑毛，提著袍角大步行來。

黑旗大管事神情略異，上前道：「門主，你貴為一門之主，怎能輕易和這小輩動手！這場由我大管事接了，至於如何處置來人，請門主不要過問，總而言之一句話，他要是想生離秘門關，那簡直是比登天還要難……。」

恨天行嗯了一聲，道：「我要活的！」

黑旗大管事一愣，道：「頑石難化，苦海不變，你留著他總是禍患。」

他神情一凝，雙目緊逼在回天劍客石砥中的臉上，朗聲暴喝一聲，身形如電撲了過去。

雙掌一分，一道掌勁如電斜削而至。

石砥中暗中大寒，身形有如幽靈閃現，詭奇地晃動逸去，右掌虛空一揚，五指如鉤抓去。

黑旗大管事作夢也沒料到對方變招之快，真比得秘門之主還要靈捷，他驚詫地哦了一聲，抖手一掌迎去。

化指變掌，自掌心吐出流灩，一股大力隨著石砥中的手臂擺動激湧射出，雙掌交疊在一起。

「砰！」勁激旋蕩的掌勁在空中相交，發出一聲砰的大響，兩道人影隨著掌聲錯身而過，各自往後躍出。

「呃！」黑旗大管事盡力掩飾自己痛苦的神情，可是他的喉結卻不爭氣的發出了一聲輕吟，滾滾的汗珠自額上滴落，那整條右臂連抬都抬不起來。

恨天行臉色在瞬息之間連續數變，顫道：「斷銀手，斷銀手！他怎會這種霸道無倫的功夫……。」

他這時心裡一沉，恍如墜落在黑黝黝的深洞裡，覺得手腳冰冷，肌膚生寒。他勉強定了定神，問道：「大管事，你怎麼啦？」

黑旗大管事顫聲道：「我……這條手臂讓人給折啦！」

石砥中冷笑道：「你若不是見機得快，這條命恐怕都保不了，我們的大管事，你剛才那股威風上哪裡去了！」

雙目倏睜，怒目以視，黑旗大管事怒喝道：「你不要得了便宜還賣乖，這點傷還要不了我的命。嘿！閣下真威風透頂了，連勝兩場，嘿！他奶奶的，我一個人不是你這野狗熊交配出來的雜種對手，難道我們都是死人，嘿！諒你也只有兩隻手，再行也強不過人多！」

他恨恨地道：「門主，我要施令了！」

恨天行搖搖頭，道：「多年以來，我們都沒有施展這種攻法。回想白龍湖之役，我們秘門高手傾巢而出，也僅將他打得重傷，讓其逃回老巢，事後雖然死了，也給我們帶來不少麻煩。如果今夜讓這事重演，我們秘門往後甭想在江湖上混了！」

黑旗大管事焦急地道：「還混什麼？這小子不立時除去，我們還能安安穩穩在這裡過太平日子嗎？門主，只要這小子不死，你我都不要想還有出頭的一天了！」

「對呀！」石砥中朗聲大笑，道：「大管事，你要是早想到這個問題，就不會這樣輕鬆地站在這裡了。正如大管事所料，我石砥中只要存在一天，你們這批東西就不要想過太平日子……。」

恨天行這時像是下了什麼決心一樣，揮手道：「大管事，你施令吧！」

黑旗大管事一揮自恨天行手中接過的那面小旗，剩餘的秘門十二友同時掣出長劍，數十道目光通通聚集在石砥中的身上。

黑旗大管事嘿地冷笑一聲，道：「不論死活，不准這小子走出秘門關一步，我和門主在宮內等你們的回音！」

他詭異地笑了笑，左手捂著那條將殘的右臂，和恨天行很快地消逝在黑夜之中。

留下的是那無情的冷風，黑夜裡使人覺察不出有一絲暖意。

風吹在那八支冷颯的長劍上，有如冰塊碎落在地上，叮叮作響，八個人身形一合，已將一代高手石砥中圈在八人之間，俱怨毒地瞪視著他。

石砥中冷冷地道：「怎麼不說話？你們難道還不知道這將是你們今夜僅能開口的最後機會，過了今夜，你們想張嘴都不可能了！」

他深長地吸了一口氣，一股殺機在他如冰的臉上隱隱浮現出來。他緩緩掣出金鵬墨劍，在空中輕輕一顫，那八個人同時退後一步。

他冷淡地道：「動手吧！秘門十二友自今夜開始，永遠不存在這個世上，你們所能遺留下的東西，只是一蓬烏血和一具腐朽的屍體……。」

沒有人敢回答，誰都知道，只要一開口，自己便會死得更快，因為對方馬上就會知道自己是誰！自己的真實身分！

「嘿！」這聲低喝不知是發自那個人的嘴裡，八支銳利的長劍同時向石砥中身上劈來，迅捷的劍式比那江河的浪濤還要凌厲，劍芒顫動，滿空都是灰濛濛的影子。

石砥中聚氣凝神地自空中劃出一劍，那是一招出神入化的劍式，所有的人只覺劍光大顫，一股劍氣已逼臨頭頂之上，離天靈蓋之處僅有幾寸之距。

第五章　隔世恩仇

劍光、人影、血痕……。

交織成一副悽慘的畫面，三個斗大的頭顱像切開的西瓜一樣，混合著血漿滾落在地上。

他們的身軀俱手持長劍站立在地上，等頭顱一落，幽靈怨魂脫出體殼在黑夜裡逸逝，而這三個魁梧的身軀才緩緩倒了下去。

僅僅一招，只是那神化通靈的一招，三個人的性命便這樣交代了。

他依然手持長劍，漠然盯視在這殘餘的五個人身上，劍刃輕輕往上一抬，對著從左側奔撲而來的兩個人身上劈去！

「呃！」這淒厲的慘叫聲，像一刀戳進豬肚子裡時，所發出的死前掙扎的嚎嗥一樣，隨著夜風飄揚出去。

一股血腥氣息瀰空布起，飄散整個空中。

「嘿！」右側那個身上繡著「一」字的漢子終於開了口。他先壯壯自己的膽子，嘿的冷笑一聲，道：「閣下好狠！」

石砥中一怔，道：「朋友，假如換了是你，我豈不是和地上那些人一樣嗎？恐怕再也看不到這世間的美麗了！」

「哼！」這個人冷哼一聲，道：「這兩招是什麼劍式？」

雖然，他對回天劍客石砥中在兩招之下連毀五個黑道高手的劍術有所懷疑，懷疑這不是來自名門正派所留傳下來的神招。

石砥中冷笑道：「讓你死得明白，那是達摩三劍！」

他的話聲尚未消逝，又見兩條人影疾如殞星向他身上撲來。

他輕輕一閃，兩柄長劍電光石火般的劈了過來，快得出乎石砥中的預料，連忙閃身疾退五步。

「呃！」字音拖得很長，在空中搖曳散去。

他倆各自劈出一劍之後，轉身回頭奔去，也不管是否傷到對方，沒命地狂奔，身影消逝在黑夜中，慶幸自己的命總算在這一剎那重拾回來了。

而這聲痛呃之聲，是發自那個沒有動手之人的嘴裡。他出聲之後，身子突然倒向那堆死去者的屍堆裡，彷彿是受到致命的創傷。

石砥中一愕，怎也想不透這個人因何而受傷，在他感覺中，他根本沒有出手，何況是傷人了。

夜神的薄翼將這黑暗的人間濃濃地裹住，偶而傳來一聲林中鳥雀的驚叫，飄蕩在空中，逐漸遠去在神秘的黑夜裡。

一抬手，潔白如玉的手掌在淡淡的斜月下發出清瑩的光芒，那個躺在死人堆裡的黑衣人，清脆如鈴道：「快躺下，像是死去一樣的躺著……。」

這清脆如鈴的語聲在石砥中耳際震動著。

他突然血液沸騰，神情緊張望著這個看不清楚臉龐是誰的人。

但那清脆的話聲絲絲縷縷在他耳中回盪，像一串銀鈴，彷彿來自廣寒宮的仙樂。

石砥中一愣，道：「你是誰？」

這連串的銀鈴聲在他腦海中是那樣的熟悉，可是對方那神秘莫測的舉止，及出奇的痛呃之聲，都是令人猜疑莫測的懸疑。

這個女人是誰？在他心中尚是一個死結。

這女子搖手道：「你不要瞎猜了，快照我的話躺下，我們剛放過兩個罪該萬死的東西，這次絕不能再放過恨天行！」

幻化如夢的銀鈴聲使石砥中幾乎連抗拒的力量都沒有，雖然這個神秘的女人敵友不分，可是石砥中卻身不由己地仆倒在這堆死人中間，和這個神秘女子相對而臥。

他鼻中彷彿聞到一絲少女的幽香，摻雜在刺鼻的血腥味裡，他怔怔地問道：「姑娘，你到底是誰？」

「砥中！」這女子幽幽嘆息一聲，夢幻般地道：「你真連我的聲音都聽不出來了嗎……唉，分手至今轉瞬又有兩年，想不到兩年間的變化這麼大，連你我都覺得陌生了許多……唉……。」

她連聲嘆息，幽怨的話聲淒涼地響徹穹空，傳進石砥中的耳裡。

他像是遭受了雷殛一樣，身體劇烈地顫抖，那日夜回擊在心頭的那個清麗倩影，又隱隱出現在眼前，往昔的一顰一笑，還是那樣清晰的映在他的腦海裡。

石砥中輕嘆了口氣，道：「萍萍！」

僅僅這兩個字，他嘴唇翕動顫吐出來。

東方萍知道他一時沉默在無言的凝視中，冷風如扇、斜月如鉤，在緩慢的時間進行中，兩人的心靈都得到暫時的安寧，這時無聲勝有聲，在無言中深刻體會這重逢的一剎那……。

兩人的眼前，淡淡地浮現出往昔的情與恨，恍如薄薄的雲霧中，有他也有她，只是在他們中間橫過一道彩虹，只能遙空對望，竟無法將那道鴻溝稍為拉近一點。

東方萍幽幽輕嘆一聲，道：「砥中，你還記得天龍谷的那段往事嗎？」

石砥中臉上立時掠過一層黯然之色，低喟道：「那時我們還是小孩子，你爹冷酷地趕我出去。現在，我們已經變成大人了，可是，你我……。」

他唏噓往事，嘆息人世間的無情。

在天龍谷時，東方萍只是個情懷初開的小女孩，而卻在眨眼間長得楚楚動人。

她滿頭秀髮由烏黑而變為雪白，這歷盡情劫的悽愴太令人心酸了。

東方萍搖搖頭，道：「人的遇合多離奇，誰又想到我們會在這種地方相會！唉，往事如煙似夢，至今想來不堪回首……。」

石砥中嗯了一聲，道：「而且我們現在居然會躺在死人堆裡……。」

他像是忽然想起這到底是怎麼一回事，深情瞥了東方萍一眼，道：「萍萍，你適才為什麼要發出那聲慘叫，而又要我躺在這種地方？我還以為你真的受傷了呢！」

淡淡一笑，東方萍有些淒涼的道：「你知道剛才那兩個人是誰？」

石砥中搖搖頭，道：「不知道。」

東方萍輕嘆道：「十二友之首是房文烈，其次是西門熊，在他們亡命擊出一劍之時，我故意發出一聲慘呃，使他們以為你受了傷或者死去。由於夜色太黑，他們只圖奔命，根本不知道那一劍能否殺死你，我們要在這裡守株待兔，等恨天行和大管事來時一舉毀了他們。」

「怪不得，怪不得！」

石砥中心裡一愣，才想起那兩個劍道高手的眼睛非常熟悉，原來是凶殘成性的西門熊和房文烈。

他氣得猛一搖頭，暗恨自己失去殺死這兩個凶徒的機會。

他苦笑道：「你認為恨天行一定會來嗎？」

東方萍肯定地道：「一定會來！這個人詭譎百出，將你恨入骨髓，他為了查看你的生死，必會來檢查這裡的屍體。」

「噹！」空中響起一聲沉鬱的鐘聲，餘音嬝嬝，縷縷如絲飄散回盪在這黝黑的長夜裡……。

東方萍輕聲道：「來了，來了！」

× × ×

暗夜之中，自陰森的追魂宮裡，緩緩奔出七、八道人影。

只見他們身形如煙，朝向這裡直奔而至。

恨天行嘿嘿一笑，道：「大管事，你看石砥中真會中劍而死嗎？」

黑旗大管事這時已將那隻折斷的手臂包紮起來，在那冷酷的臉上泛現出恨煞之意。

他怒哼一聲，道：「姓石的太狠了，為了他一個人，連十二友都毀了，若不是他倆逃得快，嘿！門主網羅來的高手恐怕一個也不會留下。這比我們上回圍攻白龍湖主那一戰還要慘烈，雖然那一次我們死傷也不少……。」

恨天行嗯了一聲，道：「你看這房文烈如何？論劍道，十二友無出其右，論狠辣，不在你我之下，這次西門熊一推薦他，我便看上了，我們若要重組十二友，還真少不了這樣一把好手！」

大管事嘿嘿冷笑兩聲，道：「當然，江湖上有這種身手的屈指可算，你要重新網羅這些高手一時倒不容易，依我之見，不如將海神幫幾個新秀找來，那裡面羅戟和唐山客都是一把好手，在年輕輩中，也僅次於石砥中和房文烈……。」

恨天行沉吟道：「海神幫自立為主，要他們投奔秘門關，一時可能還沒有辦法，這個要等我們重新布置大局……。」

黑旗大管事得意地道：「這事交給我來辦，現在回天劍客已死，江湖上已無可畏之輩，你只要略施手段，哪個不束手歸順！」

恨天行濃捲斜舒的眉毛一皺，搖頭道：「你真認為石砥中會這樣輕易死去？」

「怎麼？」黑旗大管事一怔，道：「他難道長了三頭六臂！門主，你不要再懷疑，我們只要翻出他的屍首，就知道他死了沒有！」

他輕輕擊了一掌，身後那六個黑衣小童，急忙提了一盞風燈走來。

昏黃的燈影，曳著長長的尾巴，光芒斜斜地投落在這些仆倒血泊中的人身上，那血淋淋的慘景，霎時呈現在他們的眼裡。

黑旗大管事一指石砥中，道：「看！那是不是他……。」

陡地，一道寒顫的劍光自這堆死去的高手屍體裡掠閃而出，對著黑旗大管事的身上斜斜劈出。

恨天行神情大震，顫道：「小心！」

「呃！」黑旗大管事慘叫一聲，一股殷紅的血液自他身上汩汩流出。

劍光一閃，東方萍和石砥中，一躍而起。

黑旗大管事身形一個搖晃，顫道：「你……。」

東方萍冷冷地道：「我是白龍湖主的傳人東方萍！」

「你是……。」

一股寒意湧進黑旗大管事的心裡，他捂住胸前重創，目中閃出一股懼意，顫悚地抖了抖，身子僵硬地摔倒在血泊裡。

霎時，死於東方萍那一劍之中。

東方萍纖手輕輕一揮，將覆面黑巾拿了下來，露出一蓬雪白的銀絲。

她斜斜揚劍一指，道：「恨天行，白龍湖之主的傳人來向你索命了……。」

恨天行長長地吐了口氣，怨毒地道：「我知道你早晚會來，只是沒想到你會來得這麼快。嘿嘿，你的膽子真大，居然敢冒充神手鬼醫來參加秘門關之會，我一時有眼無珠，竟沒有發覺！」

東方萍冷冷地道：「神手鬼醫已讓我給殺了。」

她冰雪聰明，惟恐恨天行僥倖脫得一死，而遷怒於神手鬼醫，所以說神手鬼醫已死，避免將來恨天行尋仇，暗害那個遷惡向善的老人。

心中大寒，恨天行顫聲道：「真的？你沒有騙我。」

東方萍冷笑道：「秘門十二友至今只剩下房文烈和西門熊還逍遙法外，今夜殺了你之後，秘門一宗將永遠絕跡江湖……。」

恨天行臉上湧起猙獰的神色，他恍如瘋狂一樣，氣得髮鬍俱張，雙目瞪得有如銅鈴，恨恨地道：「你……你動手吧！白龍湖和秘門的恩怨總有解決的一天，也許正是今夜。嘿……東方萍，你出手吧！」

東方萍凝重的面上綻現出冷酷的笑意，她斜馭手中長劍，在胸前劃起一道光弧，道：「你要早死，我現在就送你上路！」

她正待伸手一劍劈出，石砥中輕輕道：「萍萍，還是讓我來吧！這個老傢伙可不簡單，手底下功夫還真不容忽視……。」

東方萍搖搖頭道：「白龍湖和秘門關世代恩仇，這一代傳我而終，我必須要親手了結這些恩怨。砥中，你不要阻止替前代湖主報仇的機會。」

「嘿嘿！」空中響起恨天行陰沉的笑聲，道：「賤貨，你給我納命吧！」

他身形在電光石火間飄起，右掌斜斜一推，一股氣勁如山撞了過來，澎湃的勁浪如海濤般的翻滾而去。

東方萍身形斜斜一轉，手中長劍幻化無比揮了出去，這一劍輕巧的有如靈蛇，自對方的掌影中鑽了過去，點向恨天行右肘之處。

恨天行詫異地驚呃一聲，道：「看不出你竟連那個老不死的看家本領都全學會了！」

他對白龍湖的武功熟悉異常，一見東方萍施出這威金裂石的奇絕劍法，心裡頓時大寒，身形飄動，連退五、六步。

迭起的掌影，自那幻化通靈的劍幕中穿了進去，一道勁氣衝過劍浪，撞向斜劈長劍的東方萍身上。

「住手！」

這聲晴天巨響似的暴喝，自斜方飄來的人影嘴裡發出。

東方萍身形急躍，懷抱長劍而退。

「湖主！」

趙韶琴身披孝衣，散亂著長髮，眸泛淚光，手提一根烏黑的大鐵杖，輕輕飄落在地上。

恨天行一見這個暴烈的老婆子出現，那怨毒的目光陡地一湧，嘴唇輕輕顫動，發出一連串震人心神的大笑。

「嘿嘿！」他冷笑兩聲，道：「趙韶琴，你的命真長，居然還能見著你！」

趙韶琴冷冷地道：「我來給你送終了，恨天行，你那十二個龜孫呢？怎麼也不拿出來給你老娘看看！」

石砥中淡淡一笑，道：「他們都做了劍下之鬼了！」

趙韶琴目光如刃，向滿地血漬的那些屍體輕輕一瞥，突然縱聲一陣狂笑，沉鬱於胸中的那口悶氣一鬆，心中的怨憤頓時消散不少。

她恨恨地道：「我來晚了一步，不然也要殺他一兩個……。」

東方萍搖搖頭道：「不晚，還有姓恨的沒有死！」

恨天行見這三大罕見高手同時聚在這裡，心中頓時湧起一股寒意。

他見這些人輕蔑地奚落自己，陡然有一股凶念湧上心頭，氣憤地道：「我姓恨的怎麼樣，誰敢動我一根指頭？」

趙韶琴冷冷地道：「恨天行，你不要再耍狠，今夜就是你的末日！我給你看一樣東西，你恐怕才知道我的厲害。」

她自寬大的衣袖中，緩緩掏出一個青玉雕就的青龍鼎，那鼎上刻著一個妖豔的美婦，懷中抱著一個朱唇皓齒的小孩。

這青龍鼎不知是何代遺物，鼎上的人物栩栩如生，彷彿不是出自工匠的手筆。

恨天行神情大變，道：「你這是從哪裡得到的？」

趙韶琴冷冷地道：「是你爹親自交給我的，要我拿這青龍鼎取你狗命。這世上沒有讓你害怕之人，惟有這青龍鼎的主人你不敢招惹，尤其是那鼎上的孩子，與你還有很大的淵源。」

「放屁！」恨天行怒叱道：「我爹早就死了，你不要拿話來激我！」

趙韶琴冷笑道：「你爹是死了，可是你爹的遺囑卻仍然有效。他在臨終前，將殺你的任務交給青龍鼎的主人，並將你唯一的親生骨肉也交給了她，遺囑上說得很明白，如果你見到青龍鼎不立時自盡，你的骨肉將要先你而去。」

恨天行駭得全身直顫，道：「這太殘忍了！」

「殘忍……哈！」趙韶琴怒笑道：「你也知道殘忍，如果你知道殘忍，就不會將你父親暗害死了。他待你情比天厚，而你只為了一個女人，輕易聽信一個女人的離間，竟狠心地將你老父殺死，這種傷天害理的事情你都能做得出來，世間還有比這種事情還要殘忍的嗎？」

「呃！」恨天行的心神有如讓蛇蠍重重地啃噬了一口似的，眼前雲霧茫茫，浮現出他父親死去時那種猙獰與痛苦的情景。

他像是看見他父親正冷酷地瞪著他，也像是有一縷幽魂附在他身上，使他恐懼地在地上直顫。

「爹！」他恐懼地顫道：「你不要來找我，爹，孩兒知錯了！」

他這時恍如著了魔一樣，伸手抓著滿頭的髮絲，痛苦地悲泣起來，揮手擊斃身後的一個黑衣童子，大聲吼道：「爹，孩兒知錯了！」

趙韶琴冷冷笑道：「你知錯就行了嗎？有多少人死在你手裡，你手上沾滿多少血腥？你這蛇蠍一樣的魔鬼，竟然狠心地連你親哥哥都殺死了，恨天行，你哥哥死在你手裡，你知道嗎？」

東方萍顫道：「他哥哥就是前代白龍湖之主？」

趙韶琴嗯了一聲，道：「兄弟反目，互不相讓，一個是天生孝子，一個是生性奸毒！同父同母竟會生出這樣不同的兩兄弟。」

「呃！」恨天行吼道：「不要說了，不要說了！」

他激動地拾起地上的長劍對準自己胸口戳去，只聽慘嗥一聲，便倒斃在血泊裡。

趙韶琴搖著頭黯然一聲長嘆，揮手含淚向夜裡奔去……。

東方萍一愕，道：「湖主！」

趙韶琴揮揮手道：「我回白龍湖去，你倆多玩玩吧！」

人影化作一樓輕煙，消逝在冷清的長夜裡。

石砥中和東方萍愣立當場，只等東方的天空透出一絲曙光，兩人方始自這幕血腥中清醒過來。

第六章　蛇月彎刀

清晨的露珠在草叢間發出晶瑩的光芒，那閃耀渾圓的朝露，像是一串珍珠似的，浮在綠油油的草褥裡。

夜的薄紗逐漸褪去，在晨風輕拂雲霧未逝之際，石砥中和東方萍俱黯然凝立在清風裡。

那美好的晨霧雖然茫茫一片，可是兩人的心靈卻在這剎那間融合在一起，聖潔的情愛早已成熟，他們沒有擁抱，也沒有激情，只讓心靈共鳴交流……。

時光像精靈似的自他倆的身旁悄悄溜走。風輕輕飄起東方萍那賽雪白髮，像流瀉的瀑布，在空中揚起白茫茫的一片。

她幽怨地嘆道：「人總有分離聚合，我在這些日子裡曾想過很多事情，有時我真不想再見你，可是……唉！情感的煎熬，心靈的惆悵，使我又恨不得趕緊和你重逢。有時我也很喜歡聽聽別人對你的批評，每當我從別人的嘴裡聽見你的名字的時候，我會感到我們又回到那第一次見面的情景，但每當夜闌人靜的時候，我又覺得你早已離我而去，永遠永遠地不再回到我的身邊。」

這幽幽的嘆息，情意的傾訴，在石砥中的心裡泛起狂瀾般的波動。

他從追憶的夢境裡重新回到這個清冷的人間，那如慕如訴的聲音依然在他耳邊繚繞。在那遠遠離去的往昔，他和她歷盡滄桑皆已埋藏在心底，讓這份寶貴的感情永遠珍藏起來。

他長吐一口氣，苦澀地道：「萍萍，你不要再去想那些往事，我不值得你這樣醉戀。唐山客是個好人，他是個理想的對象，女人總要有個歸宿，你總不能在江湖上浪跡一輩子，萍萍，請相信我，回到唐山客的身邊，跟他去過平凡幸福的日子吧！」

他的話音緩緩吐出，鏗鏘中透出心酸，真是一字一血。當石砥中低啞地說出這番話後，他那顆受傷的心像是遭受利刃絞割一樣，片片破碎……。

東方萍的身軀劇烈地一顫，黑白分明的眸子裡浮現出淚影。

她輕輕移動身軀，望著天空飄過的雲絮，幽幽地道：「我知道，我們再也無法重拾那逝去的舊情，也不會再去追尋那份殘缺的愛。我們相愛的方式早已超出性靈，我的血裡有你，你的血裡也有我……即使我們永遠都不再見面，可是心靈上的影子卻不會因時間而抹去……。」

石砥中默默地搖搖頭，又點點頭，一股浪潮般的衝擊，在他心底激盪著。那逝去的舊夢，這一刻又在他心中重新燃起。他無法衝破世俗的束縛，不計後果地去重拾那份感情，這樣對他或對她都是不適合的。

他冷靜地思索過去與未來，決定離開這個至死不渝的愛人，當然，他依然珍惜過去這段神聖的愛情……。

終於，他嘴唇啟動，痛苦地吁一口氣，道：「你能想通，我就放心了……。」

痛苦在他心中有如一條無情的毒蛇，深深地啃噬著他那顆殘破的心。縷縷如絲的希望在他心中早已連接不起來了，像是讓銳利的劍刃斬斷了一樣，絕情地令他神傷，在那雙閃射出凜然神光的眸瞳裡，禁不住也閃現出一絲不易察覺的淚影。

東方萍回眸斜睨地上那些屍體，更加深心中的悽楚。浪潮般的悲痛，層層疊疊湧至，人的感情就是那樣微妙，讓人在不知不覺中陷進那情網裡，當你想從這個無形的網子裡掙扎出來的時候，它會緊緊纏住你，讓你遍體鱗傷。

她淒涼地嘆了口氣，紅潤的嘴唇輕輕啟動，道：「暫時的相聚並不能填滿我心中的空虛，我愛你的心堅如磐石，不會因時間而轉移。你離開我時，我會為你默默地流淚，在你面前，我又會強顏歡笑，可是在這後面所隱藏的淒涼，不是你能瞭解的！」

「萍萍！」石砥中激動地道：「你太痴情了……。」

東方萍悽然一笑，道：「我們不是很好嗎？為什麼要去說這些不愉快的往事呢？砥中，讓我們忘記過去，不要再緬懷過去，在這短暫的相聚中，我們都能快樂的笑，快樂的慶祝這次相逢！」

「對！」石砥中感嘆道：「我們是該忘記過去……。」

「唉！」東方萍顫聲道：「我們真能忘記嗎？」

石砥中的心神劇烈驚顫，那逝去的往昔種種並沒有因為時間而抹去痕跡，東方萍說得對，我們永遠忘記不了從前，惟有從回憶中才能顯出愛情的偉大，惟有從痛苦中才能領受愛的幸福……。

石砥中不願再增加雙方的傷感，輕聲道：「天亮了，美好的一天又開始了！」

是的，多麼晴朗的天氣！白茫茫的大霧逐漸初逝，流灩自山峰之後徐徐吐露出來，地上一片血紅，映著橫陳的屍首，這是一個悲涼的世界。

東方萍惶悚地瞥了石砥中一眼，道：「你要去哪裡？」

石砥中沉思道：「我要回大漠，那裡是個好地方，萬里黃沙平靜中洋溢著生機，那個地方很適合我……。」

東方萍嘆了口氣，道：「去吧，我們都去……。」

石砥中驚顫道：「你！」

東方萍淡淡地道：「怎麼？難道我連和你同行的榮幸都沒有了？」

「不！」石砥中急忙道：「萍萍，你不要誤會，我歡迎還來不及呢！」

多麼淒涼的對白呀！兩人之間竟然會如此的生疏，就像初次見面的陌生人，在他們之間橫過一道無形的高牆，將兩人的距離愈拉愈遠……。

×　×　×

黃沙，蹄聲，駝鈴，大風……。

雲天永遠在變幻著，連續奔馳數日，已不知幾度夕陽紅了。

黃沙漫天，疏落的駝隊三兩成群跋涉在漠野，掀起滾滾揚塵……。

一出山海關，東方萍和石砥中已領受到大漠的強風，兩人望著那翻捲的黃塵，飛沙走石，心中著實為這塊表面貧瘠的荒地感嘆。

由於兩人的服裝特殊，一進大漠的邊緣，就引起許多人的注意，所以在兩人的身後始終有一個孤獨的騎士暗暗跟蹤著。

東方萍讓這大漠的景色所吸引，根本沒有注意身後遠遠地跟蹤的人，而石砥中卻早已警覺了，他佯作不覺的持韁奔馳，暗中卻在留意背後那個人的行動。

突然，自前面大漠中，出現一列雪白的駱駝，朝這裡直線奔來。

石砥中望著這隊駱駝，眉頭不由輕鎖，腦海中陡地躍進一個念頭，忖思道：「這是何方來的人物，我怎麼從沒見過！」

這時，背後突然響起一縷勁風，尾隨在兩人身後的那個騎士縱騎而來，和石砥中並肩而馳。

「朋友！」那個滿臉塵土的漢子終於開口了，他冷冷地問道：「你可是姓石？」

石砥中微微一怔，望了那漢子一眼，道：「不錯，閣下的眼光真不錯！」

那漢子淡淡道：「我是大漠飛龍幫的黃鼠狼，專門負責注意進出這裡的人。閣下是大漠裡的傳奇人物，你和東方姑娘還沒到，我們就已接到你們要來的消息。」

「哦！」石砥中詫異地道：「你們的消息也真靈通，我不知道你們這樣注意我幹什麼？大漠飛龍幫這個名字我還是頭一次聽見，不知與我石砥中有什麼關係？」

黃鼠狼嘿嘿一笑，道：「自你回歸中原之後，大漠形成鼎足之勢，海心山的幽靈宮、飛龍幫與海神幫，我們三家都不歡迎你回來，希望你趁早回頭，免得給大漠惹起新的騷動。」

東方萍和石砥中聞言，心中俱是一震，沒有料到大漠一別竟有這樣大的變化，居然新近又崛起一個大漠飛龍幫。

海神幫和幽靈宮他倒不在乎，這個來由莫測的飛龍幫卻不能不使他有所顧忌，不禁暗中留意眼前那列白駱駝的行動。

石砥中目光一寒，道：「你是想勸我回頭？」

黃鼠狼嘿嘿笑道：「那倒是不敢，只是希望你能自愛。」

「胡說！」石砥中將眼睛一瞪，氣勢凜然望著黃鼠狼，嚇得黃鼠狼心中大寒，急忙策馬往旁邊閃去。

石砥中冷笑道：「你要我回歸中原不難，除非是你們大漠飛龍幫有這個本事。哈哈，黃鼠狼，你還是不要作夢吧！」

黃鼠狼冷哼一聲，道：「我黃鼠狼敬你是一條好漢，才好意告訴你，現在你敬酒不吃吃罰酒，我們往後走著瞧……。」

他抬頭看了看遠遠奔來的那一列白駱駝隊形，眉梢上不覺帶起一絲寒意，雙腿一夾馬腹，像箭一樣地迎了上去。

「站住！」

東方萍如舌綻春雷似的一聲嬌叱，將黃鼠狼又喚住了。她輕輕一理額前的髮絲，縱騎走了上去。

黃鼠狼看了東方萍一眼，道：「怎麼？東方姑娘還有見教嗎？」

東方萍冷冷地道：「你在這裡耀武揚威，就能說走就走嗎？」

黃鼠狼微微一怔，臉上霎時湧起一層殺意，如刃的目光其寒如冰，怨毒地盯視東方萍。

他嘿嘿笑道：「我黃鼠狼只是在外面跑腿混飯吃的，東方姑娘如果不放過我們這些藉藉無名的小輩，嘿嘿，姑娘，你不妨將我留在這裡，日後……。」

他目光輕輕斜睨漸漸行近的那列白駱駝隊伍，有恃無恐地笑道：「自然有人向姑娘索回這筆賬！」

嘿！黃鼠狼那股狠勁真不含糊，倒也不失為一個在江湖上討生活的漢子。

東方萍眉頭一皺，道：「我東方萍還會怕你向我尋仇嗎？黃鼠狼，去告訴你們幫主，叫他少招惹我們，否則，那個後果你可以想像得到！」

「嘿嘿！」黃鼠狼冷笑道：「這個自然，我黃鼠狼必會如數告訴敝幫主！」

「叮噹！叮噹！叮噹！」

空中響起清脆的銀鈴聲，像一曲美妙的樂章逐漸擴散開來，又淡淡地消逝於空中。

潔白的駱駝在陽光流灩下，泛射出耀眼的光芒，逐漸行近的駱駝隊突然分散開來，變成一個半弧形向石砥中逼來。

自這群白色駱駝隊的行列中，緩緩行出一匹高大的雙峰白駱駝，上面巍巍地坐著一個青巾裹頭的中年漢子。

他冷漠地望了石砥中一眼，斜睨黃鼠狼，問道：「你告訴他了嗎？」

黃鼠狼躬身道：「屬下已將話傳給石大俠了！」

這中年漢子嗯了一聲，道：「他怎麼說？」

黃鼠狼畏懼地瞥了石砥中一眼，道：「石大俠沒有回去的意思，請幫主……。」

「嘿！」中年漢子低喝一聲，道：「我早已預料會有這一天了，漠南漠北表面上看來是平靜安寧，其實暗藏殺機，幽靈宮、海神幫都極欲霸佔這塊土地，嘿！現在再加上一位石砥中，看來這個黃沙遍野的漠地更要熱鬧了！」

石砥中冷笑道：「閣下這話是講給我聽的嗎？」

中年漢子道：「可以這麼說，閣下是大漠裡的傳奇人物，你昔年韻事至今仍留傳在這塊土地上，我大漠飛龍幫主洪韜對閣下仰慕已久，今日有緣相會，何幸如此！」

石砥中長長吐了口氣，只覺這個面上沒有絲毫表情的洪韜心機深沉，說話全不著痕跡，是一個鮮見的高強勁敵。

石砥中愁眉深鎖，冷冷地問道：「閣下要說的就只有這幾句話嗎？」

洪韜神情略變，嘿嘿笑道：「石大俠，這裡是我洪韜的地方，你要經過這裡，至少也該得到我的同意，現在我洪某人斗膽要請石大俠原路回去！」

東方萍清叱一聲，道：「憑什麼？」

這個素來不愛多講話的姑娘，這時不禁動了真怒，她眸子裡湧出一股寒光，逼落在大漠飛龍幫幫主洪韜的身上。

洪韜淡淡道：「憑我手下百十條好漢，就有辦法將二位擋駕回去。嘿嘿，東方姑娘，請你原諒，我們得罪了！」

回天劍客石砥中聞言，不覺有一股凜然的雄心自心底漾起。

他知道這片萬里黃沙的漠地已成三家鼎足之勢，自己想要在這裡開創一個新局面，必須要經過一番奮鬥與掙扎。

這和自己初來大漠的時候一樣，是用血汗換來一點苦修，僅僅數年之隔，靜謐的漠野又形成一個新局面，對他來說是件非常傷感的事情。

他傷心地暗自嘆了口氣，腦海中忖道：「這是我的第二故鄉，我愛漠野的冷清與無情，沒有人能將我趕出去，也沒有人能限制我走進這塊美好的地方。」

這個意念尚未消逝，他不禁感到痛心，因為他已體會出自己苦留在這裡，重新又要掀起一次大波濤。

那是要用自己的血汗來換取自己的存在，這種存在也許要犧牲許多人的性命，使靜謐的漠野又沾上一片血腥。他不願再看見血，可是血必會在他眼前流過。

在他眼前恍如已看見一大片鮮紅的血，那是自己和他人的血交織成的畫面，所以他為自己的未來感到悲哀……。

他長長地吸了口氣，薄薄的嘴唇輕輕地翕動，動容地道：「洪兄，你這樣做會毀了你的飛龍幫。」

洪韜冷冷地道：「這是幽靈宮、海神幫及我們三家的默契，我們都不希望你回來，只因為你一個人的存在，會使我們三家都覺得動盪與不安。不論你從哪裡走進大漠，都會有人將你半途截住……。」

他語聲一頓，又冰冷地道：「為了對付你，我洪韜不惜犧牲整個飛龍幫。該說的話我都說了，如何決定全看你自己了！」

石砥中冷冷地道：「我還是那句老話，沒有人能趕我出去！」

「嘿嘿！」洪韜冷笑道：「相好的，你真要不識相，怨不得我姓洪的不講交情，這將是一個很難看的場面，你的血會使黃澄澄的沙土染上一片鮮紅……。」

他陰沉地低聲而笑，右手緩緩抬起，又緩緩放下。

他像是在沉思一件事情，淡淡地道：「我很想爭取你這份友誼……。」

石砥中淡然道：「我們初次見面還談不上交情，不過，我做人有個原則，不做損傷陰德的事情，只要你願意和我論交，我是從不計前嫌的。」

洪韜絕沒想到傳聞中神話的人物石砥中，言辭會這樣犀利。他心中大寒，頓時覺得回天劍客果然不是簡單人物。

他哈哈笑道：「你只要加入我們飛龍幫，我洪韜將保護你在大漠的權益，並且讓你穩坐飛龍幫的副幫主……。」

「哈哈！」東方萍禁不住大笑，道：「你連自己都保護不了，還要去保護別人！洪韜，你張開眼睛看看我們是什麼人，是不是需要別人的保護！」

洪韜讓東方萍搶白一陣，神情甚是尷尬。他這人心機極深，在這時倒不願去計較這些事情，只是以徵求的目光望著回天劍客石砥中。

石砥中凝重地道：「洪韜，你看錯人了，我並不會期待你的友情，也不會因為自身利益而和你合作，你的好意我心領了！」

洪韜陰狠地道：「好，我們走著瞧！」右手輕輕一揮，自左側倏地躍起一道淡淡的人影，像一道烏雲輕輕飄落在地上。

石砥中斜睨這漢子一眼，只見這個身材魁梧的漢子身披一件獸衣，胸前掛了兩隻狼牙，黝黑的臉上露出一股狠相，濃黑的眉毛斜斜上飛，手中拿著一支黑鐵的狼牙棒，上面掛滿了勾刺，像貌端是懾人心神。

洪韜伸手一指這漢子，道：「這是白眼狼賈真。」

石砥中眉頭一皺，道：「你的人好像都與狼有關係！」

白眼狼賈真身形輕輕一躍，邁開步子筆直行了過來。

他怪異地一聲大叫，如雷的吼聲如漠野的狼群叫聲一樣，嘴唇往上一翻，一聲尖銳的嘯聲飄傳出去，霎時傳遍整個荒漠。

那陣嘯聲歷久而逝，隨著這嘯聲遠遠突然揚起一道滾滾沙塵，恍如是萬千的野獸在奔跑一樣。

舒捲激射的沙影裡，逐漸出現一片低頭奔馳的狼群，淒厲而驚心的狼嗥此起彼落，東方萍看得神情大變，顫道：「狼群……。」

白眼狼賈真嘿地冷笑一聲，道：「我讓你們見識一下『餓狼陣』的厲害！」

這些狼群都是久經訓練而成，牠們結隊而至，團團將石砥中和東方萍圍困在中間，洪韜則領著手下退出數丈之外，冷漠地望著狼群中的石砥中。

白眼狼賈真揮狼牙棒，凝立在狼陣前面，看了這群野狼一眼，嘿地暴喝一聲，吼道：「石砥中，這種戰陣你還是第一次領教吧！告訴你，我們大漠飛龍幫的狼群是出了名的攻擊高手，你倆能死在這裡，可謂是狼群之福，今日可大飽一餐。」

石砥中和東方萍雖然身陷狼群，卻也絲毫不懼。兩人俱有心將這些沒有靈性的野狼毀去，替大漠旅客減少威脅生命的勁敵。可是這群狼共數不下千頭，要在舉手之間毀去，那當真不是一件容易的事情。

東方萍腦海中念頭一轉，道：「砥中，我們用以毒攻毒之法，將這群狼毀去……。」

石砥中怒道：「恐怕沒有那麼容易……。」

東方萍從懷中掏出一個小瓶，抖手擊斃一隻正在旁邊虎視眈眈的野狼，一股鮮血噴灑湧出，空中立時布起一股血腥惡臭。

東方萍迅快倒出一滴紅色的藥水，灑在那頭狼屍身上。

她凝重地道：「這是我從一個友人那裡得來的『牽魂紅』，一滴毒千里，中者無藥可救，原以為放在我身邊也沒用處，想不到此時正好派上用場。」

白眼狼賈真一見東方萍在舉手投足間擊斃一頭巨狼，頓時氣得大吼一聲，掄起狼牙棒，喝道：「嘿，東方萍，我要你死無葬身之地！」

他正待指揮這群狼攻擊時，狼群中突然一陣騷亂，只見數十隻惡狼因為聞到血腥而凶性大發，奮不顧身去搶食地上那頭死狼的血肉，爭得互相殘殺，鮮血四濺，拚命攻擊噬奪。

這邊一動，那邊也跟著騷亂起來，剛剛排好的狼陣立時潰不成軍。

洪韜看得大怒，問道：「賈真，你今天沒有餵牠們？」

白眼狼急得在地上直跺腳，一見洪韜怪罪下來，更是急得惶惶無主。

他哭喪著臉，顫道：「我因為聽說回天劍客要來，就沒出去尋找餵狼的食物，而且這幾天旅客太少，要找那些東西也不容易！」

洪韜冷冷地道：「這個人可丟大了，要給海神幫和幽靈宮知道我們這樣無能，連誇下海口能夠驅使的狼群都控制不住，哪還能再在這裡稱雄。你罪該萬死，現在你自己想辦法吧！」

白眼狼可真嚇得七魂出竅，身子劇烈地顫抖，像是面臨死亡般的痛苦。

他念頭未轉，耳際突然響起數聲狼嗥，回頭一看，嘿！那群爭奪狼屍的野狼通通瞪眼翻倒在地上一滾便了賬，跟著便又倒下去幾十隻。

他看得目眥欲裂，長嘯一聲，吼道：「滾！通通給我滾回去！」

那些尚在遠處的野狼對他還真有無比的畏懼，嘯聲一出，狼群皆退。

可是這樣一來，東方萍和石砥中連動手都沒動，便已毀去不下二百餘頭凶殘的野狼，這不但是飛龍幫前所未見的事情，在這漠野之地也是空前絕後……。

白眼狼賈真喝退狼群，手持狼牙棒，朝東方萍衝了過來。身形斜躍，狼牙棒在一瞬之間擊了出去。

東方萍冷笑一聲，輕輕一晃肩，自馬背上飄身而落，纖纖玉掌在空中劃一大弧，一股勁流迸激吐出。

「呃！」空中響起白眼狼賈真痛嗥之聲，他身子一顫，口裡吐出了一股血箭，絕望地在地上一個翻滾，便隨著那些野狼回歸天國，再也見不著這火焰似的太陽了。

洪韜一見自己手下得力的馴狼高手，在東方萍手裡未出一招便倒地死去，不由嚇了一跳。

他出身西域，手底下功夫並不含糊，身形一弓，和四個漢子躍身下來。

石砥中急飄而落，手按長劍，道：「你們想要送死嗎？這真是個良辰吉時，洪韜，你要是真的願意將飛龍幫的全幫人馬放在這裡，我老實告訴你，沒有一個人能走出我的劍下！」

洪韜殺機暴現，恨恨地道：「我洪韜向來不信這個邪，石砥中，你那點道行我早就久仰了，現在機會難得，我洪韜少不得要領教領教！」

石砥中見這人竟如此不知進退，心裡頓時湧起一股怒氣，他目中寒光逼射，淡淡地瞥視了那四個手持長劍的漢子一眼，指著洪韜道：「加上你共是五個，你們一塊上來吧！」

洪韜在大漠中，以目前的勢力並不下於海神幫和幽靈宮，從不把各派人物放在眼裡，聞言之後，冷笑一聲，道：「我洪韜出道雖晚，卻沒有做過仗著人多打架的事。閣下雖然與眾不同，我卻不會因你改變，石砥中，我們還是單打獨鬥有意思！」

他緩緩脫下身上的長衫，自背上解下一柄古彩斑爛的長形彎刀，薄薄的鋒刀泛起一道金光，在空中輕輕一抖，圈起一個極大的光弧，得意地道：「這是西域『蛇月刀』，和你的金鵬墨劍有異曲同工之妙，我以這柄家傳寶刀和你動手，不會辱沒你的兵器！」

「好，洪大幫主！」石砥中輕輕掣出金鵬墨劍，道：「你真夠交情，這樣看得起我石砥中，耍狠耍詐我鬥不過你，真動起手來，我可沒有那麼容易對付！」

「嘿！」洪韜低喝一聲，道：「一個巴掌也拍不響，全看你的了！」

他身形一低，手中的長刀抖得嗡嗡直響，往懷中一抱，一縷刀影破空顫出，斜劈石砥中的肋下。

這種快捷的刀法，詭異之中隱含玄機，僅是那出手的部位與招式，即可看出洪韜能在大漠惡劣的環境中創出一派勢力，其成功絕非偶然。

若不是他有精湛的功力，便是有著別人所不及的城府心機，而現在事實證明，這兩項他幾乎都有。

石砥中一見對方出手的招式，立時曉得自己今天可能遇上勁敵。他在劍法上造詣極深，僅從第一式便已看出洪韜手上雖是施的長刀，用的卻是劍法，所以他心中一凜，手中神劍如雨灑出，穿過對方的刀刃，勁疾地射向對方的胸前。

洪韜心神劇顫，幾乎無法避過這致命的一劍。

他猛一吸氣，身形化作一縷輕風，自對方劍尖上飄過，回手一刀，當空罩向石砥中。

石砥中詫異地哦了一聲，驚道：「這是回龍身法！」

他猜不出洪韜為何會施展這種詭秘的自救身法，一見刀影閃爍自空中落下，凝神揮手揚劍擊去。

「噹！」清脆的劍刃敲擊聲飄遍出去，空中閃出幾縷星芒。兩人身形同時一頓，石砥中趁著刻不容緩的須臾之間，翻劍平削而去。

「你……」

洪韜顫聲大叫，認為這幻化的一劍自己必然無法避過，哪裡想到石砥中在削向對方頭顱的一剎那，突然撤劍暴退，居然沒有殺死洪韜的意思。

洪韜臉色蒼白，顫道：「你手下留情……。」

石砥中淡淡道：「你我並沒有深仇大恨，我為什麼要殺死你！洪兄，你可以請了，要是還有動手的意思，你再也不會這樣幸運，而我也不會再手下留情了。」

洪韜冷冷地道：「你放我一命我很感激，不過，我並沒有放棄將你趕出大漠的決心。」

他轉頭叫道：「黃鼠狼，拿兩袋水來！」

黃鼠狼急忙自白駱駝背上解下兩個水袋，放在地上。

洪韜冰冷的道：「五十里之內已沒有水源，這兩袋水算我盡點心意。不要忘了，我們還有見面的機會，那時我可不認識你了。」

他憤怒地飄上那頭白駱駝身上，右手輕輕一揮，駝隊又繼續向前開拔，連那殘餘的狼群都跟著他們離去。

大漠又回歸暫時的靜謐，惟有冷風仍輕輕颩著……。

第七章　大漠飛龍

冷寂的漠野沒有一絲人跡，那片平坦的黃沙向前迤邐延展開去，像是無止無盡，天連沙，沙連天，使人不知道沙漠之外還有另外的世界……。

夜神的薄翼輕展，將這片漠野完全籠罩住了，伸出那隻黝黑的大手，幾乎將整個世界都握住在它的手掌心中，穹空惟有精靈似的星星和潔玉的斜月能穿過夜神的掌心，將那銀芒流灑在地上。

冰涼的夜風在這悽清的漠野裡輕輕飄過，一面大旗高豎而起，讓風颳得嘩啦嘩啦作響。

「海神幫！」三個斗大黑字，看上去是那麼雄壯，映著月光又顯得那麼孤立。

尖頂的帳幕一列排開，幾個守夜的漢子掛著佩刀，拿著酒壺，在周圍來回巡視著，他們像是非常害怕黑夜的寂寞，時時都有話聲傳出。

突然，自那黑幽幽、虛渺渺的黑色漠野，傳來一串奔蹄聲，密驟的蹄聲將這夜的寧靜敲碎了。

那幾個守夜的漢子同時注視馳來的一乘快騎，俱伸手摸著身上的傢伙。

「什麼人！」

「我是大漠飛龍幫的綠衣使者！」黃鼠狼自馬上輕輕躍了下來，望了望那些漢子一眼，道：「我要見你們的幫主，請快點進去通報……。」

「朋友！」凝立在前面的漢子開腔了，冷冷地道：「你在這裡等著，我進去看看我們幫主睡了沒有？」

黃鼠狼淡淡地笑了笑，望著那漢子的背影，鼻子裡輕輕爆出一聲冷哼，臉上浮現一絲淡淡地不屑之意。

那個漢子離去沒有多久，就和鬱悒滿面的唐山客並肩走了出來。

「唐大哥！」黃鼠狼上前抓住唐山客的手，道：「有消息傳來，我們第一關失守，當家的說全要仰仗你們了！大漠現在三家鼎足而立，如果石砥中一來，嘿！大漠的天下恐怕全給他一個人佔去了！」

唐山客眉頭緊鎖，鬱悒的臉上顯得一片慘然。

他目中寒光一閃，一股殺氣激湧出來，嘴唇翕動，雙拳緊握，在空中重重地揮出一擊，喃喃道：「他媽的，這個小子真敢來這個鬼地方！」

黃鼠狼嘿嘿笑道：「這姓石的還真不簡單，連我們洪當家的都差點給弄躺下，如果不是人家手裡留情，嘿嘿，那可有得瞧了！」

「什麼？」唐山客心中一驚，道：「連洪幫主都不行嗎？」

黃鼠狼臉上掠過一絲懼意，嘆了口氣，道：「這個就不用提了，我們洪當家也真洩氣，兩招未過就差點丟了命，氣得他回去就吐了一口血。現在，嘿嘿，不怕你唐山客笑話，我們這次可算是栽定了，說給你唐山客聽聽還沒有關係，如果讓幽靈宮的人知道，不笑掉他們的大牙才怪！」

唐山客心裡一沉，彷彿迷失在九幽一樣，他有時恨不得想殺死石砥中，但當他真正得到石砥中的消息時，自心底又產生一股懼意。

他神色不停地變化，內心裡隱痛使他又鼓起勇氣，冷漠地笑了笑，道：「他現在到什麼地方去了？」

黃鼠狼想了想，道：「他的行動已在我們的掌握之中，現在石砥中可能正在五里外的那個黑湖過夜。」

唐山客冷漠地道：「黑湖，他倒選了一個好地方！」

他輕輕一招手，立時有一個漢子牽出一匹全身烏亮的驃騎，唐山客回頭對那些守夜的漢子道：「我出去一會兒，待會兒幫主和羅副幫主問起來時，就說我出去查看一下敵蹤，我一會兒就會回來。」

他輕輕揮起鞭子，那奔蹄聲霎時衝破了夜的沉寂，像一樓輕煙自黑夜中消逝。

×　×　×

黑湖四周只有幾株光禿禿的枯樹稀疏地凝立在湖邊，在寒風呼嘯中勉強地掙扎，像是不畏死亡的旅行者，艱苦地抗拒大自然毀滅性的侵襲，正奮力地堅持著……。

黑色的泥沙，黑色的沼澤，卻沒有一絲水氣。說它是個湖，倒不如說它是個乾涸的湖底，因為裡面沒有一滴水的存在，而只是一個可以遮風的大沙坑。

在黑湖之底，這時燃起一堆熊熊的烈火，兩個孤獨的人坐在火堆旁，望著穹空中閃爍的繁星，沉湎在夜的神秘裡。

兩人的思維隨著時光流轉，夢幻的輕舟將兩人的一縷相思載向遠方遙遠的仙境。

那裡沒有現實的煩憂，也沒有血腥殺戮，只有溫馨的鳥語花香，以及動人心弦的愛情，幻想將倆人載離殘酷的現實世界。

「噠噠噠噠！」

響徹天地的蹄聲擊鼓般的將兩人的幻境敲碎。石砥中詫異地抬起頭來，只見月光下一個黑衣騎士正向這裡直馳而來，那奔馳的影子逐漸接近。

「是他！」東方萍緩緩地道：「唐山客。」

兩隻利刃似的目光冷寒地掃來，掠過石砥中的臉上，緩緩投落在東方萍的身上。

唐山客心神劇烈一顫，一股錐心刺骨的痛苦在他臉上浮現出來。

他沙啞地道：「你們好！」

石砥中激動地道：「你也好，我們許久沒有見面了。」

當他和這個因愛生恨的年輕人面對而立的時候，一股說不出的痛苦自心底漾起，黯然嘆了口氣。

「萍萍！」

唐山客顯得非常激動，蒼白的嘴唇輕輕顫動，鼓足勇氣才喚出這兩個字，字音拖得很長。

他以一種慌亂的目光偷偷瞧著東方萍，輕聲道：「你還記得我這個迷失在荒漠的流浪者嗎？」

東方萍的眸子裡閃過一絲淚影，輕嘆道：「只要你心中不再有恨，沒有人會忘記我們之間的友情！」

她不知該如何對他解釋，僅能辭不達意地說出這幾句話。霎時，在她填滿無數念頭的腦海浮現出昔日在白龍湖學藝的情景，唐山客的痴情著實也使她感動。

唐山客一呆，痛苦地道：「僅僅是一點友情嗎？」

東方萍黯然道：「我的感情早已付諸流水，除了同門之誼，我想不出有更好的東西給你。山客，總有一天你會了解我的……。」

「不！」唐山客大吼道：「你是我的妻子！萍萍，沒有人能否認這件事實！」

他這時像瘋了一樣，怨毒地盯著石砥中，在那雙冷冰的目光裡湧起一團烈火，指著石砥中道：「你！」

石砥中一怔，道：「唐兄，你冷靜一點！」

唐山客這時理智全失，恨不得將這個情敵一劍殺死。

他淒涼地一聲大笑，連著向前跨出五大步，道：「我要殺死你！」

石砥中心神劇顫，他曉得一個感情受挫的男子那種痛苦的心境，絕非普通人所能瞭解。

他不願再觸發唐山客和自己之間的衝突，冷靜地道：「唐兄，你冷靜一點，今夜是個團圓夜，你的事情我相信終能圓滿解決！」

他不願再做個罪人，他想要成全唐山客和東方萍，可是唐山客這時人神俱疲，居然沒有聽出石砥中弦外之音。

唐山客驟然聞言，不但不領這個情，反而誤會石砥中有意嘲笑他，所以他憤怒地幾乎要哭出來。

唐山客厲喝道：「最好的解決是殺死你，石砥中，我已沒有更好的選擇，你要是真有意成全我們，就不該再回到大漠來！」

石砥中搖搖頭，黯然道：「唐兄，人都有苦衷，有許多事你不能全部瞭解，像我和萍萍一樣，我們之間的瞭解比較深刻……。」

唐山客伸手拔出長劍，道：「當然，你的理由很充足。石砥中，你還是準備動手吧！這是最公平的選擇，誰是最後的勝利者，誰就得到萍萍，你認為如何？」

「我願意退出！」石砥中痛苦地道：「唐兄，萍萍是你的妻子，你和她一起走吧！請你相信我，我們之間已成過去……。」

唐山客似乎是一呆，沒有料到石砥中竟會中途退出，他這時信疑參半，幾乎懷疑自己的耳朵，問道：「你要放棄萍萍……。」

石砥中淒涼地道：「我沒有資格爭取萍萍！」

「嘿嘿！」唐山客冷笑道：「鬼話！石砥中，你簡直將我看成小孩子，給我幾塊糖又打我一巴掌。嘿！石砥中，你這一套只能騙騙孩子，在我唐山客面前絲毫沒有用，除非是鬼才相信，你會將你深愛一輩子的萍萍輕易放手……。」

東方萍這時眸中淚水泉湧，幾顆珍珠般的淚珠滾落在腮頰上，她輕輕撩起羅袖將流下的淚珠抹去，道：「唐山客，我是你名分上的妻子，你可以帶我走！」

唐山客這時真不敢相信自己的耳朵，他以前始終認為東方萍所以不愛自己，完全是因為石砥中從中作梗，現在事實難道改變了嗎？連東方萍都證實了這件事，唐山客有如身在夢中，呆立在那裡。

停頓一會，他大聲問道：「萍萍，你再說一遍！」

東方萍見唐山客痴情的樣子，心頭一酸，心中突然升起一縷憐憫之情，她不禁忖道：「我憐憫他，誰又來憐憫我呢？誰都知道，這關係著我一生的幸福，唐山客雖然愛我，可是那只是一種盲目的愛，遲早那種愛是會消失的，石砥中決定離我而去，我又該怎麼辦呢？」

她臉上出現一種痛苦的神情，顫道：「我是你的妻子，你可以放心了！」

唐山客喜極而泣，臉上出現激動又歡悅的神色，他恍如置身在夢中，望著茫茫的夜空，喃喃道：「這是真的，這是真的！」

激動過後，一陣迷茫和空虛，連他自己都體會不出是高興還是悲傷，雖然他已擁有東方萍，但擁有又能怎麼樣呢？他僅不過得到一個軀體，一個並不真正屬於他的女人。她的心中仍有石砥中的影子，石砥中也不會輕易抹去東方萍的痕跡，這算是得到她了嗎？

唐山客真正痛苦了，因為得不到東方萍而哀傷，一種不可言喻的悲哀。

唐山客長吸一口氣，道：「萍萍，我還是沒有真正得到你！」

東方萍顫道：「你這是什麼意思？」

唐山客眉毛一聳，道：「我不容許有人暗戀你，也不准許任何人在你心中留有痕跡。你知道，石砥中不會這樣就忘記你，你也不會忘記石砥中。愛不只是表面上的，我需要的是佔據你的心。萍萍，你曉得我有什麼辦法可以抹去我們之間的陰影嗎？」

東方萍和石砥中的臉色同時大變，他們沒有料到唐山客醋意這樣大，連他們那僅有的一點友誼都不容許存在，這實在太殘忍了。

東方萍痛苦地道：「唐山客，你這麼不講理！」

唐山客嘿嘿笑道：「一個只知道愛你的人，心胸是窄小的，我要消滅掉石砥中在你心中的地位，使你永遠不會再懷念過去！」

東方萍心中一寒，顫抖地道：「你辦不到！」

唐山客一揚手中長劍，冷寒的劍刃上泛起一股流灩，閃爍的寒芒搖顫而出，他冰冷地道：「暫時或許不行，時間久了，你自然會忘掉他。萍萍，請你原諒我的苦心，這樣子做完全是為了你。」

石砥中怔怔道：「唐兄，你這是何苦？」

唐山客臉上的殺機愈來愈濃，兩隻眼睛裡射出一股令人畏懼的寒光，他的嘴唇輕輕顫動，冷酷地道：「不要多說什麼，我想殺你的心不是一天了！冰凍三尺，非一日之寒。石砥中，你如果真有成全之心，就轟轟烈烈地死，不要貓哭耗子假慈悲……。」

石砥中暗自嘆了口氣，對唐山客這種無理的要求實在很難忍受，可是他這時萬念俱灰，不願再介入感情的漩渦，而惹得東方萍傷心。

他淒涼地問道：「唐兄，你真要我死了你才放心？」

唐山客猙獰地道：「當然，這是無可避免的，你該放明白！」

石砥中心中像完全虛空一樣，道：「好！唐兄，為了你和萍萍的幸福，我願意離開這個世界，我們也不需要動手，我石砥中自行了斷在你面前！」

東方萍驟聞此言，整個心神像是遭受蛇噬一樣，捂著臉奔出數步，傷心地望著石砥中道：「砥中，你不可這樣！」

石砥中搖頭道：「你不會了解我這時的心境！萍萍，真正的愛不計較得失，只要心中有愛就行了！」

唐山客沒有料到石砥中竟會這樣軟弱，他所要的是在東方萍面前表現出真才實學，轟轟烈烈地去搏殺對方，豈知對方竟然放棄動手的機會，不覺使他更加憤怒。

他冷冷地一笑，怒道：「找出你的劍來吧！石砥中，你這樣死，我不會領情的，你往日的雄風到哪裡去了，嗯？」

石砥中憤怒地道：「你不要逼我動手，那樣對你不是個好兆頭。」

「懦夫！」唐山客一揚手中長劍，沉聲喝道：「你只會在女人面前裝腔作勢，真正要你表現的時候，你又縮起頭來裝烏龜。石砥中，撇開我們之間的恩仇不談，我要你和我公公平平的決鬥，你敢答應嗎？」

石砥中不禁被激起一股怒氣，他見唐山客不通情理，頓時將面孔一沉，怒道：「好，唐山客，我不會讓你失望！」

一股冷寒的劍光自他手中顫吐射出，金鵬墨劍緩緩斜撩而起，他那冷漠的臉上，流露出一股湛然神光。

石砥中冷冷地盯著唐山客，道：「你可以出手了！」

唐山客心中一凜，頓時寒意湧上心頭，他一揮手中長劍，劍勢斜顫，閃電劈出。

冷殺的劍嘯在空中急驟響起，一縷寒芒化作一道流灩，穿進石砥中的劍圈裡，對著石砥中的胸肋削去。

石砥中目注對方這快捷的一劍，身形像幽靈似的飄了出去，手中長劍在空中一顫，圈起一道銀白色的劍芒，將唐山客那沉重的一劍擋了回去。

唐山客見一擊無功，低喝一聲，手中長劍突然一轉，化劈為戳，銳利的劍光化作一點寒芒射了出去。

石砥中冷笑一聲，道：「唐兄，請你小心了！」

他手中長劍有如靈蛇一晃，自劍刃上射出一股流灩，斜斜向上一撩，對準唐山客握劍的腕脈上點去。

唐山客神情一驚，沒有料到對方在劍道上有這樣深的造詣，這時要變招已經來不及，他心中一狠，突然將長劍拋了出去，左掌疾快劈向石砥中的背上。

「砰！」石砥中身子劇烈地一晃，背上結實地挨了一掌，嘴角緩緩流出血漬。

他長劍低垂，自唐山客的喉結處收了回來，低垂著頭黯然道：「你帶萍萍走吧！」

他有足夠力量殺死唐山客，也有很好的機會將唐山客毀在劍下，可是他並沒有利用那得來不易的機會。

當他的長劍頂在唐山客喉結上時，他心中突然軟弱下來，放棄了殺死唐山客的良機，他想起東方萍，他不能使東方萍尚未過門便做了可憐的寡婦。

唐山客一愕，蒼白的臉上升起一股迷惑的神情，若不是石砥中手下留情，這時恐怕早已經魂飛九幽、逵奔黃泉了。

他一念至此，冷汗直流，恐懼地問道：「你……放了我？」

石砥中目中一片黯然，痛苦地道：「萍萍是很好的女人，你要好好照顧她！」

唐山客自鬼門關轉了一圈，不覺凶戾盡消，萬般惡念都煙消雲散。他恍如作了一個夢，終於自愁雲慘霧中清醒過來。

他垂頭喪氣嘆了口氣，道：「石兄，你這是第二次留我性命！我不配和萍萍在一起，請你和萍萍重新開始！」

石砥中一愕，道：「唐兄，你！」

唐山客苦笑道：「我現在才曉得如果真愛一個人，可以永遠放在心底，而不需要去計較得失。在你的面前，我顯得太渺小了！」

石砥中黯然道：「唐兄，我只是個流浪客，不適合萍萍……。」

「不！」唐山客大吼道：「不要再說了，都是我不好，不該將你們兩人硬生生的拆散。當初我只因萍萍長得美麗，恨不得立刻得到她，不計任何手段去求湖主，中途橫刀奪愛，這事本來就是我不對，哪能怪你！」

他痛苦地說出這些肺腑之言後，眸子裡頓時浮現淚影。只是他這人堅強自傲，雖然遇上極大的傷心事，也不願輕易表現出來，暗自強忍著不使眼淚掉下來，那種無形的壓抑的痛苦絕不是普通人所能忍受的！

東方萍感動得流下熱淚，道：「唐山客，對不起……。」

唐山客回頭看了她一眼，道：「萍萍，我祝福你！」

他淚水盈眶扭頭往外奔去，哪知才奔出沒有幾步，突然蹄影翻飛，一大隊快騎向這裡馳來。

石砥中激動地道：「唐兄，趕快回來！」

唐山客回頭道：「石兄，你的好意我心領了！萍萍交給你了，我願上蒼保佑你倆，在大漠中我們或許還有機會見面！」

東方萍顫道：「唐山客，你上哪裡去？」

唐山客勉強微笑道：「我錯了！白龍湖是我生長的地方，我該回到那裡去。湖主待我太好，我不該讓她傷心！」

遙遠的夜色裡奔來數十快騎，唐山客一見是海神幫的同伴來了，眉頭不由一皺，朝月光下的羅戟問道：「羅戟，你來幹什麼？」

羅戟微微一怔，道：「我和幫主巡查回來，聽說你到這裡來，怕你有所閃失，特別跑來接應你。怎麼樣？情形如何？」

唐山客悲涼地道：「羅兄，請回去吧！這裡的事我已經解決了。」

羅戟和手下同時飄身下馬，他冷冷瞥視石砥中一眼，一股殺機自眉梢瀰漫布起，冷笑道：「大英雄，你回到這片沒有寶藏的地方來幹什麼？」

石砥中冷冷地道：「羅戟，你領著這麼多人是準備來對付我嗎？這未免有些過分，我們之間還不需要勞師動眾。」

羅戟嘿嘿笑道：「你能記著我們之間還有一筆血賬沒結就好了！海神幫可不同於飛龍幫，閣下要想過關並不容易。」

石砥中不悅地道：「羅戟，我們雙方並沒有深仇大恨，何必要無端生事，弄得大家都不愉快呢！我回大漠只因為我喜歡這地方，與你們海神幫並無衝突可言。」

「哼！」羅戟冷哼一聲，道：「你說得倒輕鬆，我姐姐的死至今還未報仇，我羅戟只要有一口氣在，總會和閣下清一下賬！」

石砥中想不到羅盈的慘死至今還未使羅戟消弭誤會，他自問於心無愧，聞言不覺有些生氣，冷冷地道：「令姐是西門錡殺的，你不找他報仇竟纏上我了。羅戟，我石砥中在江湖上從不昧著良心胡說，你信不信，全看你自己！」

羅戟冷笑道：「鬼話，你的話沒人會相信！」

「我相信！」唐山客怒道：「羅兄，我相信，這個誤會總可以解釋清楚！」

「你！」羅戟作夢也沒想到唐山客在今夜會有這樣大的改變，平常他隨時隨地都會揚起拳頭，口口聲聲說要殺死石砥中，誰知今夜他態度大變，居然幫著石砥中給自己難堪。

羅戟一呆，道：「唐兄，你連小弟都不認了！」

唐山客搖搖頭道：「羅兄，你我兄弟一場，我唐山客待你如何，你是知道的，今夜如果不是有特別原因，我也不會相信石砥中。事實上，他是個重感情講道義的人，此時你或許還體會不出來，往後你將會認識他的真面目。」

羅戟怔怔道：「唐兄，你的妻子給他霸佔了，難道你都忘了！」

唐山客笑道：「我必須有所解釋了，羅兄，東方姑娘和石砥中認識在我之前，兩人心中相愛，深若大海，其實我哪配得上東方姑娘麗質天生、秀外慧中的絕世佳人！」

羅戟冷冷地道：「你能放棄自己的妻子，我卻不能放棄替姐姐報仇，我們之間立場不同，閣下可以讓開了！」

唐山客臉色一沉，道：「你如果不給我姓唐的這個面子，休怪我翻臉無情，錯過今天，你隨時都可以找石砥中報仇，只有今夜，我不准你在我面前和他過不去！」

他轉頭道：「石兄，你可以和萍萍離開了，我祝你們一路順風，早生貴子！」

他此時喉嚨有些嘶啞，身子居然泛起一陣劇烈的顫抖，淚水終於還是滾落下來。

石砥中長嘆一口氣，道：「唐兄，你的犧牲太大了！」

他茫然望著清朗的月夜，和東方萍沉重的跨上坐騎，在珍重聲中離去。

羅戟望著石砥中離去的背影，恨恨地道：「石砥中，我會懷念今夜的機會！」

石砥中回頭冷冷地道：「錯過今夜還有的是機會，我石砥中隨時會等著你。請你不要忘了，真正的凶手不是我，有時間不妨再查一查，或許會有更好的發現。」

淡淡地，像那漸漸逝去的雲霧，兩個傳奇性的人物逐漸消逝在黑夜中，僅留下不斷的蹄聲飄蕩在空中。

羅戟長長吐出一口氣，道：「唐兄，我真不懂你為什麼會改變得這麼快！」

唐山客黯然道：「你永遠不會懂，只有親身感受的人才會懂，羅兄，有時間我會慢慢告訴你，愛情並不是生命的全部！」

「我們走吧！」他憂傷地道：「我還有事要和幫主商量！」

羅戟搖搖頭道：「你領著他們先回去，我要一個人冷靜一會！」

他頹然牽著自己的坐騎，孤獨地向黑夜中邁動步子，落寞地低垂著頭……。

思維像亂線一樣地將他牽絆住了……。

第八章　反目成仇

神秘的漠野永遠帶給人一種神秘的幻想，在這裡曾流傳出許多感人的故事，也流傳下不少古老的神話。

尤其是在夜晚，那些收了工的牧人時常會聚集在一起傳述那些神話和故事，而將自己的聽聞告訴在這裡生長的下一代，使他們也知道大漠的神奇與奧秘！

熊熊跳動的火焰在黑夜裡發出辟啪聲響，雖然夜已深沉，那些不知疲倦的牧人依然在喝著烈酒、唱著情歌，講述那些傳奇的故事。他們忘卻夜影漸去，也沒注意到有一個孤獨的旅客漸漸向他們接近……。

羅戟懷著憂傷的心情，在這漠野上漫步，石砥中臨去的那一句話，始終縈繞在他的耳際，使他對於姐姐的死因產生了懷疑。

「請你不要忘了，真正的凶手不是我，有時間不妨多去查查，或許將會有更好的發現！」

石砥中的話強而有力地在他心中形成一股力量，也許石砥中說得對，他該去查查了，一股憤怒的烈火在羅戟心中漾起。

他忖思道：「如果西門錡騙我，我將利用海神幫的力量，將整個幽靈宮毀滅，殺死西門熊父子！」

他恨恨地一揮拳頭，忖道：「我要去問問這群牧人，往大草湖的方向，我會在那裡找到西門錡，重新問問他當時的經過。趁著現在幽靈宮正在全力對付石砥中的時候，西門錡還不敢太為難我的！」

雖然幽靈宮和海神幫素來不睦，時常都有爭執發生，由於石砥中的出現，幽靈宮儘量設法拉攏海神幫，以便聯手將石砥中驅逐出去，所以現在大漠三派俱有默契，彼此儘量避免發生衝突，而維持鼎足的局面……。

羅戟這個意念一現，立時走向這群牧人，問道：「請問大草湖離這裡多遠？」

大草湖是牧人們給一個綠洲起的名字，只要說出「大草湖」三個字，牧人馬上會告訴你在什麼地方。

那群正在談笑間的牧人一聽羅戟問起大草湖的位置，卻像是都被震懾住了，他們恍如有一種不敢說出的畏懼，每個人都互相看了一眼。

其中一個白髯的老牧人，搖搖頭道：「朋友，你什麼地方不好去，為什麼一定要去大草湖？那裡全被幽靈宮的人佔去了，要走進去準得被打個半死。」

羅戟淡淡地道：「請你告訴我位置就行了，我有一位朋友在那裡！」

這牧人猶豫一會，道：「向南走十五里，就可找到那個地方。」

他連忙道了一聲謝，跨上單騎朝南方奔去。

× × ×

靜謐的漠野恍如只有羅戟一個人在黑夜中疾行，他這時憂心如焚，一路疾馳，十五里很快就過去了。

大草湖的四周燃滿大紅風燈，在搖曳的燈影中，只見那片綠洲上人影晃動，各處都有守夜的漢子。

羅戟身形自奔馳的馬背上一躍飄起，輕靈地落在地上。

那些漢子看得一驚，不知這個身手靈快的高手是誰？

「哪一位？」

羅戟冷冷地望著撲來的兩個人，冷笑道：「我姓羅，請你們少宮主西門錡出來！」

左側的那個漢子哦了一聲，道：「原來是羅副幫主，請你稍等一下，小的這就傳報！」

他自懷中緩緩拿出一個銅鈴，在空中略一搖晃，響起一連串叮噹叮噹之聲，大草湖上的幽靈宮高手俱詫異地自黑暗中閃出來，朝向羅戟不解地望著……。

西門錡很快就出現了。

他和另一個年輕人並肩走過來，一見羅戟臉上神采有異，不禁詫異地道：「羅副幫主，什麼時候來的，我們正談論你呢！」

羅戟淡淡地道：「剛剛才到，西門兄，你們這裡好像很緊張啊？」

西門錡目中閃過一絲詭秘之色，嘿嘿笑道：「飛龍幫的洪幫主在大漠邊緣已經栽在石砥中的手裡。現在所剩的就是你們和我這兩家了，如果不設法將石砥中趕出去，我看大家就不用再混了！」

羅戟冷冷地道：「西門兄好像胸有成竹了！」

西門錡得意地道：「我幽靈宮弟子遍及天下，這次為了對付石砥中，已將所有在外面的弟子調回幽靈宮，希望在這裡能把石砥中一舉毀滅掉！」

他斜睨身邊的那個青年一眼，道：「我爹這次請來不少幫手，只要你們海神幫肯與幽靈宮合作，我相信石砥中絕無法逃出我們的連續追擊！」

羅戟道：「海神幫永遠是獨立的，你們怎麼對付石砥中，我們不過問，我們如何驅逐石砥中，請你們也不要干涉！」

「嘿！」那個青年冷喝一聲，道：「憑海神幫那點力量，居然也敢單獨行事！」

羅戟目光一寒，道：「閣下是誰？這裡沒有你說話的地方！」

這陰沉的年輕人冷笑道：「我姓房，看在西門兄的情面上，我現在不和你計較。羅副幫主，你可以請了，這裡沒有人歡迎你！」

羅戟淡淡道：「是嗎？房大英雄，我好像還沒聽過閣下這號人物，你大概是新近出道的吧？」

房文烈心機深沉不著痕跡，連西門錡都覺得適才羅戟言辭過火，可是房文烈非但沒有立時發作，反而冷冷地一陣大笑，毫不在意地道：「見面都有三分情，我姓房的多少還懂得這個道理。羅副幫主，難怪你不認識我，我還是第一次來大漠！」

他的臉色隨著一變，冰冷中透出無限殺機，嘿嘿地笑道：「你將會認識我，在下次見面的時候！」

羅戟這才感覺出對方不太簡單，僅從那犀利的言辭上，已看出房文烈不是普通人物。他心中一寒，道：「行！房兄，我羅戟在下次一定要和你敘敘舊情了！」

始終不發一語的西門錡這時可惱火了，他陰沉地笑了笑，一股殺機在他目中閃出，冷冷地道：「羅兄，你來這裡，所為就是教訓我的朋友？」

羅戟吸口涼氣，冰冷地道：「還有一點私事，我要和西門兄弟談談！」

西門錡嘿嘿一笑，拱手讓客，道：「裡面請，什麼事都好談！」

羅戟的眼前如霧一樣的浮現羅盈慘死時的淒厲情景，他雙目睜得有如巨鈴，一股淚水湧現，幾乎要奪眶流出。

他恨恨地緊握拳頭，搖搖頭道：「不用了，我倆還是就在這裡談談好了！」

西門錡看出羅戟臉色不善，心中立時忖思這是怎麼一回事。

他淡然一笑，冷冷地道：「羅兄請說，我們之間什麼事都可以談。」

羅戟正要說話，自左側突然奔來一個黑衣漢子，悄悄地附在西門錡的耳邊說話，目光不時飄向羅戟的臉上。

西門錡神情一變，詫異地道：「有這種事。」

他一揮手，那個漢子轉身離去。

西門錡嘿嘿笑道：「羅兄，你和石砥中見過面嗎？」

羅戟冷冷地道：「你的消息還真靈通，在兩個時辰前，我在黑湖和回天劍客確實見過面，這與閣下似乎沒有關係吧！」

「嘿嘿！」西門錡冷冷地道：「這個自然，聽說你放過了石砥中，羅兄，有這回事嗎？這種事太令人難以置信了，我不相信你會放過殺你姐姐的仇人！」

羅戟沉聲道：「西門錡，我姐姐到底是誰殺的？」

西門錡心中一寒，沒有料到事隔多年，羅戟還在追查羅盈的死因。

他腦中念頭一動，冷冷地道：「誰殺死羅盈，你難道不知道？我西門錡向來不喜歡拐彎抹角繞圈子說話，有什麼話不妨直說！」

羅戟凜然大吼道：「我姐姐是你殺死的，西門錡，你還不承認！」

西門錡目中凶光乍閃，嘿嘿笑道：「是我又怎樣！羅戟，你在這裡發狠可走錯了地方，這裡……嘿嘿……全是我的人，形勢上可對你不利。」

羅戟沒有料到西門錡會這樣乾脆地承認，他本來只想試探這件事情，哪知西門錡一時口快，居然直言不諱。

等話離舌尖，西門錡不覺生出一股悔意，後悔自己沒有心機地說出真話，可能招致海神幫和幽靈宮正面衝突。

羅戟哈哈笑道：「我總算認識你這個人了，西門錡，我姐姐和你有何怨恨，你竟狠心地將她殺死！」

他想起羅盈對待自己的恩情，心裡那股酸楚便不自覺湧上心頭。

他痛苦得全身直顫，伸手拔出斜插在背後的長劍，大聲道：「西門錡，你準備納命吧！我姐姐是怎麼死的，你也要怎麼死。」

西門錡嘿嘿大笑道：「你真是個渾人，憑你一個人竟然敢來這裡生事！嘿嘿，羅戟，我只要隨手一揮，你身上將要開上十七、八個洞，不信的話，你可以看看你的身後！」

羅戟心中一凜，身形一個大旋轉，目光瞥處，已看見數十把弓俱拉滿長箭，瞄準自己身後。自己只要略有行動，那些無情的箭矢，就會如雨般射向自己。

他冷哼道：「你所有的力量都在這裡嗎？」

西門錡冷冷地道：「對付你，這些人已經足夠了！羅戟，識相點，丟掉你的劍，給我滾得遠遠的。」

羅戟沒有料到事情會演變到這個地步，他雄峙大漠，至今還沒有真正遇過敵手，哪知今夜他居然面臨死亡的威脅。

他悲憤地揚起手中長劍，道：「我羅戟不是怕死之人，相好的，你還是自己來吧！這件事是我們兩個人的事情，我不希望有第三個人介入！」

房文烈突然一擊掌，道：「將他趕出去！」

話音甫落，兩支銳利的長箭閃電射來，羅戟身形一晃，揮手將那兩支長箭劈落在地上。

他凜然道：「我會記得房兄今夜給我的教訓！」

他曉得報仇無望，恨恨地瞪了西門錡一眼，轉身向自己的坐騎走去，正準備要飄身上馬動身離去。

西門錡突然喝道：「這馬我留下了，羅戟，你自己走回去！」

大漠裡沒有代步的坐騎，就像是在江河裡覆舟一樣，隨時隨地都會遭遇滅頂的厄運，羅戟心裡明白，對方要自己在這片漠野自生自滅。

這片漠野看上去是那麼的平靜，其實暗中隱藏的殺機是不著痕跡的，隨時隨地都會遇到野獸，也隨時會遭遇到颶風的侵襲。沒有代步的工具，羅戟的命等於已丟去了半條。

他憤怒地一掄手中長劍，道：「我們拚了，西門錡，你的心好毒！」

他身形斜躍撲去，發動之快出乎那些放下弓箭的高手意料之外，等將弓箭重新張起之時，羅戟已衝到西門錡的身邊，一劍刺了過去！

「鏘！」一道冷寒的劍光繚繞顫起，房文烈拔劍的速度倒是真出人意料之外。他手臂輕顫，長劍已握在手中，以看不清的快速將羅戟刺出的那一劍擋了回去。

他冰冷地笑道：「羅兄，你在劍道上的修養還真不錯！」羅戟瞧出房文烈的厲害，對方那幻化如神的一劍發得太快，快得使羅戟連對方的身法都沒瞧出來。

他心中大駭，怒道：「君子不擋路，相好的，你我並沒有過不去的地方，希望你不要管我們海神幫的事情。你知道，海神幫不是那麼容易就可以擺平的！」

房文烈陰沉地道：「這件事我管定了！羅副幫主，我們的立場不同，你還是多擔待一點吧，要動手就衝著我來好了！」

羅戟氣得全身顫抖，那股燃燒的怒火頓時自心底漾起，他雙眉緊皺，濃濃的殺機頓時冒上臉顏，緩緩將長劍舉起。

他怒氣衝衝地道：「好，我就領教領教閣下的神招！」

身形斜飄而起，長劍輕靈地在空中一顫，幻出七個拳大的劍花，劍柄倏地下沉，對著房文烈的肘下點去。

房文烈輕鬆地笑道：「你好像已得到海外三島的劍術真傳了！」

這個人還真不簡單，羅戟才施出一式，他已瞧出這是羅公島劍法。

他將長劍在空中劃一大弧，神靈的將羅戟這點來一劍擋了回去，手法乾淨俐落，真有一派劍宗之風。

羅戟心中大寒，悶聲不吭地一蹲身子，翻手斜劈一劍，劍至中途，突然化劈為削，落向房文烈的左臂上。

「哼！」房文烈冷哼道：「該你看我的了！」

只見他身子在空中一掠，長劍順勢一顫，穿過對方劍幕，怪異詭變的一抖劍刃，嗡然一聲，一縷寒影飄起，擊向羅戟的身上！

「呃！」羅戟連對方擊來的劍路都沒看清楚，左肩上已透來一陣劇烈的疼痛。他痛苦地哀嗚一聲，只見一股血液自肩上流下來，將整個手臂都染紅了。

「嘿！」房文烈嘿地一聲冷喝，道：「羅副幫主，你還要再報仇嗎？」

一道其寒如冰的劍光，流灩射在羅戟面前，他絕望地發出一聲長嘆，望著猙獰的房文烈道：「你動手吧，除非是殺了我，否則我還會再來！」

房文烈一抖長劍，冷笑道：「你是不見棺材不掉淚！」

第九章　生不如死

暗夜裡，幽紅的燈籠射出一股血樣的光華，映在地上將搖晃的人影拖得修長。

房文烈的面容在燈光下泛起一股令人驟懼的陰沉凶狠，在那雙沒有感情的眸子裡，閃出冷寒的精光，逼落在羅戟的身上。

羅戟的身上染滿鮮血，陣陣劇痛，使這個年輕的高手額上滲出冷汗。

他暗自咬緊牙關，不使痛苦表現出來，怨恨地望著房文烈，居然沒有一絲臨死前的畏懼，也沒有為自己的性命乞憐。

揚劍，冷寒的劍光泛射起一蓬淒迷的光弧。陰冷的笑聲，自房文烈的嘴裡低吐而出。

他嘿嘿笑道：「這柄長劍只要一落，閣下的腦袋就會分了家。羅副幫主，你知道那種滋味嗎?嗯!」

性格倔強的羅戟並沒有因為對方這句話而示弱,他僅是笑了笑,一派坦然無懼的神色。

他冷冷地道:「你可以動手了,房大英雄,在幽靈宮群雄面前,我羅戟正好給你一個表現的機會。你要知道,這只是個機會,有的人在一生中,還不一定能得到一個表現的機會,而你卻輕易得到了。錯過今夜,你將失去這一切……。」

他自忖沒有辦法避過對方致命的一擊,乾脆坦然接受厄運的挑戰,所以他希望房文烈能快一點動手。

即使他死了,他相信海神幫會為他報仇,因此他並不怕死,只要死得有代價,羅戟是不會計較一切後果的……。

這個代價是什麼?那就是他以性命換取羅盈的死因真相,他深信海神幫會讓這件事情水落石出,也深信有人會為他和羅盈報仇。

房文烈滿臉不屑的樣子,他臉上冷的像塊鋼鐵,斜睨西門錡一眼,問道:「怎麼樣?這個人能留下嗎?」

西門錡嘿嘿笑道:「房兄,他說得不錯呀,這的確是個機會!」

房文烈淡淡一笑,道:「這樣殺了他也太丟人了,西門兄,你說是嗎?」

他手臂輕輕一抖，冷寒的劍芒像一蓬烏芒散了開來，銳利的劍刃在羅戟眼前晃動，逼得他閃身倒退幾步。

羅戟憤怒地一劍揮出，將房文烈的長劍盪開，身形一躍而出，凛然將長劍環抱胸前，恨恨地喝道：「姓房的，你不要羞辱我！」

「嘿嘿！」

這一連串刺耳的笑聲，傳進羅戟的耳中，像是聞見鬼魅的厲嘷一樣，他心中大寒，恐懼的寒意霎時湧上心頭。

房文烈嘿嘿大笑，道：「羅副幫主，你想要死，我偏不讓你死，我很希望能看到你在這裡表現出那種窩囊的樣子，也看看你所謂的英雄本色到底是個什麼樣子！」

他斜劍往上一撩，幻化如電地將羅戟手上長劍擊落在地上。

羅戟沒有料到對方的身手這般厲害，隨手一揮便將自己手中的長劍擊落。

他心中大駭，忖道：「慘了，我今日將遭受的痛苦，恐怕比死還要難過。」

在他那雙精光炯炯的神目裡，陡地湧出一股紅光，密布的血絲有如燃起烈火，他目眥欲裂。怒吼道：「你要怎麼樣？姓房的，這樣做也未免太卑鄙了，我羅戟雖然技不如你，在江湖上也不失為一條漢子，你如果要羞辱我，別怪我羅戟罵你祖宗八代，絕子絕孫……。」

房文烈冷冷地道：「你罵呀！羅副幫主，可沒有人會塞住你的嘴！」

他左手倏地一晃，屈指輕輕一點，斜斜點在羅戟身上的三處穴道。

羅戟只覺身上一麻，頓時全身動彈不得。

房文烈向凝立在四周的漢子一揮手，立時有兩個漢子上前將羅戟綁了起來，他冷然一笑，道：「送到我的篷幕裡去！」

那兩個黑衣漢子急忙答應一聲，押著羅戟向那尖頂的大篷帳中行去。

房文烈望著羅戟的背影冷哼了一聲，道：「西門兄，你要不要看看我對付敵人的手段？」

西門錡這時對房文烈佩服得五體投地，他不但敬畏對方那身詭譎幻化的功夫，也駭懼對方那種對付敵人的方法。

他神情一冷，哈哈笑道：「房兄高明，在下正要領教！」

房文烈得意地道：「行！你會看到羅戟是怎樣的求饒，不管是誰，只要落在我房文烈手中，縱使是鐵鑄的漢子，我也能讓他變成個軟骨頭的廢人……。」

兩個心黑手辣的年輕高手俱嘿嘿一陣陰笑，大步向篷幕行去。

幕簾掀起，羅戟正被綁在一根支起的木柱上。他神情慘然，望著走進來的兩人，罵道：「龜兒子，你們不是人！」

西門錡冷笑道：「羅兄，你還是閉上你的嘴好，免得多增加你的痛苦。要知道這裡可不是海神幫的地盤，而是在我們幽靈宮的勢力範圍之內，你要發狠恐怕選錯了地方吧！」

羅戟憤怒地道：「如果我羅戟能活著回去，首先要踏平你的幽靈宮！西門錡，我會血洗今日之仇，你們兩個都給我記住……。」

「啪！」的一聲重響清脆的傳開，房文烈重重地打了羅戟一個巴掌，只打得羅戟耳鳴心悸，一縷血絲自嘴角流出。

羅戟怨恨地瞪著房文烈，厲喝道：「姓房的，你他媽的不是好漢！」

房文烈陰沉地一笑，冰冷地道：「你吼什麼，這一巴掌還不夠嗎？嘿嘿，羅副幫主，識時務者為俊傑，你要是聰明，就乖乖閉上你的臭嘴。」

他斜睨西門錡一眼，道：「西門兄，我要表演一手『螞蟻上樹』，你喚他們擺酒，我倆一面喝酒，一面看螞蟻上樹那種滋味。」

「好主意，好主意。」西門錡嘿嘿笑道：「房兄，真有你的，小弟正覺寂寞長夜，沒有辦法打發這種無聊的時光，現在，嘿嘿，倒有得瞧了！」輕輕擊了兩掌，篷幕之外立時走進兩個漢子，西門錡吩咐一聲，立時擺上一桌豐富的酒餚。

一個黃竹筒托在房文烈的掌心中，他陰沉地斜著眼睛，不屑地望著羅戟，命一個漢子將羅戟身上的衣服脫掉，僅餘一條內褲遮著下體。

羅戟沒有料到自己雄峙大漠，堂堂一派之首，會遭到這種空前的羞辱。他氣得神情大變，幾乎想自盡死去，可是這時身上四肢被縛，根本沒有動彈的餘地。

他臉色鐵青，憤怒地吼道：「你的手段好毒！」

房文烈揚起手中的竹筒，嘿嘿笑道：「沒有什麼，只不過是一點小玩意。羅副幫主，你現在可以領受一下螞蟻上樹那種滋味了，那是一種非常好受的味道，我想你一定很樂意嚐嚐！」

他輕輕啟開那個竹筒，裡面突然湧出一群無數的黑蟻，這群黑蟻頭特別大，嘴上長著一個長長的尖刺，俱緩緩奔跑到羅戟的腿腳下，慢慢爬上他的足踝。

羅戟駭得大叫一聲，道：「這是什麼東西？」

房文烈冷冷地道：「這是苗疆瘴區的尖嘴蟲，很像螞蟻，最喜人血。苗疆巫婆專門拿來對付那些背叛她的人，所以此種尖嘴蟲又名神兵，咬人不見血，並藉著吸血的時候，會將本身的毒液傳給對方。羅副幫主，你請放心，我不會讓牠們將你身上的血一次吸盡，總會讓你消受消受那種特別的味道！」

羅戟聞言大顫，悲吼道：「房文烈，你不如一劍殺了我，用這種惡毒的方法整我幹什麼？我和你無怨無仇，你犯不著施出這種手段。」

「嘿嘿！」房文烈一聲冷笑，轉身和西門錡坐在一起，端起一杯酒輕輕撮在嘴邊，大笑道：「羅兄，我敬你一杯，祝你快樂……。」

「呃！」羅戟心裡一慘然，嘴裡不覺驚叫了一聲。

他低頭看了看那地上，只見萬千的尖嘴蟲爭先恐後向自己身上爬來，一股麻癢難捱的痛苦，從腳上一下接一下的傳來。

那種麻麻酸酸要說痛也不痛，只是奇癢難捱，心裡好像有個什麼東西在騷動一樣，比蛇噬在肉上還要痛苦。

羅戟冷汗直流，喝道：「魔鬼，你這算哪門子英雄！有種放下我，痛痛快快的一拚生死，你竟這樣折磨我……呃！」

他想起自己昔日的英雄歲月，與自己現在所受的屈辱，心裡恍如遭受到巨錘狠狠一擊似的，他的心神劇烈一顫，體外所受的壓力逼使他喘不過氣來，那陣陣形容不出的痛苦，連羅戟這樣鋼鐵的漢子都忍受不住，可見這這種苗疆尖嘴蟲有多厲害了。

黑麻麻的一片，那群豎起長長尖嘴的大螞蟻像是驟然得到食物一樣，迫不及待向羅戟身上爬去，揚起長長的尖嘴專找羅戟身上肉多的地方咬去。

尖尖的嘴在肉裡重重地一啄，鮮血便會不停直冒，這些尖嘴蟲急忙鼓起肚子狂吸，非將肚子脹得圓圓大大而不停止。

羅戟雖然有一身傲笑武林、睥睨江湖的功夫，可是一旦遇上這群沒有人性的尖嘴蟲，空有一身功夫，一點也施展不出來，他這時痛得全身直顫，簡直不是筆墨所能形容。

房文烈望著羅戟那種掙扎痛苦的表情，不禁哈哈大笑，端起酒杯一飲而盡，得意地道：「西門兄，你看我們的羅大爺還能支持多久？」

西門錡嘿嘿笑道：「最多再支持一個時辰！」

「哼！」鼻子裡傳出一聲冷哼，房文烈不屑地道：「你把他估計得太高了，苗疆尖嘴蟲又毒又狠，我相信不出半個時辰，我們羅大英雄就會化為一具骷髏，僅剩下一張皮包骨了，嘿嘿！」

兩個把性命當成兒戲的詭詐青年杯觥對飲，不覺各有三分酒意。

西門錡向羅戟一望，暗中吸了一口冷氣，只見羅戟鐵錚錚的漢子，這時身上爬滿了尖嘴吸血蟲，終於忍受不住那種錐骨噬肉的痛苦而暈死過去。

尤其令人心寒的是那些豆大的尖嘴蟲，這時非但沒有喝飽的意思，反而鼓起渾圓的肚子狂吸不休。

那黑麻麻的一片，使西門錡全身不覺起了雞皮疙瘩，周身汗毛直豎，對於生來一身賊骨的房文烈起了一股寒意。

西門錡對房文烈整治人的手段既驚且佩，暗中升起防備之心。

他倆各懷鬼胎，正在醉意未消之時，突然自篷幕外傳來一聲冷笑，冷冰的笑聲使兩人霍然而立。

房文烈斜掌平胸，沉聲道：「哪一位？」

淡淡地一閃，兩條人影化作一縷輕風，並肩向外撲去，眨眼之間消逝不見。霎時，酒香飄鼻的大篷幕內又恢復死樣的靜寂。

幽靈似的一晃，自篷幕外突然閃進一個鬼魅般的人影。

他冷冷地看了羅戟一眼，揮手將羅戟身上聚滿的尖嘴蟲彈落在地上，疾快地解開羅戟身上的繩索，將他挾在肋下如電搶出幕外，向前奔去。

× × ×

「唐兄，你得手了嗎？」

黑夜裡傳來一個女子的話聲，唐山客身形一頓，朝悄悄凝立在夜色下的那個女子一揚手勢，道：「幫主，屬下幸未辱使命，總算將羅兄救出來了！」

海神幫幫主何小媛嗯了一聲，冷寒的眸子在夜色中湧起一股煞意，她輕輕作了一個手勢，輕聲道：「你向東走，那裡有我們的人接應。」

唐山客一呆，道：「幫主，你呢？」

何小媛恨恨地道：「我來斷後，掩護你們先走！那個姓房的敢這樣對待我們海神幫，這個仇我非報不可，你快走吧！」

唐山客身形躍起，斜斜向東方穿去。

何小媛等他身形消逝，緩緩向前移動幾步，冷煞地望著奔來的西門錡。

西門錡嘿地冷喝一聲，道：「何幫主，什麼風將你的大駕吹來了！」

何小媛面上冰冷，有如罩上一層寒霜，冷漠地道：「你們幽靈宮的本事愈來愈大了，居然連我們海神幫的人都敢惹了，西門錡，是誰叫你這樣對待羅戟的！」

西門錡心中一寒，緊張地道：「羅副幫主在我的地盤上撒野，不將我幽靈宮放在眼裡。如果我等不給他一點顏色看看，嘿嘿，江湖上還能由得我們再混下去嗎！何幫主，你這樣三更半夜私探大草湖，不知有何見教？要不要到裡面坐一會！」

「嘿！」房文烈鐵青著臉輕晃而來，陰沉地道：「西門兄，我們中了海神幫的調虎離山之計了，嘿！這位姑娘好像就是海神幫的大幫主，在下失敬了！」

何小媛白了他一眼，道：「你好像很不錯嘛！連我的人都敢招惹，房大英雄，你知道得罪我們海神幫的後果，將遭遇到何等嚴厲的報復嗎？」

房文烈精光一閃，冷冷地道：「海神幫妖魔小丑不堪一擊。幽靈宮現在要統馭天下，貴幫如果識相，該當退出大漠，否則！嘿……。」

「哼！」何小媛冷哼一聲，道：「你這狂妄的小子，在本幫主面前，竟敢說這種大話！」

她緩緩抬起潔白如玉的手掌，自掌心中吐顫出一股幽幽的光華，斜斜地向房文烈身上推去。

「幽冥掌！」房文烈詫異地低呼一聲，凝重地將臉一沉，右掌在空中兜一大弧，迎著何小媛擊來的掌勁拍去。

「砰！」的一聲大響，雙方身形俱是一晃，互相一移身形，相距在五尺之外。

房文烈嘿嘿一聲冷笑，嘴角上漾起一道詭秘而陰沉的弧線，他身形往前一移，道：「西門兄，命人將這娘們截住，海神幫敢來這裡發威，我們自然也得給他們一點顏色瞧瞧。先擒下這個小妞，你我再領兵直攻海神幫，在兩日之後，我相信大漠裡再沒有海神幫這名號！」

何小媛心中一寒，沒有料到房文烈這個人如此陰狠，她能領袖海神幫那麼多高手，自不是輕易可欺之輩。

念頭轉動，她不禁冷笑道：「你果然是個不簡單的人物，不過你的主意打錯了，海神幫大漠之雄，如果那麼輕易可以被毀滅，幽靈宮也不會等到現在了！」

房文烈不屑地道：「烏合之眾也敢口出狂言，姑娘，你給我躺下吧！」

何小媛見他話音甫近，身形已詭異地搶攻過來，心中一凛，揮掌斜撩，電疾地拍出七掌。無奈對方神功無敵，功力猶在她之上，那連環七擊非但沒有傷到對方，反而讓房文烈給逼得團團亂轉。

她暗中大駭，忖道：「這個人的功力簡直比西門熊還要高明！如果他真要和幽靈宮聯手對付海神幫，海神幫還真不是他的敵手，我得趕快設法回去布置一切，在這裡纏鬥對我不利。」

她大吼一聲，抖手將背上的長劍掣出，輕輕一顫，悠長的劍吟振空響起。爍顫寒刃在空中一閃，逼得房文烈身形飄退，暗中卻是大吃一驚。

何小媛趁對方這一退的空隙斜穿躍出，落向寂寂長夜裡。

她才奔出五、六步，只見夜中人影閃動，十幾個幽靈宮的高手早已截住去路。

身後的房文烈怒喝道：「截住她！」

劍光陡地湧起，一蓬血雨瀰空布出，何小媛一劍劈死兩個攔路高手，斜馭長劍猛揮而出，嚇得那些高手暗中驚顫，紛紛退身避去。

她身形如輕絮，在人叢中閃躲而去，對身後的叫嚣亂吼置之不理。

經過一陣狂亂的奔馳，這個雄踞大漠的巾幗女英雄不覺有些勞累，她正待歇息一會，背後突然響起奔馳的蹄聲。

何小媛心中一凜，急忙隱身於一個疊起的沙丘後面，偷偷向前面一望，只見西門錡和房文烈率領一大隊人馬正朝這裡追蹤而來。

「幫主！」

另一個大沙丘的後面傳來唐山客的聲音，他伸出半個頭，向何小媛招招手，道：「幫主，你請過來！」

何小媛眉頭一皺，輕輕道：「你怎麼還不走，現在我們兩個人都受困了！」

唐山客苦笑道：「我怕幫主有所閃失，準備在這裡接應你！」

濃密的蹄聲像敲起巨鼓一般的響起，幽靈宮的高手分兩隊人馬向這裡包圍過來，西門錡和房文烈各領一隊，將唐山客和何小媛兩人重重圍困在中間。

唐山客神情大變，輕聲道：「幫主，我們得設法突圍！」

何小媛神情慘然，道：「沒想到我何小媛創業至今，竟然遭到這樣悽慘的局面！唐山客，假如我倆回不到海神幫，整個大漠將是幽靈宮一家的天下了，也許我們命該如此，該死在這裡！」

房文烈跨下黑騎，身形一斜奔馳而至，向這遍野隆起的大沙丘望了一眼，揮揮手大聲道：「大概躲在這裡，你們給我搜！」

晃動的人影俱閃身朝這裡撲來，唐山客和何小媛俱將身上長劍掣了出來。

兩人在那些撲夾的人影尚未煞住身形的時候，同時揮劍灑出，慘呃的痛苦聲接連響起，霎時有三個冤死鬼死在兩人的劍刃之下。

「嘿！」西門錡驟見自己手下連續倒下三個，不禁目眥欲裂，氣得怒吼一聲，閃身揮掌劈了過來。

掌勁一吐，迸激推出，一股大力悄無聲息擊在唐山客的背後。

唐山客一個大旋身，沉聲喝道：「賊娘養的，我姓唐的就不在乎人多！」

長劍化做一縷寒光，身形向前疾跨一步，揮劍斜翻，對準西門錡劈來的手掌之上削去。

這一劍又快又狠，靈捷之間透著詭奇，西門錡心中大寒，頓時憶起白龍湖武功天下無敵，自己單獨和唐山客動手沒有絲毫便宜可佔。

他心念一轉，朗聲笑道：「房兄，這小子交給你！」

房文烈正將何小媛逼得沒有還手餘地，突聞西門錡背後高呼，他心機深沉，暗自冷笑充耳不聞，運起手中三尺寒芒，一劍幻化的點了出去。

「呃！」何小媛手腕上陡地一痛，嘴裡不覺傳出一聲慘叫，長劍鏘的一聲甩落在地上，駭得連退幾步。

房文烈面上罩滿一片殺機，斜馭長劍指著何小媛胸前，冷冷地道：「幫主，你的身手並不怎麼高明！」

唐山客驟然看見自己幫主受傷失劍，心頭頓時大寒，顧不得再和西門錡動手，奮不顧身飛撲過來，撩起手上長劍顫出七點銀花，點向房文烈的背上。

房文烈正準備羞辱何小媛一頓，突聞背後劍風颯颯，襲體生寒。他頓時知道對方劍勁極利，遇上空前對手，急忙一挫身形，自劍影中閃出。

他一看是唐山客撩劍追躡而至，不禁怔了一怔，問道：「你是誰？海神幫還有這樣的高手嗎？」

西門錡急急地道：「此人姓唐，藝出白龍湖。」

房文烈哦了一聲，道：「那倒失敬了！」

他這時再也不敢存出絲毫輕視之心，凝重地注視對方。

唐山客可不敢戀戰，左手一扶何小媛，道：「幫主，我們衝！」

他一路領先，長劍如神掠起，連著點倒幽靈宮幾個高手，這種幻奇詭秘的劍法看得房文烈暗中大寒。

房文烈怒吼一聲，揮劍追來，大聲道：「今夜要是讓你倆跑了，我房文烈以後也甭混了！」

突然，自茫茫黑夜中響起一串銀鈴般的笑聲，這笑聲清脆中帶有一股清新的氣息，浮蕩在空中有如一曲仙樂。

四處之人俱是一愕，正在猜疑這笑聲發自何處的時候，幽幽黑夜裡，自那隆起的沙丘後面，躍出兩個幽靈般的騎士。

這兩個人的出現不但使幽靈宮的人心頭一震，就是何小媛也一呆，沒有料到這兩個人竟在這個時候出現，她心中黯然，眸子裡已滲出淚水。

石砥中像一個天神似的端坐在馬上，冷漠得沒有一絲表情。

在那雙其寒如刃的眼睛裡，有一股湛然神光，冷冷地望著凝立不動的房文烈。在他的嘴角上牽出一絲悽迷的弧線，彎彎地有如菱角，沉穩中透出英氣。

而東方萍則有如廣寒宮的仙子，清麗中帶著淡雅，一身翠綠色的羅衫隨風飄起，幽幽的香氣淡淡飄出。

西門錡苦澀地道：「石砥中——回天劍客，果然是他！」

房文烈心神劇烈一顫，一股寒意自心底冒起。

他神情隨著石砥中的出現而不停變化，喉結之中恍如塞著什麼東西似的，居然一句話也說不出來。

何小媛心頭一酸，顫道：「石砥中，你好！」

石砥中苦笑道：「何姑娘，你也好！你們請走，這裡由我替二位接下了。

唐兄，羅副幫主傷得很重，回去趕快給他療治。」

唐山客一呆，道：「你！」

石砥中淡淡一笑，道：「我在路上看見羅副幫主獨自奔回貴幫，此刻大概已經到了。他告訴我，你們在這裡，所以我就趕來了。」

他冷漠地斜睨羅列在四處的幽靈宮高手一眼，那些人心中大寒，俱都畏懼地退後一步，嚇得沒有一個人敢吭聲。

他漠然瞥見房文烈一眼，道：「房大英雄，在下斗膽向閣下討個人情！」

房文烈冷冷地道：「你還會有求於我們嗎？嘿嘿，這倒是希罕的事！」

石砥中淡淡一笑，道：「其實這話也是多餘的，如果閣下識相，就將幽靈宮的人撤回大草湖，否則死傷的不是我們，而是幽靈宮所訓練出的這群高手。」

西門錡身為幽靈宮的首腦，有什麼事，石砥中應該和他商量才對，可是石砥中卻連瞧都不瞧他一眼，恍如根本沒將他放在眼裡。

他氣得全身直顫，恨恨地道：「石砥中，你似乎找錯對象了！」

石砥中神情一冷，眉宇間突然罩上一層煞氣。

他怒哼一聲，不屑地揚聲大笑，旋即以冰冷的口氣道：「大盟主，這話說得不是太幼稚了嗎？你有多大道行敢和六詔山並駕天下？論起房大英雄的武功比你們父子不知要高明多少，我這樣做，完全是看在房大英雄一點面子，不然，哼！我的手段如何，我想大家心裡都有數！」

西門錡氣得一顫，道：「你敢侮辱我們幽靈宮！」

房文烈見情勢對自己十分不利，他深知此時已非石砥中之對手，心念轉動，沉聲道：「西門兄，我們先回去！」

那些幽靈宮的弟子像是遇上大赦一樣，紛紛飄身上馬。

西門錡見情勢演變至此，只得暗嘆一聲，領著手下和房文烈並肩離去。

唐山客和何小媛這時也奔出數里之外，急著去照料羅戟身上的傷勢。

夜深沉，黎明的腳步正緩緩移動，驅逐夜的幽影。

第十章　六龍回日

漠野上沒有一絲人跡，日焰自雲空中斜斜灑落下來，投射在這一大片黃沙滾滾的大漠，塵沙隆起一個個的沙丘，青黃色的仙人掌形單影隻，形成一幅獨特的大漠景象，只有三兩行旅踽踽獨行……。

在大漠的邊緣，有一座不知名的山，禿黃的一片，沒有樹影，僅有稀疏枯黃的青草在風中搖曳。

與其說它是座山，倒不如說它是個大沙丘來得恰當。

這時，自那神秘的大漠遠方並排馳來兩個騎士。

石砥中和東方萍冒著驕陽烈焰奔向這裡，石砥中抬頭看了看這座山，輕輕一笑，道：「萍萍，我們到這山上去避避風吧！」

東方萍懷疑地道：「大漠萬里無雲，根本沒有一絲風的消息，你這樣肯定的說有風暴要來，我看你不要弄錯了！」

「不會！」石砥中很有把握地道：「我在這兒待的時間太久了，大漠的一切變化我差不多都能看出來，不信，在一個時辰之後，你就可以知道我猜測的對不對了。」

東方萍輕輕撩起潔白的手掌，理了一下額前飄亂的髮絲。

她雖不信平靜的大漠會驟然狂風怒吼，風暴自起，可是石砥中所給予她的信心太堅強了，她早已將石砥中看成無所不能，他的每一句話都是無上權威，所以她悽迷地笑道：「全看你的了！」

大紅翹起了尾巴，長長低鳴一聲，灑開四蹄向小山上奔去，東方萍尾隨而去，兩人不知不覺到了半山腰上。

誰知兩人方始自馬背上飄落，背後已響起一股勁嘯旋風，東方萍回頭一望，只見在那空曠的大沙漠裡捲起一股黑黃色的大風柱。

霎時，沙礫激射，烈日潛隱，神秘的大沙漠完全籠罩在一片風吼中……。

「唏唏唏──」

汗血寶馬突然悲鳴一聲，身形如矢，陡地飛身向山上奔去。

石砥中和東方萍同時一愣，沒有料到這匹千里神駒何以會拋棄主人不顧，獨自失常的狂亂奔馳。

石砥中斜斜一躍，焦急地喝道：「大紅！」

飄浮的紅影恍如一朵紅雲似的消逝，石砥中和東方萍晃身直追，等到兩人到達山峰之上，早已失去汗血寶馬的影了。

東方萍神情一凝，伸手指了指夾於群山間的一個小山谷，道：「砥中，你看那個小山谷！」

在那個小山谷中，這時居然仍是一片翠綠，婆娑的樹影，青茂的叢草，最令人奇怪的是，在這谷裡，尚有一條麻石鋪就的石徑直通谷底。

石砥中一怔，禁不住被這個神秘的地方所吸引住，他腦海之中意念一動，忖道：「這是什麼地方？難道這裡隱有世外高人，還是前朝遺老避難至此！這裡隱密異常，人跡罕至，莫非是江洋大盜坐地分贓之處……。」

這些紛沓的念頭在他腦海中一閃而逝，他向東方萍一招手，身形陡地一旋，順著山壁向谷底落去。

身形甫落谷底，一陣清馥的花香飄送而來，中人鼻息欲醉欲痴。

東方萍深深吸了口氣，輕笑道：「好香的花，我們進去看看！」

石砥中神色凝重地瞥了四周一眼，道：「萍萍，這個地方不比尋常，僅看這裡的栽植就知此間主人絕非俗人，或許還是武林前輩！」

話音未逝，他陡地覺得有一道無形的氣體正向自己身上推來，急忙一個旋身，順手一帶東方萍，飄退五步。

「嘿！」冰冷的低喝聲在耳邊響起，只見一個裝束怪異、金髮碧眼的漢子，滿含敵意瞪著他倆。

這漢子赤足袒臂，手中倒提一柄長劍，他冷冷地道：「你們是幹什麼的？來這裡有什麼事？」

東方萍見這個漢子口氣不善，一身裝束不像是中原人氏所有，尤其是手臂上套著兩個金環，走起路會發出碰擊之聲。

她聞言秀眉倒豎，冷冷地道：「你這是幹什麼？躲在這裡做什麼見不得人的事！」

那個赤足漢子突然神情大變，冰冷的目光裡霎時湧起無限殺機。

他閃身將長劍探出，沉聲喝道：「你們找到這裡只有死路一條！二位朋友，憑你們那點道行還差得太遠，識趣的給我放下兵器！」

東方萍冷笑道：「好大的口氣，你是誰？」

這漢子冷冷地道：「恩達的就是我！小娘子，你長得倒像個美人，我真不忍心將你一劍殺死，還是叫你的漢子來吧，也許他還堪我一擊！」

這人嘴裡的話毫不遮掩，東方萍雖然和石砥中相戀已久，也不覺滿面羞紅。

她氣得全身直顫，恨不得立時出手教訓這漢子一頓，可是石砥中始終沒有什麼表示，只是冷冷地望著恩達。

她向石砥中瞥了一眼，徵求他的意思。

石砥中雙手一拱，道：「這位朋友請不要誤會！在下有一匹牲口不慎失落在貴山，如果那頭牲口在貴處，請交還給在下。」

「嘿！」恩達冷笑道：「鬼話，半掩山素無人跡，怎麼會在這裡丟掉東西！野漢子，我們沒有什麼話可說，如果你能贏得我手上這個傢伙，不要說是區區一頭牲口，就是皇帝老子頭上的寶冠，我也能賠得起，只怕你沒那個能耐！」

這個人口氣之大，態度之硬，石砥中還是初次遇見。

他怔了怔，猜測不出這個人到底是什麼來歷，立時將臉色一沉，冷冷地道：「朋友，還是請轉告貴主人一聲，我們不敢打擾貴主人的清修，只望能將在下之失駒尋回！」

恩達斜揮一劍，沉聲道：「不要多說了，你只要贏得在下手中寶劍，敝主人自然會見你，還保險將你們的東西找回。不過，你若在我手下走不過十招，根本不配見我主人之面，在下就能代主人修理你們這兩個不怕死的野種。切記，僅僅十招而已！這十招關係你倆的性命，與敝主人的榮辱。」

他輕描淡寫一劍揮出，已顯示出功力深厚。

石砥中心中大凜，可瞧出這漢子不簡單，僅從對方握劍的姿勢上，便知這人在劍道上的確下過一番苦功，否則他也不敢說出這樣的大話了。

恩達手下毫不留情，交代清楚後，身子向前連跨三步，手中長劍突然在空中一顫，數縷劍影片片灑出，點向石砥中身上重穴，俱是詭異幻化的招式。

石砥中凝重地大喝一聲，身形斜斜飄起，鏗的一聲，一蓬流灩脫空躍起，金鵬墨劍化作一縷銀鏈迎向對方的長劍。

叮然聲中，雙方身形同時一晃，俱暗駭對方這種神奇通靈的劍式招術，竟是自己平生所遇的勁敵之一。

恩達嘿嘿笑道：「閣下這招『鴻飛九幽』可謂施到絕頂！」

石砥中沒有料到自己甫出一招，對方便能認出自己的招式，而自己卻沒有看出對方是出於何派的劍技，相形之下，豈不是自己的劍技遜於對方太多！

他一念至此，懼戒之心立生，暗中將功力逼聚劍尖之上，靜靜等待對方致命的一擊。

恩達擊出一劍後，並沒有繼續動手，他沉凝地望向對方，兩隻冷寒的眸瞳益發寒冷，他慎重地道：「這招你要注意了，我出手之時絕不留情，劍勢一發，立時可見分曉，你自己得好好應付！」

他隨手抖劍一揮，緩緩朝石砥中劈去。

這一劍，輕靈中透出神奇，緩慢中隱含風雷，論架式極不像是在較技，可是那層層推動的劍風嗤嗤作響。

東方萍看得心神大顫，一顆心幾乎要跳出口腔之外，緊張地望著石砥中。

石砥中巍如泰山，對那連串刺耳的劍風毫不理會，手中長劍僅是平穩地搭在胸前，斜曲而出，卻並沒有出手的意向。

令人懷疑的是，他這時神色凝重中又帶著悠閒，索性將雙目垂落，對恩達所推來的長劍瞧都不瞧一眼。

恩達雙手握著劍柄，凝重地向前推動，可是雙足釘立在地上卻不敢移動分毫。劍芒妙閃，已逼至石砥中的胸前，但他並沒有迎架或是禦敵的動作。

恩達看到自己的劍尖距離對方胸口不及三寸，突然一撤長劍，狠狠地道：「你怎麼不動手？」

石砥中雙目一睜，淡雅地笑道：「我動手就敗了，你這一手以靜制動，只要我一露痕跡，不論哪個部位都在你的劍刃範圍之內，我只有靜中求動，動中求靜，對於你的攻勢不理不問，這就是上策！」

恩達冷笑道：「我只要略進三寸，你就死在我的劍下了！」

石砥中朗聲大笑道：「那你為什麼不出手呢？我已看出你的劍長不及

遠，就差那麼三寸而已，無法取得優勢。你的劍法雖然凌厲，卻並非是沒有缺點，像剛才那種情形要是換了別人，此刻恐怕已經躺在地上了。恩兄，你說是嗎？」

恩達臉色稍解，冷漠中浮出一絲欽敬之意，他冷冷地道：「這麼說，閣下比我高明了？」

石砥中搖搖頭道：「高明倒談不上，不過是因地制宜，這時正好想出破解你這一招的方法而已。如果恩兄抽劍變招，或兩招同施，在下或許就沒有辦法承受得住了。」

恩達雖然沒有行走江湖，但對各家各派的武學卻很清楚，他見石砥中毫不隱瞞地將自己的弱點說出來，心中更加敬佩，只是他始終將石砥中看作敵人，在各方面都有提防之心。

所以他斜曲長劍，問道：「閣下果然是個大行家，聽你說了這麼多的道理，你也總得露一手給在下瞧瞧，否則餘下八招，我只好再次領教了。」

這種要求並不算太過分，像恩達這種身手的人驟然碰見一個可堪匹敵的高手，不免怦然心動。

他曉得在見識方面不如石砥中，在武功方面也必定稍遜一籌，所以他要求石砥中露一手，如果對方所表現的能夠過得去，這次比鬥也可到此結束了。

石砥中可為難了，他雖然在劍道上修養很深，卻不知該施出什麼招式比較恰當，又要使恩達死了這條心，又要在不傷和氣的情況下收手。

他腦海中念頭直轉，頓時想使出達摩三劍中的起手式，這招雖烈，卻深藏玄機，尋常人根本看不出這是一招什麼式子。

他肯在恩達面前露出這一手，可見得他是如何看重恩達了，石砥中雙手握柄，金鵬墨劍斜垂地上，然後緩緩抬起，直射空中。

恩達現下所學已具各家所長，可是就沒有辦法看出這是哪一派的劍式，在他看來，這一招稀鬆平淡，除了略含玄機，態勢沉凝外，幾乎沒有什麼可取之處。

這只怪他道心不固，一時無法領會出其中奧妙，拿了金條當銅鐵，所以輕視之心一生。

他不禁哈哈大笑道：「這招有點像仙猿劍法中的仙人摘果，也像是西域墨家槍法中的『血戟長空』，閣下懂得還真不少，剩下八招你準備接下吧，這八劍在下要你捨劍逃生！」

「哼！」

突然自谷底飄來一聲冷哼，恩達嚇得全身驚顫，惶悚地斜垂長劍，躬身立在一旁。

只聽一個恍如夢幻中的聲音，道：「你有多大見識，敢遑論天下劍聖之最！」

石砥中心中一顫，抬頭望去，只見一個仙風道骨的清臞老人身著白色羅衫輕閃躍來。

在他身後緊緊跟著四個精壯的漢子，這些人容貌裝束與中原特異，尤其那個清臞的老人白眉如畫，長髯飄飄，一身白服恍如神仙中人。

恩達嚇得躬身道：「法相大人，小童知罪！」

這個清臞老人哈哈朗笑道：「一個守谷童子就敢談論天下劍法，你也太替主人丟人了！睜亮眼睛看看，人家那一手才是真正的劍法，如果你要貿然出手，那一劍準將你的腦袋削去一半！」

他目中神光炯炯，凝注在石砥中的身上，問道：「小友已得到劍道精髓，老漢文法相身隨先皇避難此地，素不與外人往來，不知小友因何追蹤至此？」

石砥中朗聲笑道：「這全是誤會，在下只因躲避大漠之強風，無意在這附近走失了汗血寶馬，一路追蹤所以闖進這裡！」

文法相雙目圓睜道：「你是說名傳天下的大宛汗血寶馬浮雲！」

石砥中一怔，道：「在下那頭牲口跑起來確實會淌血汗，但不是叫浮雲寶馬，如果文先生肯將此馬還給在下，我等立即退出！」

文法相神情一凝，道：「神駒通靈，善於擇主，大宛國雖然自古以產汗血之馬聞名於世，昔日大宛國有良駒九匹，浮雲、赤電、絕群、逸驃、紫燕、綠驪、龍子、麟駒、絕塵，皆天下之駿馬，號稱『九逸』，卻沒有一匹馬趕得上浮雲之種，此種僅大宛國王室有幾匹，而最後卻慘死病中，時至現在尚有一匹流落在外，乃是大宛國追尋已久的國寶，汗血寶馬性情暴烈最是認主，小友恐怕不會是牠的主人！」

東方萍聞言大怒，道：「大紅平日溫順善良，今日不知怎的狂性大發，奔進你們這裡，文先生只要交出大紅，就知道牠是不是我們的了！」

文法相面上一冷，道：「這位姑娘可知這裡是什麼地方？」

東方萍冷笑道：「我管他什麼地方，只要大紅找回來就行了，不論是誰都奪不去我們的馬，文先生此意，莫不是要強佔靈騎！」

此言一出，恩達同那四個精壯的漢子同時大怒，俱氣得目中噴火，含憤瞪視東方萍，他們各握劍柄，大有立即出手之意。

文法相漠然笑道：「我堂堂一朝丞相豈會掠奪別人的東西！姑娘，你也太瞧不起老漢了。」

他氣得長髯一飄，道：「兩位的身手雖可睥睨江湖，但如果要想在這裡亂闖，似乎還差得太遠。也許你們是受人所託來追查我們的形蹤，可是你倆疏忽了一點，先皇等避難於此整整三十代，雖然與世相隔，卻沒有人將武功擱下，如果不信，我可讓你們瞧瞧。」

他隨手輕輕一揮，只聽咚的一聲大響，只見一棵古柏應聲而倒。

石砥中和東方萍同時大驚，對這個老人功力又駭又畏，尤其這個老人自述的身世，說得簡直像神話一樣，任何人都不會相信一國之相居然會躲避在這裡。

石砥中搖頭道：「文先生誤會了，我們來此決沒有探尋貴皇形蹤之意。這裡平靜安樂，無異是世外桃源，我等只要出去，絕不敢對別人提半個字，這樣打擾已經很不安了，哪敢再讓些凡夫俗子來騷擾你們的清幽。」

文法相冷笑一聲，道：「沒有那麼容易，這裡出現人跡也是第一次，按以往的規矩，你們要受七刑八獸之苦。念在你們也是武林一脈，老漢代我皇作主，只罰你們永不出谷一步，做敝皇的一班隨從，這樣待你們可說是寬大了一點！」

「呸！」東方萍氣得啐了一口，叱道：「你這個老不死的，也不睜開眼睛看看我們是什麼人，居然敢留下我倆做你們什麼皇的隨從！」

「住嘴！」文法相面上其寒如鐵，沉聲道：「你這小孩子居然敢侮及敝皇，犯下彌天大罪，本來還有饒恕你們之意，現在，老漢只有對你不客氣了！」

他斜睨身後那四人漢子一眼，道：「駱賓，給本相將這個女娃擒下來！」

「是！奴才遵命！」

左側的那個漢了隨聲踱步出來，他濃眉環目，鼻子高聳不似中原人氏，褲腰上扎著一條大草繩，捲起褲管，赤著巨蹼似的雙足，伸手拔出腰上懸掛的長劍，在空中揮了三次，噗噗的劍氣聲繚繞響起，手勁竟是奇大。

駱賓怨毒地看了東方萍一眼，道：「你過來！」

東方萍柳眉斜挑，冷冷道：「你是什麼東西，竟敢支配我！」

駱賓冷漠地道：「姑娘，你辱及敝皇，罪無可赦，現在你可要小心了。」

他身懷異派絕學，手中長劍一顫，躍身衝來，劍影如虹，手法怪異，招式奇詭，非但是東方萍見所未見，連石砥中這等高手都不覺為之目眩。

東方萍身隨形起，迎空撩起纖纖潔白的玉掌，在空中兜起一個半弧，對駱賓的身上拍去。

掌風迸濺，激旋勁蕩，那股龐大的力道重逾千斤，駱賓只感壓力奇重，呼吸困難，他暗中一寒，大吼道：「看不出你這小姑娘還有兩下子。」

圓溜溜的身子靈詭的一旋，巧妙地轉到石砥中的身後，此劍斜吐，一縷奇怪的劍影戳向東方萍的腰際。

石砥中看得神色動容，道：「『六龍回日』，東方萍快退手！」

東方萍毫不猶疑躍起身形，在空中一個大盤身，斜掌兩臂拍出，渾厚的掌勁悄無聲息擊在駱賓身上。

「呃！」駱賓沒有料到對方變招這樣迅速，手法凌厲，稍一疏神，胸前便中了一掌。

他痛得慘叫一聲，身子連退七、八步，神情陡變，面色蒼白，額上居然滲出冷汗。

「哇！」的吐出一口鮮血，急劇喘息不止，他略略平復了一下，左掌緊緊地按住胸口，他怒吼道：「你並不高明，這一掌我駱賓認栽了！」

文法相臉色冰冷，沒有一絲表情，怨恨地望著石砥中，他很嚴厲地將駱賓叫回來，自己閃身踱步過來。

石砥中莊重的道：「文先生要指教幾招嗎？」

文法相冷冷地道：「不錯，我現在才看出你是個可怕的人物，如果今天讓你們出得這谷一步，我姓文的就要先血濺在你面前。你那位朋友並不高明，高明的是你提醒了她，否則我的手下絕不會這麼快就敗了！」

東方萍不屑地道：「你好像對自己手下很自信！」

文法相怨毒地瞪了她一眼，道：「當然，這四大勇士都是我親手訓練出來，他們深淺我比你清楚，以你這點雕蟲小技在本谷還算不上一個人物，敝皇的隨身妃子都比你強！」

這些話使東方萍極為生氣，她氣得粉靨羞紅，銀牙暗挫，若不是當著石砥中面前，她準會和這個老東西拚命。

她憤怒地道：「你滿嘴胡說，當心我打掉你的牙！」

文法相搖搖頭道：「你差得太遠，還是由你的漢子來吧！」

石砥中隨手將金鵬墨劍一抖，一股閃顫的青芒射出，他曉得今天之事已不能罷休，向前一跨步，道：「文先生如肯指教，在下極感榮幸！」

文法相冷冷地道：「你不要太高興，我一出手生死立判，你還是小心點好！」

他凝重地一吸氣，雙掌緩緩立了起來。

石砥中見他說得這樣慎重，一股涼意自心底升起，他深知對方功力高絕，敢誇盡海口必然有十分的把握。

他神情一凝，道：「文先生敢情要和在下過招！」

文法相得意地道：「你不要小看我這雙手掌，能在我掌下走過百招的人絕無僅有，你還是出手吧！」

石砥中將神劍一棄，道：「文先生如不肯以兵刃見賜，在下只得空手和先生走幾招，我石砥中在江湖上從來不佔便宜！」

文法相見石砥中果然將手上神劍緩緩返歸劍鞘，心裡不禁一急。他向前連跨二步，焦急地道：「生死之鬥，豈能兒戲！我敢這樣和你動手，自然有不畏你神劍的方法，你還是不要空手的好！」

石砥中劍還鞘中，搖搖頭道：「文先生不要客氣，我們還是空手對招，這樣也不會傷了雙方的和氣，先生是主，你請出手！」

文法相冷哼一聲，道：「掌下無好手，拳下無好傷，這一動手是生死之判，你不要顧念和氣，儘量施下煞手，因為我們雙方的和氣早已不存在了。」

他雙掌一立，陡地往外一翻，一股浩瀚的大力洶湧溢出，這僅是一個試探，還沒有真正地接觸呢！

回天劍客石砥中可算是真正遇上行家了，他凝重地長吸一口氣，全身的衣袍隆隆鼓起，左掌護身右掌平擺，兩道神光緊緊逼落在對方身上，因為名家動手，先機先贏，稍一疏忽大意，立時可判生死。

兩人俱是緊張地盯視對方，輕易不肯出手，文法相身軀微弓，繞著石砥中身邊遊走，尋覓適當的時機準備出手。

在文法相繞走第三匝的時候，他的身形恍如幽靈般的躍了起來，身形下落，右掌如山擊了出去。

石砥中大喝一聲，右掌向上一抬，在空中一拍，一股威金裂石的勁氣澎湃地推出。

雙方出手都是快得令人目亂神搖，周圍的人同時神情大變。

「砰！」掌勁相觸，空中陡地閃起一掌如雷巨響，殘枝斷梗，滾沙揚塵。隨著這聲巨響之後，谷底響起一連串的隆隆回音，震得觀眾耳鳴心悸，駭然愕立在地上。

互擊一掌之後，兩個人再也沒有動靜，文法相依然是凝重地站著，只是他的雙足已深深陷進泥中，低垂雙目，眉宇斜垂，遠遠看好像是老僧入定，令人詫異的是他嘴角流下一絲鮮血，徐徐流淌。

而石砥中更不同了，他的精神萎縮，面色枯黃，雖能依然釘立在地上，可是胸前都灑滿鮮血，那是自他嘴裡噴出來的。

他右掌半伸，逐漸下垂，恍如再也沒有力量支持那條手臂。

東方萍神情慘然，顫聲道：「砥中！」

艱澀地動了動嘴唇，自石砥中嘴裡慢慢迸出一個字：「我！」

情形太明顯了，他已受到嚴重的內傷，這是他生平第一次遭遇上勁敵，僅僅一掌就分出勝負。

東方萍憤怒地瞪了文法相一眼，道：「老殺才，你現在可得意了！」

文法相對她的怒吼充耳不聞，只是臉上浮現出一絲勝利的微笑，雙目緩緩睜開，冷冷地望著東方萍。

東方萍心如刀絞，一見文法相那種令人氣憤的神情，頓時激起她心中的殺機。她好像失去理智似的，伸手掣出長劍，衝了過去。

她一揚手中兵刃，叱聲道：「老殺才，你再打死我吧！」

「鏗！」數道寒冷的劍光自空中布起，可是目中所流露出來的眼神卻使東方萍心冷。

× × ×

東方萍白髮抖動，眸子裡淚水盈眶，她氣得一聲清叱，揮劍向這幾個漢子攻去。

她這時心存拚命，出手盡是攻敵的招式，恩達和其餘的人俱是一寒，竟被她逼得後退幾步，可是他們卻連成一條防線，絕不讓東方萍攻近文法相的身邊。

文法相終於開口了，他無力的道：「姑娘，你還是冷靜一點，他並沒有死！」

東方萍厲笑道：「這和死有什麼差別，他人雖然能勉強活著，可是那身功夫可完了，老殺才，你的手段好毒！」

文法相痛苦地道：「這是不得已的事情，姑娘，老漢並不比他好多少，如果我不這樣做，往後的局勢誰也不堪預料，因為他的功夫太高了，高得幾乎沒有人能治得了他！」

東方萍見石砥中星目半闔，面若金紙，心神劇顫，再也顧不得任何後果。她是堂堂一派之主，在白龍湖，對醫道也略有研究，所以一眼便已瞧出石砥中經脈受到氣血逆流所傷，雖能保全一縷殘命，那身功夫可要全廢了。

這是一段很危險的過程，若再沒有一個功力超過石砥中的人替他打通七經八脈，石砥中在武林中的生涯，至此也就告一段落。

所以東方萍心神俱碎，形同狂痴，在神智迷亂之下，運起長劍對這群傷害石砥中的人拚命攻了過去。

文法相苦於一時不能行動，無法阻止這個痴情少女的拚命，在那撩起的劍光中，東方萍已將一個漢子的大腿狠狠劈了一劍。

那個漢子呀的一聲大叫，痛苦地退了下去，一股淋淋鮮血自他腿上流下，急忙奔回谷中。

恩達揮劍斜斜攻出一劍，大吼道：「姑娘，你是個女人，我們不願和你動手，希望你能乖乖地放下長劍，只要我們稟告敝皇，便可放你一命！」

「呸！」東方萍髮絲散亂，眸子裡燃起的怒意比烈火還要凶烈，她不屑地啐了一聲。

她清吼一聲，怒道：「女人又怎麼樣？難道女人就是該死！恩達，你們那個什麼鬼皇帝，怎麼不滾出來，出來我準給他一劍！」

恩達神情大變，喝道：「你說什麼？」

他對皇主尊敬的有如神祇，一聽東方萍辱及皇上，手下再也不留情，大吼一聲奔了過來，揮劍直攻。

「住手！」

恍如來自九幽的金鐘暴響，清朗喝聲傳進每一個人的耳中。

恩達一呆，恭敬地垂劍立在一旁，連受傷極重的文法相都顧不得全身顫抖，肅默地低下了頭，顫聲道：「皇主！」

這突然出現的中年漢子，一身龍紋黃袍，在平淡中透出雍容的高貴，雙目清澈深邃，鼻樑挺直適中，薄薄的嘴唇現出一個豐潤的弧線，一股令人肅然的威儀使在場所有的人都肅靜下來，連東方萍那樣刁蠻的女人都覺得有些不自在。

這中年漢子向東方萍微笑道：「我這些隨從將姑娘得罪了，請姑娘原諒！」

東方萍冷冷地道：「你是誰？」

這豐朗的漢子淡淡地道：「大宛國第二十七代皇主！」

東方萍一呆，沒有想到大宛國一國之君竟會在這裡出現。

她無法猜測出大宛國主到底為什麼隱身在這裡，心中疑念叢生，卻不好出口相問，只是冷冷地道：「怪不得那麼神氣，原來還是一方的君主呢！你的手下將敝友打成這個樣子，你總得還我一個公道。」

大宛國主神情莊重地道：「當然，我會令姑娘滿意！」

他斜睨了文法相一眼，厲聲問道：「誰要你下這樣的重手，對付一個無怨無仇的人！」

文法相職責在身，這時又不便啟口，他惶恐地道：「臣下恐他倆是追尋皇主的對頭！」

大宛國主冷冷地道：「沒有得到確實的證明，你就將人傷成這個樣子，如果不是我聞聲出來，這位朋友的一身功力豈不是要廢了！」

文法相焦急地道：「皇主，這不可以的……。」

大宛國主冷叱道：「有什麼不可以，君子之量大如海，我們雖然避難來此，也要有仁義之心，你難道不知道仁者無敵的道理！」

文法相一聽皇主堅持想要救助石砥中，心中忐忑不安。他是一朝之相，所負的使命是照顧皇主的安危，如果皇主只因一念之仁，而惹下殺身大禍，叫他如何向大宛國萬千百姓交代。

他腦中念頭直轉，苦苦哀求，道：「皇主，請三思……。」

大宛國主堅決地道：「沒有什麼可說的，你們趕快幫我將這位朋友抱進我的修道之處，我要在三個時辰之中，使他恢復功力！」

文法相暗中焦憂，惶悚地道：「這事要多多的考慮，皇主，你……。」

大宛國主怫然變色，道：「你的膽子好大，居然連我的話都不聽了！雖然我們在此已有數十代，大可不必再論皇室的規矩，但是只要你跟在我身邊一天，你就得聽我的。」

他冷冷一笑，向東方萍慎重地道：「姑娘，請你千萬不要焦急，我保證貴友一定沒事……。」

他乃是一方之尊，一舉一動都透出與常人所不同的地方，在平淡之中有一股使人不可抗拒的威嚴。

東方萍雖然怒火高燃，在大宛國主之前竟然也發作不出來。

她輕輕拭去淚痕，道：「如果他好不了，我非要文法相抵命不可！」

大宛國主沒有再說什麼，只是生氣地瞪了文法相一眼，伸手在文法相身上拍了幾掌，文法相身軀劇顫，居然能夠活動了。

文法相躬身道：「謝皇主援手之恩！」

大宛國主恍如沒有聽見一樣，轉身向深谷中行去。

文法相搖了搖頭，拚著身上的傷勢，小心地將石砥中抱起來。

東方萍殺機現眉，冷冷地道：「你小心點，要是你暗施手腳，我非殺了你不可！」

文法相苦笑道：「你難道連老漢都不相信！」

東方萍冷哼一聲，道：「我為什麼要相信你，誰知道你存了什麼心！老狐狸，我希望你老實點，小心我的長劍不認人！」

文法相這時不願再和這個刁蠻的女子鬥嘴，抱著石砥中向谷中行去。

東方萍緊隨在文法相的身邊，長劍指著文法相的背後，只要石砥中一有不幸，她首先要殺死文法相報仇。

×　×　×

一行人繞過幾重花園，在谷底的一個洞前停住身子，東方萍長劍斜斜向前一推，冷冷地道：「怎麼不走了！」

洞中突然響起一聲輕笑，大宛國主淡淡地道：「將這位朋友抱進來！」

文法相顫聲道：「皇主，這不是兒戲呀！」

東方萍曉得文法相有意刁難，長劍抵向文法相的背心，一股殺機在她臉上浮現出來，她冷笑道：「進去，時間晚了你要負責！」

文法相靜靜待了一會，不見洞中皇主話聲，他心中大寒，曉得皇主已因自己抗命而生氣。

他神情慘淡，黯然一聲長嘆，道：「皇主，臣進來了！」

那個大洞之中沒有一絲燈光，黑黝黝地看不見裡面的情形。文法相恭順地走了進去，東方萍正要追隨進去，突然瞥見恩達等俱憤怒地瞪視她，像是想要阻止她的行動一樣。

正好這時大宛國主的話聲傳出，道：「姑娘，請你不要進來！這地方並不適合女子進來，只有委曲你暫時和貴友小別一下，本皇主已將時間安排好，文法相會領你去各處看看……。」

東方萍冷冷地道：「這裡沒什麼值得看的，我在外面等他好了。」

洞中傳出一聲輕輕的嘆息，輕得有如沉潭丟進一顆石子，但這聲嘆息卻使東方萍一顫，不自覺地怔住了。

文法相面若死灰從洞口緩緩踱出，他怨恨地望了東方萍一眼，自懷中拿出兩顆丹藥吞進嘴裡，道：「姑娘，請！」

東方萍冷冷地道：「我不去！」

文法相尷尬地笑了笑，沒有再說什麼。

他吩咐從人道：「給東方姑娘拿一張軟榻來，她要休息一下！」

恩達急忙應聲而去，不多時，有兩個漢子抬了一張軟榻過來，東方萍也毫不客氣地躺在上面，星眸一閃，養起神來。

她的眼簾甫低垂下去，眼前陡地閃起一蓬茫茫大霧。在茫茫霧海裡，她恍如看見有一個人正向自己走來，她的心神一震，只見一個滿身血污的人逼近她的眼前。

她全身陡地一顫，痛苦地道：「砥中，你……。」

只見石砥中全身是血，雙目深陷，一種痛苦又冤枉的表情在臉上顯現出來。他聲音低啞地道：「萍萍，我已被人害死了！」

東方萍輕聲低泣，道：「你是怎麼死的？」

石砥中幽幽道：「那個皇主，大宛國主！萍萍，你沒有辦法替我報仇，趕快逃命吧，或許你能逃出這個鬼域！」

「不！」東方萍悲憤地道：「我要替你報仇！」

這聲音恍如不是發自一個女子嘴裡的大吼，使東方萍剎那間清醒了過來。眼前霧逝，原來是南柯一夢。

她詫異地望了望四處，除了文法相一個人還坐在地上療傷之外，根本沒有什麼動靜，恩達他們早已不知何時離去了。

但是剛才那夢中情景猶在東方萍的腦中，她寒悚地全身直顫，只覺一股冷氣自底下緩緩升起。

她暗中心寒，忖思道：「這個不祥的夢境來得這麼突然，又是那麼清楚，難道大宛國主心機詭詐，假借替石砥中療傷之名而暗下毒手？如真是這樣，石砥中一定是幽魂不散託夢給我，要我為他報仇，只是世間難道真有鬼魂之說？」

她因那夢中所給她的刺激很深，所有的壞念頭都湧進她的心裡，她霍地自軟榻跳起來，大聲道：「我要去看看他！」

文法相緩緩啟開雙目，冷冷地道：「姑娘，你已睡了四個多時辰了！」

東方萍心中一驚，沒有料到自己會睡這麼長的時間。

她抬頭看了看雲空，只見稀疏的寒星閃動精靈般的小眼睛不斷眨動著。一彎明月斜斜橫掛在雲深處，她暗自嘆了口氣，不覺又在懷疑剛才夢中所見到的一切。

文法相冷笑道：「姑娘，你要去看誰？」

東方萍只覺臉上冰涼涼的，胸前沾溼了一大片。她伸手摸了摸臉上，只覺淚漬未乾，入手溼濡，原來剛才在夢中還哭了不少時候。

她此時心中空蕩蕩的，連一絲念頭都沒有，心裡只有一見石砥中的衝動。她冷冷地道：「我要去看看石砥中！」

文法相搖搖頭道：「我們皇主正在施出大宛歷代相傳的『流脈神功』，替石砥中療治身上的奇經八脈，這時最不可受人打擾，你這一去可能會誤了他的性命！」

東方萍果然覺得自那黑黝黝的大洞中飄出一股怪異的味道，可是吸進鼻息之中卻有一種淡雅的清香。她這時深信夢境中逼真情景，不管文法相說得如何嚴重，她都決心要進去一看。

她身形一躍，道：「誰知道你說的是不是真的！」

文法相的職責是守護這皇主練功坐功的地方，他一見東方萍不知好歹地向裡面硬闖，頓時大怒。身形凌空躍起，大掌陡地圈一大弧，猛然擊出一掌，喝道：「你一再不聽勸告，老漢就不客氣了！」

東方萍冷冷地道：「你不要鬼吼，沒有人會怕你！」

她身為白龍湖之主，那身武功自然也不同凡響，身形斜躍連著擊出七、八掌。文法相雖然功力極高，可惜身上巨創還沒康復，功力上大打折扣，一時竟被逼得連連後退，可是他重責在身，始終站在洞口之處，不肯讓開。

文法相沉聲道：「你再等一會，敝皇主也許快要出來了！」

東方萍滿臉殺機，叱道：「還等什麼！四個多時辰都過去了，也沒見石砥中好生生的出來！」

她氣得神情激動，喘息道：「我看這情形太令人懷疑了，說不得你們那個什麼鬼皇帝居心不良，暗中將石砥中謀害了！」

文法相氣得大吼道：「你怎麼可以汙辱敝皇，我皇仁義四方，豈會如那種市井小人！姑娘，你說話可得放尊重點！」

「嗤！」東方萍冷笑道：「我偏要說，看你能把我怎麼樣？」

文法相再也忍耐不住這個少女的譏諷，他身形陡地一退，轉身向黑幽幽的洞口拜了三拜，大聲道：「我皇在上，東方姑娘輕視晚皇，羞辱大宛國主，臣不能再忍受了，臣只能使出『送魂降魔神功』，將這個羞辱我皇主的草民殺死，然後再自斷氣脈身死！」

他頂拜完畢，臉上突然湧起一股濃濃的殺機，嘿地一聲，右掌曲伸，左掌握拳，身上衣袍隆隆鼓起，頭上萬千髮絲直豎，那種猙獰的神情看得東方萍心神大寒，不覺閃身退了幾步，雙眸不瞬地盯視這個陰沉的老人。

文法相怒吼道：「納命來！」

自他那隻撩起的右掌中，緩緩吐出一股烏黑的流灩光華，殺機隱現，他揚掌向東方萍的身上逼去……。

東方萍顫聲道：「你這是什麼功夫？」

她從沒有見過這種怪異奇詭的功夫，不禁被對方這種猙獰的面目所震懾，嚇得身形一閃，又退後兩步。

文法相陰沉道：「現在我不會再輕饒你了，姑娘，你給我跪下！」

當這個老人決定要殺死東方萍的時候，他再也沒有什麼顧忌，只要能為皇上盡力，哪怕是立時死去，他都不在乎。所以他冷酷地將手掌揚起，緩緩向前推去……。

「文法相！」

這微弱呼聲恍如自隔離的石壁裡傳出來，聲音細微得幾乎不可聞見，文法相全身直顫，回頭道：「皇主！」

大宛國主滿臉病容斜倚在洞口的石壁上，他臉上汗珠直流，雙目神光渙散，像是驟然得了一場大病似的。

他嘴角上漾起一絲淡淡的微笑，喘息道：「你身為一朝之臣，怎麼這樣糊塗！」

文法相躬身道：「她言辭辱及皇主。」

大宛國主擺擺手，道：「不要說了，我都知道。」

東方萍這時滿心盼望石砥中安然無恙，一見大宛國主獨自出現，她身子向前連奔數步，焦急地道：「他呢？」

大宛國主嘴角一掀，輕輕地道：「石兄很好，你可以放心了！」話聲方始消逝，石砥中精神豐朗地從那洞裡緩緩走出。

他滿面紅光，根本沒有一絲受過傷的樣子，他緊緊握住東方萍的手，激動地道：「萍萍，我好了，剛才你好焦急呀！」

東方萍低下頭去，輕聲道：「你好壞，明明知道我焦急，還故意這樣晚出來，要是你再不出來，我可能就要殺進去了。」

大宛國主見她說得真情流露，一片聖潔的光輝，在她那美豔如玉的臉靨上浮現出來，心中非常感動，想起自己一國之主猶未擁有一個真正可付真情的伴侶，心裡一陣黯然。

他正容道：「石兄，你真有福氣，得友如此，這一生還有什麼可求的！小弟能得識你這樣一位朋友，也是三生有幸。」

石砥中哈哈笑道：「仁兄以一國之尊，降尊和小弟結交，此乃小弟之福，蒙你耗功搶救，小弟無以報答。如果仁兄沒有什麼顧忌，可否將隱身此地之苦衷告訴小弟，也許小弟能略盡棉薄，為仁兄效力！」

大宛國主慘然道：「你我已結為兄弟，這事自然得告訴你！」

文法相心中一急，道：「皇主，這萬萬不可！」

大宛國主雙目一瞪，道：「你懂得什麼！」

他向石砥中淡淡笑道：「石兄，請隨小弟去『萬聖軒』一敘！」說完，當先領路同行前去。

濃濃夜色，飄起清涼的夜風，陣陣清幽馥鼻的花香，隨著清風襲來。在黑夜中，深幽的山谷中燃起了幾十盞綠色的燈影。

穿過一片花園，兩列青翠的古柏夾道而立，在這碎石鋪就的小道盡頭，出現一座燈火輝煌的大殿，隱藏在這陡峭的山壁間，若非是燈火通明，實難看出這棟巨殿的偉大。

清瑩的琉璃瓦反射出道道青光，簷角斜飛而起，掛著搖曳的風鈴，在冷清的長夜裡，傳來音樂似的連串響聲，神秘夜色再配上這清脆的風鈴聲，確實會使人為這瑰麗的夜晚而沉醉，尤其是那股令人心醉的花香……。

「萬聖軒」三個篆體大字，金光流灩閃射出來。

一陣低細的樂聲從裡面傳出，恍如是仙樂般悅耳，只聽「萬聖軒」中響起一聲清麗的話語道：「萬聖親臨……。」

第十一章　金龍鐵楞

靜謐的黑夜是神秘的，溫馨的夜晚是甜蜜的，在這溫馨靜謐的黑夜裡，「萬聖軒」三個篆體金字，映著燈火閃射出金色的流灩，一陣低微的樂聲從裡面傳出，彷彿是來自九幽幻境，那麼令人陶醉！

絲竹之聲縷縷響起，琴瑟和鳴嬝嬝飄傳。這簡直是人間仙境，人臨其中，猶如羽化登仙，樂樂乎不知所去，渺渺然直登廣寒。

東方萍沉醉樂聲之中，不覺脫口讚道：「好一個萬聖軒，大皇帝，你的生活好逍遙！」

石砥中見東方萍語含譏諷，急忙道：「萍萍，不得無禮！」

大宛國主胸襟遼闊，沒有一絲帝王氣息。

他淡淡一笑，臉上在莊嚴中浮出一片慘然，悽悽慘慘地道：「沒有關係！

逍遙之中有苦楚，歡樂之中有悲傷，東方姑娘，這裡雖是我的樂土，卻也是我的墳塚。」

語中隱含哀慼，神情突地慘然。

石砥中和東方萍俱是一愣，沒有料到堂堂一國之君居然也有這麼多辛酸。如此看來，世上沒有完美之人，更沒有幸福之士，所謂鴻飛冥冥陰中福，形形色色人中路，都只是空洞的名詞。

「萬聖親臨！」

珠玉般的清唱，有如夜中響起的歌聲，清幽的絲竹聲突然一頓，自那燈火輝煌的大殿裡，緩緩踱出四個身穿粉紅色羅衣的美麗少女，肅敬排立在殿門兩旁，寒風飄起羅衫的裙角，露出潔白的玉膚，與燈火相映爭輝。

大宛國主伸手禮讓，道：「二位請——」

那四個身穿粉紅色羅衫的美豔少女手挑硃紅八角紗燈，足履綠緞軟鞋，纖纖細細的身子如風中細柳，向那波光流影的金殿中行去。

東方萍和石砥中只覺眼前眩亮，耀眼的燈光照得目亂神搖，那兩列紅漆石柱盤龍浮雲，鑲著藍玉的壁頂閃爍著青瑩的流灩，在那迴光照人的屏風上，一團烈日射泛出道道金光。

這種皇宮的氣派與擺設，東方萍和石砥中還是初次看到，不覺沉醉如夢……。

在大殿的兩旁，排坐著兩列手持樂器的宮女，她們頭挽青髻，金釵玉佩，淺顰輕笑，若非親臨此境，還以為是到了女兒國。

大宛國主輕輕擊了一下手掌，道：「石兄，請坐！」

他當先坐在一把繡著金龍的位子上，東方萍和石砥中各自落坐兩旁，這時琴聲繚繞而起，宮女婆娑輕舞，曼波羅影，樂聲融融。

東方萍雙眉斜舒，淡淡地笑道：「大皇帝，怪不得你不願出世呢，原來是在這裡享盡人間之福，如果我們在這裡待久了，可能也會樂而忘返！」

大宛國主淒涼的一笑，道：「在東方姑娘眼裡，這恐怕太俗了！」

他本身雖非武林兒女，卻非常懂得江湖人物的氣質。

他揮揮手，那些正在彈奏和輕盈曼舞的少女齊都躬身退了出去，大殿之中突然變得冷清起來。

大宛國主看了看侍立在旁邊的文法相一眼，道：「你還在這裡幹什麼？」

文法相躬身倒退一步，道：「臣侍候我主……。」

大宛國主冷冷地道：「我不要你侍候，你先退下去。」

文法相面上一紅，嘴唇顫動，似乎有話要說，可是卻不敢說出來。他輕輕嘆了口氣，默默退了出去。

石砥中詫異地道：「你好像對文老先生不太重視！」

大宛國主鼻子裡輕輕冷哼一聲，道：「這個老東西太愛管閒事了，我看了他就討厭。若不是看在先父的面子上，我早就要辭退他了。」

他深深吸了口氣，道：「你們一定奇怪我們為什麼會隱藏在這個地方了？」

石砥中淡淡地笑道：「願聞其詳。」

大宛國主神情一黯，稍稍停息了一會，雙目精光一閃，望著那拱起的七彩壁頂，像是在沉思往事一樣。

「當年漢武帝遣使求寶馬，為先皇所拒，竟派領廣利率十餘萬鐵騎攻入大宛，奪我三千匹良駒而還。先皇詐死以避禍，攜眷屬及汗血種馬遷至此世外仙境，至今已一千五百餘年……。」

幕幕往事如煙縈繞在他的腦海，使這個一國之君沉思在兒時的回憶裡，鮮明的往事已輕靈地將他抓住了。

他正待啟唇之際，殿外突然響起一聲沉喝：「聖母親駕！」

大宛國主神情隨之一變，正待起身時，只見一個白髮蒼顏的老太婆由文法相伴隨行來。

這個白髮皤皤的老太婆手持金龍鐵枴，步履沉穩，雙眸精芒冷寒，冷漠地瞥了東方萍和石砥中一眼，道：「這兩個人就是闖進來的人嗎？」

文法相躬身道：「是！是！」

大宛國主急忙起身，道：「母后！」

這老太婆冷冷地哼了一聲，道：「孩子，這個地方是七皇子的寶殿，豈可隨便讓草芥野民來這裡沾了俗氣，我看你連我們皇室的規矩都忘了。」

大宛國主怒氣衝衝瞥了文法相一眼，嚇得文法相急忙低下頭去。

大宛國主向這老太婆一施禮，道：「母后暫請息怒，孩兒有話稟告！」

這老太婆冷冷地道：「你說給我聽聽！」

大宛國主躬身道：「這兩位朋友不是俗人，孩兒和他們一見投緣，已結為異姓兄弟，請母后將他們像孩兒一樣看待。」

「我可沒有這個好福氣！」這老太婆冷笑道：「蒙先帝餘蔭，我們來此世外桃源，享受平靜的歲月，我們並不想讓外人知道我們是什麼人。你忘記自己的身分與地位，居然敢自作主張，將兩個不相識的人引進這裡，此事若傳將出去……。」

大宛國主心裡一急，道：「母后，你誤會了！」

這老太婆突然放聲大笑，道：「誤會！文法相，你告訴我，這是怎麼一回事？」

文法相全身劇烈顫抖，道：「臣不敢說！」

這老太婆清叱道：「說！我要你說。」

文法相見她生這樣大的氣，嚇得通體直顫。他畏懼地偷偷瞥視大宛國主一眼，只見這個國君滿臉落寞痛苦的樣子。

文法相不敢隱瞞，戰戰兢兢地道：「皇主要將避隱此地之事，告訴石砥中！」

這老太婆神情略略一變，重重揚起手杖在地上一擊，咚的一聲重響，擊得滿地石屑濺射。

她大聲道：「什麼？你竟敢將這種事說出來！孩子，你太糊塗了！我們皇宮的秘密除了皇室中人外，沒有一個外人能知道這些事，我真不知道你為什麼會變得這麼糊塗，簡直令我傷心。」

大宛國主暗自嘆了口氣，道：「孩兒既與石兄結為異姓兄弟，就該坦誠相見，我這樣做並沒有什麼不對之處。母后，你不要聽文法相胡說！」

這老太婆莊嚴地道：「皇室的秘密是不能公開的，我想你知道這事的嚴重性，孩子，現在我要你將他倆趕出去！」

大宛國主神情大變，顫聲道：「這……。」

石砥中見這個這老太婆口齒鋒利，咄咄逼人之勢實在令人難以忍受，他和東方萍同時站起身來，道：「不用你趕，我們自己會走！」

這老太婆冷冷地道：「出了『萬聖軒』，你倆還得經過一番苦鬥才能出去。」

東方萍不屑地道：「君要民死，民不得不死。可惜我倆不是大宛國的子民，你還沒有資格發落我們，至於我們能否出去，那要看你的手段是怎樣高明了！」

這老太婆哈哈大笑，道：「大宛國歷代傳宗至今，只有一個柴倫曾經闖進過宮中，而讓他僥倖贏得大紅而去。現在大紅已回，柴倫行蹤也不知流落何處，我老太婆倒要看看你倆有什麼本事！」

石砥中冷冷地道：「一個七絕神君已將貴國的寶馬贏來，而能出入大宛國秘宮如入無人之境，可見貴國的高手都是不堪一擊之輩，在下回天劍客倒想看看貴國的神奇武技！」

這老太婆冷漠地道：「你等著瞧吧！」

她憤怒地瞥視石砥中一眼，大手杖在地上輕輕一敲，文法相同時向殿外行去。

大宛國主痛苦地長嘆一聲，道：「這就是我關在籠子裡的生活，我幻想自己能有個朋友，也幻想自己能遨遊天下，但是我一樣都沒有。所謂的皇室尊榮，榮華富貴，到頭來都是過眼雲煙，遠不如你們逍遙自在，能夠領略到自然之美，享受真正的人生。」

他苦笑道：「石兄，請原諒我，我生在帝王世家，已沒有獨立的自由，一切都受王室的約束，誰叫我生來是皇帝呢！」

石砥中搖頭道：「我瞭解，你不要難過！」

他和東方萍由大宛國主陪著緩緩向殿外行去，這時清風徐來，朦朧的斜月高掛天空。殿外，兩旁立著十幾個黑衣劍手，文法相居中，靜靜地守候在暗夜裡。

大宛國主清叱道：「文法相，你在這裡幹什麼？」

文法相恭敬地道：「奉老太后之命，在此請兩位貴客闖山！」

大宛國主冷冷地道：「你要殺了他們！」

文法相搖搖頭道：「臣沒有這個意思，只是太后之命難違，老臣只得勉力而為，況且這又是皇室的規矩，當年七絕神君私闖禁宮的時候也經過這一關。」

大宛國主冷笑道：「你要按規矩來，本王並不反對，只是我要你弄清楚，這裡是由我來統馭，並不是你文法相的天下！」

文法相嚇得連連倒退三步，道：「君皇折殺老臣了！這事本是太后的主意，老臣哪敢從中策劃，請君皇明察，恕老臣冒犯之罪！」

大宛國主眉毛斜舒，道：「你是非動手不可！」

文法相顫聲道：「太后親口交代老臣，務必要照太后之意行事，若是老臣辦事有所失誤，太后那一關就通不過！」

大宛國主沒有想到母后會將此事看得這麼嚴重，念頭一動，已知這事必是文法相暗中搗鬼，他冷哼一聲，道：「我去見太后去！」

這個一代國君雖然有滿肚子怒氣，卻也不敢開罪太后，他身形輕靈地躍起，拂袖向夜中行去。

石砥中瞥了大宛國主的背影一眼，冷冷地道：「文先生這樣蓄意留難，可能是有別的原因吧！」

他這時江湖經驗頗豐，一見文法相滿含敵意的樣子，已料知事情不會這麼簡單，裡面必定大有文章。

文法相怨毒地瞪了石砥中一眼，道：「不錯，石大英雄，或許有一個人你能記得起來，只要你知道他，就曉得我姓文的為什麼要留難你了！」

「什麼人？」東方萍清叱道：「你這個老混蛋，是受了誰的指使！」

文法相身為一代朝臣，無論修養與心機都是天下一等之士，他對東方萍的叱罵只是回以冷笑，道：「西門熊是我結義兄弟，在你們來這裡之前我已接到他的傳書，要我將二位留下，助他完成稱霸天下的大業。」

回天劍客石砥中心中大驚，沒有料到文法相居然和幽靈大帝西門熊是結拜兄弟。

他腦海中念頭一閃，忖道：「原來西門熊已和文法相聯絡上了，否則文法相斷不會這樣怨恨自己，怪不得大宛國主這樣討厭文法相呢，原來他已與邪道第一高手西門熊暗自私通。」

他冷煞地笑道：「文先生，你和西門熊那個老狐狸交往，對你的前途將大為不利！」

文法相嘿嘿笑道：「你懂什麼？幽靈宮創建之時還是先父捐出金錢，西門熊雖是江湖中人，卻是大宛國的密探伏樁，他只要稱霸江湖，對我們大宛國有益無害！」

「哼！」石砥中鼻子裡冷哼一聲，道：「西門熊是什麼東西，在你文先生眼裡居然看得如此重要，我回天劍客石砥中卻沒有將他放在眼裡。」

文法相聞言大怒，沉聲喝道：「你有多大道行，居然敢將天下人物不放在眼裡！嘿嘿，石砥中，你不要忘了，在進谷之前你是怎麼樣受的傷，以閣下這種身手，要想安全走出這裡，恐怕不是件容易的事，嘿！你只要看看我的人就知道了！」

石砥中凝重地瞥了四周羅列的那些身背長劍的武士一眼，只見這些人目光精閃，俱是太陽穴隆起，都是極有修為的劍道高手。

他心中大寒，腦中疾快忖思道：「文法相一個人已經極難纏了，如果再加上這麼多劍中好手，我和萍萍縱然拚盡全力，也攻不出這裡半步！」

他腦海中意念叢生，濃眉斜舒，一派凜然神威駭人，他低沉有力地笑道：「文先生這樣大動干戈，不怕死傷無辜嗎？」

陰沉而冷酷的一笑，文法相嘿嘿笑道：「這些人都是大宛國出名的勇士，他們身受皇恩正覺無以為報，能夠盡忠職守，正是他們的本分。若不幸死去，那正是一個勇士最光榮的表現，你不要替他們惋惜，他們時時都在找尋表現機會，而這個機會終於來臨了！」

東方萍怒叱道：「你這個老混蛋好不知羞恥，我們對你忍讓了這麼久，你不還知進退地挾勢凌人。憑你們這些狐群狗黨的那點道行，還沒放在我眼裡呢！」

文法相神情大變，喝道：「你胡說什麼？」

這句話非但文法相受不了，連四周的那群大宛國武士也都氣得面色鐵青，同時向前邁進一步，手俱已按住那斜起的劍柄上，憤怒地瞪著東方萍。

東方萍毫無所懼地道：「光瞪眼有什麼用？有種就擺出道來！」

「嘿！」自左側那個黑衣漢子嘴中暴出一聲冰冷的低喝聲，他身形輕靈一躍，斜斜飄落而出，道：「文大人，小的要出手一戰！」

文法相看他一眼，道：「矛叔，你是衛隊長，當知責任重大。」

矛叔目光一寒，恭敬的道：「小的知道！文大人，自小的懂事後，大人就一手提拔小的一直至今，小的始終沒有報答知遇之恩的機會，現在大人有用小人之時，小的焉能袖手不前！」

文法相嗯了一聲，道：「你能知道我對你的好處就行了！」

矛叔伸手拔出長劍，道：「小的哪敢忘記，大人非但器重小的，連家中父母都照顧俱備，請大人放心，小的不敢有辱使命！」

石砥中沒有料到矛叔對文法相這樣恭敬，他從雙方對答中，已看出矛叔是個直腸子沒有心機的漢子，只要別人給他一點好處，此生此世便永誌不忘，這種人最容易受人利用，也最容易衝動。

石砥中濃眉深鎖，道：「文先生，你倒是很善於用人！」

文法相冷冷地一笑，道：「這與你好像沒有關係吧！」

他陰冷地向矛叔一笑，道：「矛叔，你只要這一戰克敵，不但是我有重賞，連太后都有嘉勉，那時你才知道我為什麼會要你出手！」

「是！」矛叔聽得心情激動，只覺全身熱血沸騰，他刷地一顫長劍，回身揮劍向回天劍客石砥中逼來，他冷冷地道：「石兄，請你指教！」

石砥中濃眉一軒，道：「矛兄，你這樣做只是為了得一點好處嗎？」

矛叔神情大變，沉穩冷漠地道：「你錯了，我生為大宛國子民，死為大宛國鬼魂，在職責上我當盡忠。這次動手沒有其他原因，所為的僅是表現我對主人的忠心，有道是食君之祿，忠君之事，誰叫我們的立場不同呢？」

他斜抖一下長劍，道：「你準備出手吧！主人之命難違，我手下是不會留情的，這點我想你看得清楚，不需要再多說了！」

石砥中眉間煞意一湧，道：「你並沒有對你的職責盡職，首先你得明白，文先生並不是在替國家做事，而是在公報私怨，替幽靈大帝西門熊除去眼中釘，你又何苦受他利用呢？」

矛叔冷叱道：「這個我不管，我只聽命於文大人，他要我幹什麼，我就幹什麼，除此而外，沒有人敢支使我！」

東方萍冷笑道：「你的膽子好大，居然連你的國君都沒放在眼裡。」

矛叔的臉色隨著東方萍這句話而大變，他嚇得全身直顫，畏懼地望著文法相，那目中所含的恐懼幾乎是臨死前所呈現的恐怖，他只圖口快而犯下欺君大罪，這是誅連九族、全家盡斬的重罪，霎時，使這個皇室的衛隊長嚇得目瞪口呆，抖顫駭懼。

文法相看得一揚眉毛，道：「矛叔，你不要怕，一切有我給你做主。」

矛叔的神色略略好轉，他急快叩謝赦罪之恩。沒再說話，挺著長劍向石砥中衝來，出手盡是奪命絕招。

矛叔能夠以這般年紀榮登大宛國皇族衛隊長之職，其背後固然有極大的靠山，本身當然還要有出類拔萃的真功夫，才能升到目前這個地位。

他身羅異疆外域的詭秘功夫，劍法與中原大不相同，看那一劍像是戳向胸前，實則攻向下腹，劍路奇絕，使人無從捉摸。石砥中初次動手，居然沒有辦法摸清他的路子，連著退後七、八步。

矛叔面上表情一鬆，哈哈笑道：「我以為你有多厲害呢，原來也只不過如此！」

石砥中凝重地道：「勝負沒分之前，誰也沒有必勝的把握！」

矛叔冷冷地道：「我們大宛國秘劍之法是以詭異為主，攻敵之時取決於對方不勝防之時，我前三劍只不過是試探一下你的功夫，要是真要取你性命，在第一招上你已中劍了！」

他斜顫手中寒劍，氣勢凌人，上前大喝一聲，道：「這一劍，我要取你雙目！」

但見這個人身子突然一蹲，手中三尺鋒芒倏地向回天劍客石砥中的腿上斬去，劍路與所說的竟然差距遙遠，使人極不易掌握到底目標為何。

石砥中這時雖是以空手入白刃的功夫與矛叔動手，卻感到對方劍氣寒凜，勁氣透體，一見對方劍指自己雙足，頓時一愣。

他身形斜躍，在空中輕掠而過，正避開對方利劍削足之厄時，陡見矛叔手中的長劍突然變成半弧形，詭秘而出乎意料的化作一縷寒影對他雙睛射來。

還好石砥中心中有預感，在矛叔寒影乍閃，勁氣甫出之時，石砥中已斜劈左掌，右手疾逾閃電抓向矛叔的右腕之處，伸手奪過對方長劍。

矛叔一呆，道：「你……。」

石砥中凜然道：「大宛劍絕長於變化，而少於防備。這在對付普通身手之人足足有餘，但要對真正劍道高手卻又差得太遠。只要幾招一過，破綻百出，定能尋出空隙奪你長劍！」

矛叔自學劍至今，在大宛國鮮有失手，哪裡料到才施出十招，便失手給石砥中。

他面上浮現出慚愧的神情，幾乎不相信石砥中能在幾招之內將自己拿手的劍技攻破，他不甚其解地問道：「我不相信，也不懂你的意思。」

石砥中知道他是個耿直的漢子，心胸磊落，除了忠於主人外，只敬佩真正的英雄俠士，他有心要造就矛叔，頓時毫不隱瞞的直言道：「很簡單，你這套劍法攻敵有餘，防守不足，這招式裡面漏洞太多，要改進的地方還不少，你要是能在防守之中再下功夫，我相信不出幾年，將沒有人再是你的敵手。說句良心話，我若非在劍道上下過苦功，也沒有辦法勝得了你這種回劍傷人的絕技。」

矛叔心思靈敏，只要略略一點則透，他念頭直轉，不禁大大佩服，立時肅然起敬躬身一禮，道：「你真了不起，一下子解決我多年想不透的問題。石兄，請恕小弟方才無禮，我太不自量力了！」

只因石砥中一片善心，點化了一個劍道高手。

矛叔日後成為大宛國劍神，豈是石砥中現在所能料到，當然矛叔日後尊石砥中為師，在大宛國開派立門之時，將石砥中之像供為劍宗，所為的就是報答今日指點之恩。

文法相沒有想到事情會產生這樣大的變化，矛叔非但沒有奪去石砥中之命，反而表現出敵意全消。

他看得心頭火起，沉聲喝道：「矛叔，你這是幹什麼？我們是在對付敵人，不是教你和對方套交情，你還不快奪過你的劍來殺死他！」

矛叔冷冷地道：「文大人，謝謝你對我的栽培，小的現已了悟你的用心，你不要對我責備，我現在已決心離開你了！」

文法相氣得大怒，叱道：「你敢，你連你母親與父親都不要了，你不怕我命手下將你九族盡滅，給你掛上個不忠不義的罪名！」

矛叔向石砥中接過長劍，冷笑道：「你不敢，我不怕你威脅我！」

他向石砥中一拱手，提著長劍，向黑夜之中行去。

文法相大喝道：「給我拿下他！」

四周的黑衣高手俱是一愣，沒有想到矛叔有此一著，他們和矛叔私交頗篤，驟聞文法相之命，猶疑一會，方始拔劍躍去。

「不准攔他！」

自這群高手的背後響起一聲低沉而有力的暴喝。那些黑衣高手同時全身一顫，嚇得佇立在地上。

第十二章　那羅大法

黑夜裡，矛叔的影子愈去愈遠，那沉重的腳步聲逐漸消逝。

直等到他的影子看不見了，那群黑衣高手才敢長長吁了口氣，暗中感謝上蒼，文法相沒有再逼他們去追趕矛叔，說實在的，他們和矛叔都有著過頭的交情。

那低沉而富於磁性的喝聲，悶雷似的尚在各人的耳中迴盪沒有消逝之際，大宛國主踏著殘碎的月色，冷煞地徐徐行來。

文法相嚇得暗中直揑冷汗，抬頭顫道：「君主萬歲！」

大宛國主冷冷地問道：「你憑什麼又要制裁矛叔？嗯！」

文法相顫聲道：「他……他渺視我主，沒有將聖上放在眼裡！」

這個老狐狸真是詭譎到了極點，他一見情勢不對，惡念一動，竟在矛叔頭上加一項罪名。

他以為這樣一說，大宛國主必定不會再追問下去了，哪裡想到大宛國主暗中隱身在這裡甚久，已將所發生的事情看得明明白白。

大宛國主冷笑道：「你的尾巴已經露出來了！文法相，本君若不是親眼看見你的罪行，還不知道你是個包藏禍心的得勢小人呢！」

文法相跪在地上，顫聲道：「吾主，你這是從那兒說起！」

大宛國主冷漠地道：「你難道自己還不明白？文法相，本君問你，你為什麼肯隨本君埋名深山，過這般清淡的生活，難道你不願去追求享用不盡的榮華富貴與統馭萬民的權勢？」

文法相顫聲道：「吾主在上，請容老臣稟告，老臣幼受皇恩惠澤，願效犬馬之功，追隨吾主左右，以示老臣之忠心。所謂榮華富貴，只不過是俗人眼中的東西，哪有這樣無憂無慮的享盡清修生活。吾主在上，請諒解老臣這點苦心！」

大宛國主冷笑一聲，道：「你恐怕不甘山中寂寞吧！」

文法相搖搖頭道：「這話從何說起，吾主，你羞煞老臣了！」

豐朗的大宛國主冷冰地道：「文法相，本主念及民間疾苦，不惜隨太后在這裡苦修，滿以為等到功德圓滿之時出家苦度，作個超凡入聖之人。哪知你私欲太重，專作違背天理的事情，若非今夜我親眼所見，還真不知道你會和幽靈大帝西門熊往來，這個人雖是我國子民，卻早已叛離本主，你私通奸邪小人，已犯瞞上欺君之罪。」

文法相根本沒有料到大宛國主會曉得這件事情，他怔了一怔，一時千頭萬緒泛現腦際，大聲道：「聖上恕罪，老臣錯了！」

大宛國主不屑地道：「你留在半掩山幹什麼？」

文法相冷汗直流，顫道：「聖上！」

大宛國主面上一冷，一股駭人的怒氣自他臉上濃濃布起。

這個一心向道的國王向前走了兩步，道：「你妄想修習大宛神術『那羅大法』，居然不惜跟隨本君隱世這麼多年，所為的是想盜取皇室秘丹，你以為這事沒人知道，哼，本君現在要你死了這條心吧！『那羅大法』雖是仙家長生之術，卻不是每個人都能練成的，除非你能忘去一切欲求，心中沒有一絲雜念，僅憑這點你就辦不到！」

文法相苦笑道：「我只是想試試！」

大宛國主冷笑道：「你難道忘了大宛神話『仙女試誠』的故事嗎？你會和那個貓公主一樣，見了老鼠就忘了自己的本分了！」

這個故事是說從前有個王子，養了一隻美麗的小花貓，日久生情，這小花貓竟然愛上了這個王子，牠自知自己只不過是隻小花貓，永遠得不到這個英俊的王子。

正在想不出辦法的時候，牠遇上了愛神「可露亞」，這隻花貓求愛神幫助牠變成一個美麗的少女，和王子結為夫婦。

愛神感念其誠，遂達其所願，可是愛神心知牠貓性未改，想要試試牠的誠心，遂在花貓和王子結婚之夜，命三隻小老鼠進入洞房，跳上花貓的床上。

小花貓初變人形，和王子正在柔情蜜意、表達情意的時候，陡見三隻小老鼠在床上跳躍，目中凶光一閃，恢復了貓的本性，對著那三隻小老鼠撲去。

哪知這三隻小老鼠就是愛神的化身，她看見這花貓守不住人的本分，不禁大為傷心，露出愛神的面貌，對小花貓嘆道：「你永遠做不成人，你只是隻貓，只有追捕老鼠才是你的本性，化成人類僅僅是你的幻想……。」

愛神可露亞說完駁雲而去，小花貓只得含淚恢復本來的面目。

這雖是一段神話，卻含有無窮的哲理，意思告訴後人，一個人不要作非分之想，安分守己才是本分。

文法相對這個神話熟悉異常，豈會不瞭解大宛國主的用心。

他心中一寒，頓時涼了半截，顫道：「聖上，請——」

大宛國主冷冷地道：「你的膽子太大，本君要治你欺君之罪！」

文法相嚇得神情大變，顫道：「聖上，你怎可這樣對待老臣！我雖有欺君之罪，但這也是太后的意思，聖上要加罪，也得先見太后……。」

一股湛然神光自大宛國主的臉上浮現，他揮了揮手，立時有四個漢子奔前拿住文法相，氣得文法相全身直顫，暗恨這四個手下居然不給他留一點面子。

大宛國主淡淡地道：「太后那邊我已稟告過她了，你的一切她也都知道了，文法相，好歹你還是本主的臣子，現在我命你自己去『練修宮』面壁懺悔。」

文法相目中寒光一湧，道：「聖上，老臣是否可以求取最後一條生路？」

沉吟一會兒，大宛國主低聲道：「念你苦守多年，本君就答應為你。不過本君告訴你一句佛家語，多做善事做善心，你和西門熊在一起，他會毀了你一生。」

文法相這時已經沒有畏懼，他運功將那四個漢子輕輕一揮，抖手躍出七、八步，突然揚聲大笑，道：「現在我已是自由身，我姓文的早該去江湖上闖闖事業了，憑我文法相這身功夫，還怕弄不出一點名堂！」

他這時本性畢露，那股氣勢簡直不像是一個老人所有。

他緩緩瞪視回天劍客石砥中一眼，冷冷地道：「相好的，但願我在大漠中能再遇見你，那時我倆再好好比鬥一場，我相信你再沒有這樣好的運氣了！」

石砥中對文法相的態度恍如未見，他抬頭望著掛在天空中的星星，連頭都不回，以低沉的聲調，道：「文先生只要有興趣，我姓石的隨時都會奉陪，不過文先生得認清一件事實，邪惡不會永遠留存在這個世界上，你要好好去苦修養性，不難登基正道，若存有邪念，你的晚景將非常悽涼……。」

文法相不耐煩地道：「行了，沒有人有興趣聽你這番人生道理，要談這個我比你懂得還多，我們時間還多，走著瞧！」

他沒有絲毫留戀的嘿嘿大笑，身形輕躍閃身離去，大宛國主冷漠地沒有再說一句話，任何的表示都沒有。

東方萍再也憋不住心中的無數疑團，她詫異地道：「你對文法相太寬大了！」

大宛國主苦笑道：「對於一個不能守住道心的人又何必太苛責呢？他欲念太重，這種人只有讓他嘗足苦頭，他才會瞭解到世事人情，他作法自斃，將來自會得到報應。」

東方萍淡淡地道：「你對事理倒看得很透澈，可惜你不是佛僧，否則你將更容易得到正宗。」

大宛國主哈哈笑道：「也許我會落髮修行，只是早晚的問題。」

他看了看天色，面上突然流露出依依不捨之情，道：「二位可以請了，汗血寶馬在我母親那裡，依照我們的規矩，只要石兄能贏過我母親手中神杖，大紅還是石兄的。請原諒，我幫不上忙，當年柴倫牽馬走出之時，也是我母親把守最後一關，我想以石兄的功夫是不會有問題的！」

東方萍不悅地道：「哪有這種臭規矩，大紅本是我們的！」

大宛國主淡淡地笑道：「東方姑娘不要誤會，由於大紅是大宛國僅存的神駒之一，我們看得比生命都重要，為了要看看牠的得主有沒有資格獲得牠，只有這樣考驗一下，我想石兄也是通情達理之人，不會說我們無理取鬧吧！」

他說話真情流露，沒有一絲虛偽之色，可見這個人頗有道心，是個不可多得的正義之士。

石砥中微笑道：「大紅本屬於你們的，若非在下要牠代步，本應該還給你們，只要在下事情一了，當會……。」

大宛國主緊緊握住他的手，道：「那倒不用了，我們後會有期。」

他輕輕擊了一下手掌，命恩達護送他倆，在互道珍重聲中分手。

恩達向前一指，當先行去，道：「兩位請從這裡出去！」

× × ×

稀疏的寒星閃顫出動人的星芒，自雲端頂上透了下來，斜斜地拖著尾芒點綴黑夜的神秘。

穿過一片幽香的花樹，眼前出現一座拱形浮橋，淙淙水聲自那橋底飄起，冷清的風嘯，奏出一闋悅耳的樂章！

兩盞昏黃的琉璃燈在橋頭兩旁，搖曳的燈影將浮橋倒映在水中，恩達這時一煞身勢，擋住兩人的去路。

東方萍雙眉輕鎖，道：「恩達，莫非你還要動手！」

恩達恭敬地道：「小的哪有那種本事，太后馬上來了。」

陡地，黑夜中傳來大紅的長嘶，蹄聲噠噠直響，只見那個老太婆輕跨神駒之上，手持大手杖馳來。

大紅身形一煞，這老太婆揚聲哈哈大笑，道：「神駒通靈，居然還認得我老太婆！」

她身形輕輕一躍，閃身落在地上，大紅在她身上一陣摩娑後，揚蹄奔向石砥中身邊，抬頭舐吻他的玉面。

石砥中輕輕拂理牠身上的紅毛，道：「大紅，我們該走了！」

大紅長鳴一聲，有如龍吟似的歡呼，太后看得冷冷一笑，雙眸寒光大湧，將大手杖在地上重重一擊，道：「要走！沒那麼容易。」

東方萍對這個老太婆的蠻橫不講理極感不悅，她玉面一冷，挺拔的秀鼻透出一聲不屑的輕哼，道：「你要怎麼樣？」

太后冰冷地笑道：「要想將大紅牽走，必須要露幾手功夫，當年柴倫為牠拚命的時候，雖然僥倖得手，自己也受到嚴重之傷，你倆若沒有一點功夫，怎配擁有牠呢？」

石砥中淡淡地一笑，道：「太后，我們一定要動手嗎？」

太后堅決地道：「這是免不了的！石砥中，你知道我是大宛出名的『愛馬夫人』，看見珍馬神駒就會若痴若狂，非設法弄到手不可，當然普通的牲口不會落在我的眼中，自從失去大紅以後，還沒有再得到一匹足以傲世的神駒，今日重見大紅，宛如看見故人，我怎會捨得讓你們將牠帶走！」

石砥中一愣，沒有想到這個老太婆有這種愛馬成癡的古怪性格，他曉得她的興趣如此，只得淡淡地道：「當年你又怎麼捨得七絕神君將牠帶走呢？」

太后神情略略一變，腦海之中立時泛起七絕神君大鬧皇室，與自己賭馬決勝的一幕往事。

她狠狠地道：「七絕神君愛馬成癡，和我不相上下，他自中原踏進大宛，目的就是要尋找一匹世上罕見的神駒。這老小子不知怎麼，知道我這裡有一匹汗血浮雲，居然闖進來和我擊掌賭馬。這傢伙書琴詩劍樣樣俱精，居然連敗我手下好手一十五名，贏得大紅而去！」

東方萍輕輕一笑，道：「你一定也輸在他的手中，只是不好意思提起！」

太后神色陡變，氣憤地道：「在我和他單獨動手的時候，如果不是七絕神君暗施詭計，我也不會輸他半招，但若真要分出勝負，也要在五百招之上！」

她見東方萍和石砥中恍如對七絕神君極為熟悉，心中意念轉動，臉上陡然泛起一股怪異的神情。

她雙目冷寒如刃，盯著東方萍問道：「你們認識七絕神君？」

東方萍冷冷地道：「情形和你一樣，他在你手中怎麼奪去大紅，我們也怎麼在他手中贏取大紅，這故事太巧合了，你們兩個人都是輸家。」

太后聞言，怔怔的出了一會神，幾乎不相信世上有人能自七絕神君手中奪去大紅。

她突然揚聲大笑，道：「小妮子，你太會說話了，我老太婆幾乎要讓你給愚弄了！哈哈，你有多大道行，能贏取七絕神君手中的東西？」

東方萍莊嚴地一斂笑容，道：「這事雖不是小女子所為，卻是石砥中以三場較技得來的，你要是不信，可以去問問七絕神君！」

太后焦急地向前急進一步，問道：「他在哪裡？」

東方萍有意要逗逗這個蠻橫不講理的老太婆，一見她焦急地逼問自己，不由暗自冷笑，道：「這要問七絕神君本人了，我哪會知道。」

「死丫頭！」太后氣得大吼一聲，道：「你敢戲耍本太后！」

東方萍陡見她撒起野來，心中一寒，身形在電光石火間躍起，在危髮之際堪堪避過。

這老太婆嘿嘿嘿一笑，道：「怪不得你敢這樣狂傲呢，原來也有兩下子。來！來！來！小丫頭，你只要能在我手中走過十招，我太后就收你做乾女兒！」

東方萍這口氣可大了，她出道至今還沒遇上這樣口齒伶俐的對手，在對敵之時居然還要佔盡便宜。

東方萍伸手拔出長劍，大聲道：「我可沒有這樣好福氣，老太婆，你還是少討便宜，本姑娘可不要你這個……。」

她一想最後那句話不對，急忙收口不語，恨得一抖長劍，斜點而去。

太后本身功力猶在文法相之上，出手路數全出意料之外，東方萍甫和她接觸，已覺得壓力奇重，對方那支手杖居然有一股奇大的吸力。長劍只要伸出，便會失了準頭，要是稍有失誤，還會將劍刃吸住。

東方萍心神劇烈驚顫，暗駭忖道：「這是什麼功夫，怎會有一股無形的吸力！」

這種怪異現象非但使東方萍暗中大驚，連石砥中也覺察出情形有異。他雙眉深鎖，腦海中念頭閃過，陡然記起一樁事情，疾快忖思道：「這老太婆招式雖怪，卻還不算是頂難應付的，最使人捉摸不定的是她那根手杖……看這種情形，這支怪異的手杖莫不是產自大宛國的吸鐵金鋼所製成的！」

他暗中駭異，身子向前移動幾步，道：「萍萍，『長戟貫日』！」

他這時對敵經驗豐富，一發現對方武器怪異，有心要東方萍拿劍試試虛實。

東方萍此刻正累得嬌喘呼呼、香汗淋漓，陡聞石砥中的喝聲，毫不遲疑一顫手腕，手中長劍化作一縷寒影，朝這老太婆的身上射去。

太后哈哈笑道：「小妮子，你才接我第九招呢，怎麼這麼快就棄劍退身了！」

她對電射來的長劍連看都不看一眼，恍如沒有這回事一樣，僅僅一晃手中長杖，「叮！」的一聲脆響，那柄銳利的長劍便附在她手杖上，居然不會掉下來。

東方萍髮絲蓬散，香汗迸落，一見自己手中長劍貼在這老太婆大手杖之上，頓時暗中大凜，喘息道：「怪不得我沒辦法攻擊她呢！」

石砥中凝重地望著這個老太婆，腦海中疾快旋轉，籌思對付太后手杖之法。

他暗自忖思道：「這手杖富於磁力，要想破它，只有發出劍罡或是劍氣才能見效，只是我和她無怨無仇，又礙於大宛國主的面子，怎能損傷她的兵器呢！」

他正在沉思念轉的時候，太后舉起手杖在空中一顫，東方萍的那支長劍突然斷為兩截，拋出數丈之外。

東方萍氣得清叱一聲，道：「死老太婆，你敢毀去我的寶劍！」

太后冰冷地道：「我連你的人都不珍惜，還在乎你這柄破劍！小丫頭，念你年紀還小，不治你不敬之罪，但卻要將你那身功夫毀了。」

東方萍遙空撩掌，斜擺胸前，道：「你沒這個本事！」

太后面上一冷，陡地湧上一片殺機，恍如罩上一層冰渣似的，陰冷一笑，斜舉大手杖向前逼來，嘿嘿笑道：「小姑娘，我非殺了你不能解恨！」

石砥中一見這個老太婆臉上浮現出猙獰而恐怖的殺氣，心頭頓時一寒，他凝重的長吸口氣，道：「太后，在下要向你討教幾招！」

太后嘴角一掀，不屑地道：「早該出手了，我還以為你虛有其表，要靠女人保護你呢，看樣子我老太婆是看錯人了！」

石砥中只覺胸中怒火澎湃，一股不可遏止的氣血湧進心田。他涵養再深，也不禁讓這口齒苛薄的老太婆氣出了真氣，伸手拔出長劍，凜然道：「你最好口上多留點德，年紀這麼大了，也不怕閃了大牙！」

一蓬流灩自劍刃上泛射而出，青濛濛的劍氣如霧漾起，使周遭的空氣突然一寒，太后的心情隨之一沉，面上所表現出來的詫異掩不去心中的恐懼。

她顫聲道：「這是一代鎮國之寶，金鵬墨劍呀！」

石砥中冷煞地道：「你果然是有幾分眼力，神劍一出天下寒，金鵬展翅天下平，太后，貴國好像沒有這樣的神劍吧！」

太后哼了一聲，道：「神劍要有德者才能居之，你一介武夫竟擁有這種寶器，輕則劍失人亡，重則傾家橫禍，年輕人，這柄劍我老太婆要收下了！」

東方萍不屑地道：「你真是貪得無厭，見了大紅要奪回去，見了神劍也要據為己有，老太婆，你的野心倒不小！」

太后面上羞紅，鼻子裡暴出一聲重重的冷哼，她似乎已沒有必要再說什麼，輕叱一聲，掄起手杖攻了過來。

閃顫的杖影重重疊疊，有如湖中翻滾的濁浪，瀰空掩日急嘯而至，這種威勢簡直匪夷所思。

回天劍客石砥中斜退一步，道：「萍萍，你給我退出五尺之外！」

東方萍驟見石砥中說得那麼凝重，頓知對方功力確實太強，她身形一動，蓮步輕移，擔心而緊張地退到一邊。

太后的大手杖翻顫滾閃當空罩頂，激起股股逼人寒勁，回天劍客石砥中凝重地將長劍緩緩伸出，沉聲道：「太后，你要注意了！」

「了」字方逝，劍光倏地大顫，一道耀目的光圈如銀虹瀉地繚繞在空中，迎向對方的大手杖。

「嗒！」一縷火花閃起，強勁的劍氣穿進太后的杖影中，只聽一聲沉悶的駭懼之聲響起，太后面若死灰倒退幾步，身子搖搖晃晃地差點栽倒在地上。

她面色蒼白，低吼道：「劍罡，劍罡，這是劍罡！」

恩達一見太后面容憔瘁，恍如受了極重的傷勢一樣，他看得目眥欲裂，閃身躍至太后的身旁，道：「太后，太后！」

太后顫聲搖搖手道：「劍罡一出無人能敵，你不要輕舉妄動！」

恩達搖搖頭道：「不！我願為太后盡力而死！」

他緩緩回過身來，怨毒地瞪視冷煞的石砥中，拔出長劍，凜然斜舉在空中，向前連跨兩步，怒道：「我雖然不是你的對手，可是看見你這樣傷害一個沒有還手餘地的老太婆，我恩達縱然死在你的手裡，也要和你周旋到底。」

回天劍客石砥中緩緩洩去蓄集在神劍刃上的真氣，將金鵬墨劍徐徐收回來，長長吐了口氣，道：「我沒有傷她，只是削斷她的手杖而已。恩達，你不妨仔細去瞧瞧，你的主人只不過是驚駭過度。」

恩達懷疑地回過頭去瞧了一眼，只見太后身上羅袍條條破碎，大手杖已斷為四截墜落地上，除此之外，果然沒有發現太后有絲毫受傷的樣子。

他怔了一怔，道：「這是真的？」

太后此時已暗自調息了一下，她慘然望著自己手中斷裂的大手杖，流露出一種傷心而惋惜的神情。

她喃喃顫道：「你是第一個擊敗我老太婆的人，當年七絕神君那樣厲害的人都沒有真正使我老太婆心服，想不到你比七絕神君還要厲害，唉！大紅永遠屬於你了。」

石砥中黯然道：「請原諒，我若不是運用劍罡斷去你的大手杖，也沒有辦法能抵抗你手杖上的磁力，以你這套怪異辛辣的杖法，我相信鮮有人是你的對手！」

太后面上怒意一湧，道：「你這是在譏諷我！」

石砥中一怔，道：「在下是肺腑之言！」

太后冷笑道：「肺腑之言，你當我是小孩子，打一個耳光再給我一塊糖吃。哼！我年紀雖老卻不吃這一套。」

東方萍見這個老太婆已不可理喻，輕輕一拉石砥中，故意大聲道：「砥中，我們走，和這種人多說只有白費口舌！」

石砥中和東方萍聯袂朝浮橋上行去，太后居然沒有再攔阻。

那大紅在太后身上一陣摩娑，長鳴一聲，就跟著東方萍和石砥中而去，逐漸消逝在夜色中。

太后長嘆了口氣，道：「恩達，將這斷去的手杖通通撿回來，留給後人一個教訓，我們不能讓下一代延續痛苦。」

她像是突然變了一個人似的，沒有表情的踽踽行去，誰也猜不出她這時心中所想的是什麼，只有失敗的滋味在她心中流轉……。

第十三章　將計就計

黎明的晨曦輕靈地移動著步子，驅趕黑夜隱遁的足跡。

昨夜夢境似的過去了，那谷中的一切都像發生在幻境畫影中，發生得那麼突然，卻已隨著夜色褪逝了。

半掩山腳下的東方萍和石砥中都有些疲累，兩人腦海中猶盤旋著大宛國主、文法相以及太后的影子，滿以為可找個地方歇歇，哪知在黎明初露曙光不久的時候，兩個人方下得半掩山，卻遙遠看見一個人影自沙漠裡正向這裡緩緩移動。

這個人一路搖晃走來，足履已沒有普通人那樣沉穩，像是全靠精神支持掙扎一樣，只要那維持生命的精神一失，他將會像這飄起的塵沙似的，永遠不能再爬起來了，因為他的體力早已不堪負荷。

東方萍詫異地道：「這個人是誰？怎麼沒有代步的牲口就敢在沙漠裡行走。」

石砥中心神劇顫，道：「那是你哥哥……。」

「什麼？」

東方萍全身陡地一震，道：「你說什麼？那會是東方玉！」

那個人勉強地又移動幾步，終於支持不住摔在滾滾塵沙中，他連掙扎的力量都沒有，只是聲嘶力竭的吼道：「水！給我水！」

東方萍大吃一驚，身形一躍，叫道：「哥哥！」

當她奔馳過去的時候，東方玉因耐不住長途勞頓已暈了過去。

東方萍沒有想到哥哥會變得這個樣子，傷心地嘆了口氣，幽幽道：「哥哥，你怎麼會變成這個樣子？」

石砥中急忙將東方玉扶起來，拿出水袋，撥開他乾澀的雙唇，緩緩將水灌進東方玉的嘴裡。

東方萍黯然道：「砥中，不會出什麼事吧？」

回天劍客石砥中輕撫她的肩頭，搖頭道：「不會有事的，東方兄只不過是太疲累了！」

經過一段時間的休息，東方玉終於恢復知覺，他長長地喘了兩口氣，緩緩地睜開了雙目。

首先映入他眼裡的，是一張豐朗如玉的臉靨，他激動地爬了起來，道：「大哥，大哥，我們終於見面了。」

石砥中心頭一驚，沒有想到東方玉千里徒步，落得這般狼狽，竟然是在找尋自己。

他知道必有大事發生，嘴唇輕輕顫動，問道：「東方兄，是什麼事情？」

東方玉長長嘆了口氣，一股濃濃的憂鬱罩滿他的臉上。

他恍如經歷過一場恐怖而震撼的事情一樣，雙目泛起一股淒涼而憤怒之色，緊緊握住雙拳，道：「這次小弟若非是見機得快，可能就沒機會再和你見面了。石兄，你還記得房文烈吧？」

石砥中濃眉一舒，道：「怎麼？你和他見過面了。」

東方玉斜睨了自己妹妹東方萍一眼，心裡有一股說不出的哀傷，兄妹兩人雖然沒有說話，但從雙方交換的眼神中，已領會出各人心中的感觸。

東方玉艱澀地道：「昨夜我和爹爹經過幽靈宮海心山下的時候，就和房文烈遇上了。他這個人狂傲得不知天高地厚，硬逼我爹爹和他動手，我爹一方之主，豈會和一個晚輩動手，哪裡想到房文烈將幽靈大帝請來，兩個人聯手攻擊我爹，聲言要將我爹殺死，我實在氣憤不過，便幫助我爹對敵，結果……。」

東方萍一聽父親遇到危險，頓時眸中淚水盈眶，緊張地問道：「爹爹怎麼樣？」

東方玉黯然道：「幽靈宮的人存心要將我爹殺死，不擇手段發動攻擊，起初爹爹和我雖然能夠支持，但也險象環生，最可恨的是在這個時候，不知從哪裡冒出一個姓文的，居然一掌就將我爹擊傷。」

東方萍急得哇的一聲站了起來，她傷心地道：「爹受傷了，重不重？」

東方玉面上流露出悲憤痛苦的表情，道：「你知道爹是個寧死不屈的人，在這種情形下，他只得奮力突圍，並命我立刻去找石兄。好在這些人主要目的是對付我爹，見我爹爹逸去紛紛追趕，我趁機逃到這裡……。」

石砥中這時覺得事態嚴重，幽靈宮已經很難對付了，現在除了房文烈，還要加上文法相，這些人都是雄霸四海的人，若聯合起來，這股惡勢力還真沒有人能對付得了。

他心中一凜，頓時覺得責任重大，沉重的擔子只有自己扛了。

他長長嘆了口氣，道：「東方兄，這次令尊為什麼要到幽靈宮去？」

東方玉苦笑道：「在四天以前，我爹接到幽靈大帝西門熊的投帖，宣稱要在大漠舉行一次爭取天下第一頭銜的比武大會。我爹知道這種大會，只會徒增死亡，沒有好下場，他本想去勸勸西門熊，要他取消這次比試，誰想到西門熊包藏禍心，有意將所有正道高手毀去……。」

石砥中哦了一聲道：「這事恐怕不會那麼簡單吧！」

東方玉面上一凝，穆然道：「傳說西門熊這次召開大漠比試大會主要想對付你，我爹早已看破內幕，所以要我找你，叫你不要上當。」

石砥中冷笑道：「我早猜到這點，西門熊雖然算無遺策，但我也要利用這次機會將這群邪道人物毀去一些……。」

東方萍全身顫抖，道：「砥中，你要去送死！」

石砥中淡淡地道：「去索魂，不是去送死。」

東方玉恐懼地道：「石兄，你還是不要去，他們已事先布置好陷阱，專等著你去上鉤，誰都曉得大漠裡如果沒有你，這個地方就會像失去了光明一樣，永遠沉淪黑暗……。」

石砥中只覺胸中熱血沸騰，有一股不可遏止的力量衝激著他，他覺得自己應該付諸行動了，如果再讓西門熊繼續為惡下去，只會助長其勢力。

他苦笑道：「東方兄，我不去行嗎？西門熊會放過我嗎？我相信在我沒去之前，他就先將帖子送來了，那時如果不去，才是真正中了他的詭計。」

東方萍幽幽嘆了口氣，撩起羅袖輕輕拭去眼角的淚水，憂傷地望著回天劍客石砥中，顫聲道：「砥中，你一定要去……。」

石砥中堅決地道：「當然要去，不過先要經過一番準備。」

朗朗的話聲隨風傳出，靜謐的漠野響起濤天的巨雷，像那悄然無聲的風暴似的，又掀起一場新的波濤……。

×　×　×

雲天閃出萬道金霞，穿過那片片薄雲，投落在「巴澤湖」混濁的湖水上。

這湖的四周是片大草原，三兩的牧人偶而會在湖邊歇足，或者讓羊群在這裡喝水！

可是這些牧人在幾天前已經絕跡了，大草原上只有幾隻禿鷹在上空盤旋，尋找可以裹腹的東西。

使這群禿鷹感到詫異的是，不知何時，在這淺淺的小湖上搭起一座高臺，高臺四周羅列許多小帳幕，不時有人出入其間，而傳來陣陣喧笑。

這時，自高臺右方一個大篷幕裡響起一連串嘿嘿笑聲，這笑聲陰冷而低沉，恍如不是出自人類的嘴裡。

一絲陽焰自篷幕的空隙射入，只見裡面坐著幾個人，這些人臉上俱流露出得意自滿的神情，尤其是那個青年，更是狂傲得不將任何人放在眼裡，時時表現出他的冷酷。

他那雙令人驚悸的目光緩緩流過每個人的臉上，偶而鼻子裡還會傳出輕微的冷哼，滿臉揶揄與不屑之色。

這青年在其他人眼裡還不怎麼礙眼，但落在最旁邊那個白眉長髯老人眼中，卻引起他十分的不快。

他乾咳一聲，道：「房大英雄，明天全要看你的了！」

房文烈嘿嘿笑道：「我還是那句老話，除非是石砥中出場，其他的人恐怕要請你文大人多照顧了。嘿嘿，文大人，你以大宛之尊，這次大會全靠你老捧場了！」

文法相冷笑道：「好說，好說，年輕人，你的表現真不錯呀！」

幽靈大帝西門熊看出情形不對，他曉得這兩個人互相不服氣，大有一較身手之意。

他心念一轉，嘿嘿笑道：「二位不要再客氣了，我們還是談談明天比武大會的事情要緊，這次主要目的是引石砥中出來，觀摩較技只是個晃子，不過我們得裝得像，才不會引起別人的疑心……。」

文法相白眉深鎖，道：「這倒是次要問題，重要的是石砥中到底會不會出現，這個人若是不來，我們的心機豈不都白費了。」

西門熊搖搖頭道：「這個你放心，我敢說他一定會來！他能放過一千個人，也不會放過我，因為這小子吃我的虧太多了。」

文法相一愣，道：「你好像滿有把握的，嘿嘿，不是我姓文的說句洩氣話，如果我們和他一個對一個，沒有一個敢說一定能贏過他，不要看這小子年紀不大，那手劍法真不含糊！」

「嘿嘿！」西門熊面上劇烈地抽搐一下，乾笑道：「這個你請放心，我西門熊自有安排……。」

房文烈冷冷地道：「你牛不要吹得太大，當心吹炸了！西門熊，我房文烈遠來這個窮鄉僻壤所為何事？你當初答應我的事可不能忘了，要知道我所等待的就是明天……。」

西門熊通體一顫，目中閃出一絲詭譎之色。

他長長吸了口氣，濃眉深鎖，道：「當然，當然，房兄的事，本大帝哪敢忘，在明天定能如兄所願，只要石砥中那小子敢來！」

房文烈冷笑道：「我們的合作也只限於明天，如果你自毀誓約而施詭計，那後果可想而知，我有辦法使你起來，也有辦法使你垮下去，這點你該比我還清楚！」

西門熊冷笑一聲，道：「這是什麼話，我們要想合作下去，就必須互相信任，難道我西門熊還會獨佔好處，忘了你們！」

房文烈卻毫不留情地道：「這可難說！你這個老狐狸太難纏了，在很多地方你都佔著上風，只是表面上裝得很溫順，其實……。」

西門熊心中大凜，沒有料到這個青年如此難鬥，僅僅相處幾天便將自己的底細完全摸清楚了。

他詭異地一笑，道：「房兄似乎對我頗有成見！」

房文烈冷笑一聲，道：「那倒沒有，只是知己知彼，方能百戰百勝。」

西門熊臉上露出駭懼之色，道：「生我父母，知我者房兄，你也太厲害了！」

房文烈不是個簡單人物，他江湖經驗雖然不多，但對察言觀色倒有幾分心得。

他鼻子裡冷哼一聲，道：「你別說得那麼難聽，表面上你在恭維我，暗地裡恨不得先殺了我。西門兄，你現在是不是在動這個念頭，我們心裡都有數。」

西門熊尷尬地笑道：「不錯，你知人頗深！本大帝確實有殺你之心，因為你對我瞭解太多，留著終究是個尾大不掉的禍患。」

房文烈淡淡地道：「你還是少賣弄聰明，當心我先下手為強！所謂智者千慮，必有一失，可能你那一失就握在我的手掌中……。」

幽靈大帝西門熊這才覺得真正害怕，他感到房文烈所給予自己的威脅愈來愈大，幾乎隨時都有置自己於死地的機會。

他暗中念頭直轉，輕輕拍了拍房文烈的肩頭，道：「房兄，不要太厲害了！我們是一個巴掌拍不響，你我還有一段時間合作，誰也少不了誰。」

房文烈冷冷地道：「但願你的話跟你的心一樣，不要嘴上抹油，肚裡藏刀，那樣你我都不好看，倒楣的還是你……。」

兩人針鋒相對，都知道對方的隱私，使雙方都生出無窮戒心。

文法相雖然不言無語，卻看得出這其中隱藏的危機，隨時都有爆發的可能。他在大宛國掌朝當政，對玩弄權術這套功夫比誰都行，他低垂眼簾，恍如與他們的事沒有關係，其實暗中卻在籌思對付他們的辦法。

正在這時，西門錡自帳外走了進來，他躬身道：「爹！」

西門熊嗯了一聲，道：「我交給你的事情辦得怎麼樣了？」

西門錡眉頭微皺，道：「爹，孩兒命人探聽之下，石砥中到目前為止都沒有出現過，連東方萍的蹤跡都尋不到……。」

西門熊哼了一聲，道：「我就不相信石砥中會飛上天去！錡兒，如果你的拜帖交不到石砥中的手上，我會治你辦事不力之罪。」

「是！」

西門錡見情形不對，急忙躬身退了出去。

文法相緩緩啟開雙目，道：「西門兄，石砥中會不會已經離開大漠？」

西門熊搖搖頭道：「這很難說！或許這小子得到消息，知道這裡即將舉行比武大會，他自忖沒有把握在這兒爭取天下第一的頭銜，而悄悄離開了大漠，故意不接受我們的請帖……。」

房文烈冷冷地道：「你也把他估計得太低了！憑他那身本事還會不來湊這場熱鬧？也許這小子故意先不露出，暗中觀察我們動靜。」

西門熊一擊掌，道：「對，這小子必是在暗中探查我們的動靜，若非是房兄一言提醒我，本大帝幾乎忘了……。」

他輕輕拍擊了一下手掌，道：「百里黑雄！」

自篷幕外響起一聲沉喝，只見一個精壯的漢子奔了進來。

這漢子濃眉大眼，敞開衣衫，露出長滿毛鬍的前胸，雙手一拱，道：「主人，有什麼吩咐？」

西門熊問道：「你是負責接待各路英雄的總管，一定知道各地來的高手最新動態，我問你，你有沒有發現有陌生人混進這裡？」

百里黑雄躬身道：「小的全照主人的吩咐，在大會沒有開始之前，不准任何閒人雜人等接近這裡，剛才海神幫的人想要在附近看看，讓小的給趕跑了……。」

「嗯！」西門熊嗯了一聲，「還有什麼人？」

百里黑雄想了想，道：「有幾個牧人要進來放羊，讓小的給打了回去。至於各地趕來的英雄，都在這附近徘徊。」

西門熊重重地哼了一聲，道：「你趕快去看看有什麼可疑的人沒有！如果發現我們不歡迎的人，趕快通知我，尤其是石砥中，你要特別注意，當心被他混進來！」

「是！」

西門熊望著百里黑雄退出的背影，嘴角上漾起冷冷的笑意，他的目光一寒，射出一股令人畏懼的寒芒。

他陰冷地道：「我相信石砥中沒有膽子來了……。」

哪知他的話聲尚未消逝，百里黑雄面色蒼白又奔了進來，臉上流露驚恐過度的駭狀，踉蹌行來。

西門熊一怔，道：「你幹什麼了？」

百里黑雄顫聲道：「小的遇見鬼了！」

西門熊清叱道：「胡說！大白天哪有鬼？」

百里黑雄全身抖顫，道：「小的剛剛出去時，只覺眼前一花，一個幽靈似的人突然將我抓了起來，我連掙扎呼救的機會都沒有，他叫我來見西門主人，並命我將這個交給你。」

說完，便將懷中的一塊牛皮掏了出來。

西門熊和房文烈心中一驚，同時伸手去搶那塊薄薄的牛皮，西門熊首先抓到細細一看，氣得大吼道：「氣死我了！」

文法相拿起一看，只見上面寫著一行黑字：「明日見真章！」

這個人是誰？在各人心中湧起無數疑團。

尤其是幽靈大帝西門熊，除了憤怒外，還有一絲恐懼的感覺，因為連對方混進他的身邊，他都沒有發覺，那這個神秘人物的身手也太使人害怕了。

房文烈握起拳頭，恨恨地道：「好！我們明天見真章！」

似乎一切都寄託在明天，明天是個未知數，到底鹿死誰手，那還是尚未分曉的事情。

第十四章　群雄大會

晨間，寒露未褪，渾圓的露珠在草葉上滾動，一縷陽光逐漸上升，照在清瑩的露珠上，像是串串閃亮的珍珠奪目可愛……。

自昨夜開始，巴澤湖的四周已開始有人進來了。

在這天，草原上不時出現陌生人的蹤跡，許許多多的知名之士已齊聚的朝這裡進發，使這個靜謐的大草原上，掀起了一場空前的騷動。

一場江湖群雄大會就這樣展開了序幕，隨著日光的移動，場面愈拉愈大……。

幽靈宮的旗幟在這湖的四周飄動，在這旗幟之下，各有兩個幽靈宮的高手凝立在那裡，他們俱是身著黑衫、斜掛長劍，雖然他們不言不動，卻暗中注意那些可疑人物，尤其是那個他們所畏懼的人……。

那搭蓋在湖上的高臺，此刻還沒有一個人出現，空蕩蕩的有種淒涼的感覺，可是臺上卻有一樁令人矚目的東西——石杵。

這石杵少說也有二千斤以上，放在那臺上的一角特別引人注目，俱不知幽靈宮從哪裡來這麼一件沉重的東西。

當然這根石杵放在這裡也有它的目的，那是幽靈宮的人對來參加大會的人一種武功的考驗，看看有沒有資格爬上那個臺子。

日正當中，遠遠趕來赴會的人大都到齊了，這對幽靈宮的人來說，是一件十分令人興奮的事情，可是在興奮之餘，也有幾個人感到極度的失望。

大草原上，各地來的人物互相寒暄，私底下卻都暗暗議論著這件事，低聲細語不時自人叢中傳出，有時也會引起別人對他們的注意。

這時，在一個篷幕裡面正有兩個人從縫隙中朝外面的人群搜尋，只聽見一個蒼老的聲音道：「房兄，那個姓石的好像沒有來！」

房文烈眉毛斜斜飛起，冷冷地道：「他要是不來，我們舉辦這個大會豈不是白費心機了。西門兄，我看你所花的心血到頭來僅不過是一場空！」

沉默了一會，西門熊冷笑道：「我相信他一定會來，如果回天劍客不來，嘿嘿，他也甭想在這大漠混了。房兄，你知道今天所來的人大多都是想看看石砥中是個什麼樣的人，我相信石砥中絕不會放棄這成名露臉的機會，房兄，你還是等著瞧吧！」

房文烈冷哼一聲，道：「他在大漠的地位好像不壞嘛？」

西門熊陰沉地笑了笑，道：「自從這小子進駐大漠之後，我們幽靈宮的地位便一落千丈，所能出風頭的事全給這小子給搶盡了，所以本大帝恨不能生吃其肉，喝其血、敲其骨，這次文先生大力相助，再加上你的詭幻劍法，我相信這小子絕對沒有辦法再活著離開這裡。」

房文烈雙眉深鎖，冷冷地道：「你好像很有把握！」

西門熊得意地道：「當然，有你們兩大高手相助，我相信這小子即使有三個腦袋也能將他割下來，房兄，好戲全在後頭！」

房文烈斜視這個老狐狸一眼，淡淡道：「我的相助是有條件的！」

幽靈大帝西門熊心神一顫，對這個毫無感情的青年，存起畏懼和提防之心。

他目中隱隱浮現出凶光，低沉而詭異地道：「你要名，我要利，一個巴掌拍不響，兩個銅錢響叮噹。房兄，我還是那句老話，大漠之主讓給你當……。」

房文烈嘿嘿笑道：「你恐怕不會甘心吧！」

「這！」西門熊詭異地嘿嘿笑道：「這是什麼話？我西門熊所要的只是石砥中的項上人頭，只要這小子一死，你我在大漠上再也無所顧忌。那時，嘿嘿，不是本大帝目空四海，天下哪派敢不歸順，房兄那時英名大噪，遍傳千里，恐怕所得並不僅僅是個名頭吧！」

房文烈給這老狐狸一捧，心裡覺得非常舒服，面上神光一湧，恍如已經君臨天下。

他終究少年得志，受不了幾句恭維，得意地一聲大笑，道：「這全得靠西門兄的栽培了！不過小弟所要的尚不僅如此，傳說這大漠中有一個地底金城，富可敵國，我房文烈人小志大，還想請你西門兄將這神秘之城的寶藏讓給我，這件事你能答應嗎？」

西門熊一愕，沒有料到房文烈的消息這樣靈通，僅僅幾天便已將這大漠鵬城的秘密給查出來了。

他心中一寒，臉上霎時湧現猙獰的殺機，他嘿嘿笑道：「房兄，你要求的太多了，小心消化不良。」

房文烈斜睨他一眼，暗中將全身功力蓄集於雙掌，他哼了一聲，身子輕輕一移，冰冷地道：「你到底是肯不肯？」

西門熊冷冷地道：「這事我沒有辦法答應，房兄，你還是死了這條心吧！神秘的鵬城只有石砥中進去過，那裡面即使有富甲天下的財富，也沒有人能找到它，因為它是地底之城呀！」

「嘿！」房文烈嘿地一聲，道：「我相信你早已知道鵬城的秘密！西門兄，你以為所做的事可以瞞過我，嘿！那你也太小看我姓房的了，昨晚你和文法相所談之事以為我不知道？」

「什麼事？」西門熊緊張問道：「你聽到了什麼事？」

房文烈冷冷地道：「你心裡明白，難道還要我說出來！」

「嘿嘿！」西門熊陰險地道：「房兄，你也太厲害了！我們在合作之前要是還勾心鬥角，那將是我們雙方的損失。要是鬧翻了，嘿嘿，你來大漢爭霸的心血也要白費了！」

房文烈淡淡地道：「說的是呀！在這緊要節骨眼上，你若是沒有我的幫助，幽靈宮所設計的詭計可能前功盡棄，不值一提！」

西門熊頷首道：「不錯，如果你要在這最後關頭和我鬧意見，你所想要獨尊大漠的理想將會化成泡影，從此再也沒有這個機會了。」

「哼！」房文烈鼻子裡重重地一聲冷哼，道：「要成名太簡單了，今天比武大會勢必舉行，我姓房的和外邊的人一樣，上臺向你的人逐一較量，以我的武功想要成名還不容易，有沒有你的幫忙都一樣。」

心中一凜，幽靈大帝西門熊這才曉得這個青年大不簡單，僅憑這份心機就非一般人所能比得過的。

房文烈說的正是他心中隱痛，如果和這青年鬧翻了，絕對是一件失策的舉動，他心中念頭直轉，忖思如何去應付對方。

他陰冷地笑道：「你太厲害了，我西門熊鬥不過你！」

房文烈冷笑道：「你不要打歪念頭，我的問題你還沒答覆呢！」

「你何必這麼急！」西門熊嘿嘿笑道：「明天我再答覆你！」

房文烈搖搖頭道：「這是太極拳中的『推窗望月』，你想跟我推拖，嘿嘿，西門熊，這點心機你甭在我面前耍，明天你就將我一腳踢開，不需我再幫忙了！」

西門熊凝重地說：「老夫豈是失信之人！」

房文烈不屑地道：「你這個老狐狸唯利是圖，只要能達到目的，什麼事都幹得出來，錯過今天，我相信你和文先生可能又開始設計如何對付我了。這個時候誰也不能相信，我寧願只相信我自己，西門熊，我的話到此為止，答不答應全在你！」

幽靈大旁西門熊這次可真棋逢對手，他自覺和房文烈不可能和平共處，時時都有反臉成仇的可能。暗中意念一動，心中已萌生殺機，他嗤嗤笑道：「這事老夫做不了主，我總得去和文先生商量商量。」

房文烈冷冷地道：「你去吧，我在這裡等你回話！」

幽靈大帝西門熊陰惻惻地一笑，轉身向篷幕之外行去。

他腦海中意念飛轉，閃身走進另一個篷幕裡，道：「文先生……。」

文法相坐在椅子上，哈哈笑道：「西門兄，那小子是不是很難纏？」

西門熊長長嘆了口氣，道：「在這個時候，他居然又開出條件。」

「什麼條件？」文法相緊張地問道：「他的目的難道和我們一樣？」

西門熊陰狠地道：「不錯，這小子居然也知道鵬城的秘密，這對我們的計劃阻礙太多，文兄，你看我們該怎麼辦？」

文法相嘿嘿地道：「這是小事情，你不妨先答應他，只要等他的利用價值一完，嘿嘿，合我們兩人之力要對付他，也不是件困難的事。」

幽靈大帝西門熊雖然在江湖闖蕩了幾十年，但對宮廷中把權弄人的那套手段卻從沒有見識過。

他深知文法相追尋大宛國主多年，懂得如何暗中去對付敵人，見文法相說得那麼輕鬆，心神不由得穩定不少。

他濃眉輕聳，嘿嘿道：「文兄，這全要看你的了！」

文法相正要交代他幾句的時候，幕簾輕輕一掀，房文烈自外面斜躍進來，他目光朝裡面的兩人面上一瞥，道：「西門兄，文先生可答應了？」

西門熊在房文烈的肩頭上輕輕一拍，道：「年輕人，老夫又栽在你的手上了！」

房文烈並沒因此顯得輕鬆，他知道對方兩人沒有一個不是厲害人物，自己雖然一時佔到上風，可是未必穩操勝券。

他目中寒光一湧，道：「拿來！」

西門熊一愕，道：「你還要什麼？」

房文烈冷冷地道：「你那張手繪的鵬城位置圖。光是口頭承諾還不足以採信，只有那張地圖到了我的手中，我才信得過你！」

西門熊愁眉緊鎖，不悅地道：「萬里迢迢大漠路，你就算拿到那張地圖，沒有老夫的幫助，一時也找不到它的位置。房兄，我看地圖還是暫時放在我這兒吧！」

房文烈堅決地道：「不行，我知道那是唯一的一張地圖，放在你這裡讓你去仿製一張，這個我可不幹，而且我也沒有那麼傻。只要地圖在我手中，我們的合作才是真正的開始，在這比武大會開始之前，我想你不至於為這件事和我翻臉吧！」

幽靈大帝斜睨文法相一眼，怒道：「你認為我一定要找你合作嗎？」

房文烈淡淡地道：「你這是最不智的舉動，在這裡我或許鬥不過你，可是我卻有辦法找到石砥中，只要我和石砥中合作，嘿嘿，西門兄，你的損失如何，只有你心裡明白，我言盡於此，拿不拿隨你！」

他詭異地笑了笑，冷冷地道：「我這個人與你一樣，只求目的不擇手段，為了我本身利益，我就是去求石砥中也沒關係。二位不要說我姓房的不夠朋友，假如你們的處境和我現在一樣，我相信你們所做所為肯定比我還惡劣，這點我要請二位多包涵了！」

幽靈大帝西門熊沒有料到房文烈的手段比自己還要毒辣，居然為了拿得大金鵬秘圖，不惜去和自己的強敵勾結。

此時強敵環伺，若自己內部發生內鬥，倒楣的還是自己。

他氣得臉色鐵青，惡毒地瞪了房文烈一眼，道：「你這是幹什麼？」

房文烈搖搖頭道：「沒什麼？只是臨時起意運用一點小手段……。」

文法相也感到事情不簡單，他不禁對這個年輕人重新估計。因為房文烈所設想的每一件事情，都是他們致命重創，隨時都會被他逼上絕路，他這時覺得房文烈不但經驗老到，還天生善於玩弄心術。

他陰沉而猙獰地道：「西門兄，拿給他吧！我們總不能自相殘殺。」

西門熊一呆，道：「文兄，這……。」

他曉得文法相絕不會這樣甘於受房文烈的擺布，而將自己所蒐集繪出的秘圖交給房文烈，可是他見文法相既然這樣說，只得將藏於胸前的秘圖拿出來。

房文烈伸手搶過秘圖，冷冷地道：「謝了，為了大家和平相處，在下只得先將這張秘圖交給我哥哥，那樣你們要再拿回去也沒那麼簡單了！」

他輕輕擊了一下手掌，只見幕外奔進一個漢子，這漢子雙目如鈴，濃眉舒捲，房文烈將秘圖交給這漢子後，道：「趕快送往約定的地方，我等這裡的事情一了，就立刻去找你們。」

那漢子沒有說話，轉身奔了出去。

幽靈大帝西門熊全身一顫，道：「你真設想周到，連我西門熊都不得不佩服你。」

房文烈冷冷地道：「哪裡，哪裡！這只是臨時防你一手而已。」

「咚！」一聲鼓響自空中傳來，嬝嬝餘音徐徐散去。

西門熊神情略略一變，道：「時刻到了！」

三個人同時站了起來，向篷幕外行去。

× × ×

日正當中，那驕烈的焰陽自雲天灑落下來，在這混濁的湖畔周圍站滿了各路英雄，俱靜默地望著那高起的大臺上。

高臺上，最得意的是西門熊。

他神氣活現站在臺上耀武揚威，冰冷的目光始終掃在每一個人的身上，恍如要自人群中找尋出那個令他害怕的可疑人物。可是人影晃動，趕來赴會的英雄很多，一時他哪能找到那一兩個人。

他冷煞地一瞥臺下，嘿嘿笑道：「各位英雄好漢，這次大漠英雄大會，所為的是觀摩一下各派的秘功絕技，旨在以武會友，選出一兩位大漠的真正第一高手。由於參加的人太多，本大帝在會前不能不稍加限制，對參加大會之人作一個考校。」

他輕輕拿起臺上的那根大杵往地上一擲，那根巨杵倏地豎起在草地上，臺下的人轟然喝彩，對西門熊這份神奇的功力，莫不暗自折服。

西門熊嘿笑道：「凡是要下場比武的人，必須要先拿一拿這根石杵。這並非是看不起各位，而是避免無謂的傷亡。只要能通過第一關的人，就可參加第二關的測驗，第三關便是真正動手了！」

這話一出，立時引起人叢中的騷動，有的搖頭長嘆，自認沒有本事拿得動那根石杵，有的則暗中咒罵西門熊的缺德，故意弄來這根沉重的傢伙，使他們老遠跑來只有乾瞪眼的份，這對他們來說是很不甘心的事。

可是規矩是人家定下來的，只得硬著頭皮去試試。真怪，那些自不量力的人還真不少，居然有幾個當場出醜。

由於這石杵重量太大，參加通過的人也僅不過百來個，可是他們可沒有這樣輕鬆，通過第二關還有第三關在等著他們呢！

幽靈大帝西門熊見參加的人有那麼多通過第一關的測驗，心中也暗自駭異，他沒有料到大漠中尚有這麼多的好手。

他斜睨那些等待第二次測驗的人，大聲道：「你們很幸運地已經通過第一關了，請排隊依序等待我們的下一關測驗。」

他向坐在臺上的房文烈一施眼色，房文烈身形斜斜一躍，輕輕墜落在地上。

房文烈輕輕一揮手，立時有幾個漢子抬過來一籮筐拳頭大的鐵珠，他隨手輕輕拈起一個在手中揉，輕輕一拉，那鐵球像根鐵棍似的被拉得筆直，然後他雙手一捏一揉，鐵棍又變回原來的那個渾圓的鐵珠一般無二。神情瀟灑，做來輕鬆已極，這一手內家真力的顯露，立時震懾住全場，傳來震天喝彩。

這手純真內家功夫的表演，可謂達到絕頂，那些參加這次測驗的人，自知自己沒有這樣渾厚的內力，許多人都自動放棄這一關的測驗，搖搖頭默默退入人叢中。

西門熊嘿嘿一笑，道：「諸位，你們只要能像房兄這樣露一手，便算是能夠通過，不過手法要乾淨俐落，務必使鐵球恢復原形！」

第二關測驗下來，能夠通過的人僅有十幾個人，而這裡面最令人注意的是三、四個年輕人，這幾個人長得都是一般的瀟灑，唇紅齒白，豐朗如神。其中有海神幫的羅戟，是大家所熟悉的，另外三個則沒有人認識。

但西門熊和房文烈卻對這幾個人逐漸留意起來，因為這幾個年輕人所表現的都是那麼出色，那麼的令人震驚。

幽靈大帝西門熊在擂臺上嘿嘿笑道：「現在我們大會開始，我們要在這湖上選出大漠第一人的得主。」

「咚！」

空中響起一聲巨大的鼓聲，嬝嬝的鼓音徐徐消逝，大漠上英雄大會的序幕總算拉開了，臺下的人一陣騷動，俱望著臺上，看看第一個出場的是什麼人。

首先出場的是一個葛布黑衫的中年人，他在臺上向幽靈大帝西門熊一拱手，大聲道：「請大帝派人出場。」

西門熊冷冷地道：「你是誰?哪一派的弟子？」

這中年人哈哈一笑，道：「在下魏紫雄，身屬大旗派！」

幽靈大帝西門熊一愣，沒有料到大漠裡早已絕跡的大旗派門人會突然出現。傳言大旗派已封門閉客，再也不出現武林了，哪知今日大旗派又出現了弟子。

他陰沉地笑了笑，道：「魏兄，老夫祝你好運！」

他的話聲甫落，自臺下立時掠起一人，只見這個人身高九尺，濃眉虎目，在臺上大喝一聲，揮掌向魏紫雄劈了過去，掌勢渾厚，勁氣激盪，居然純是外家功夫。

魏紫雄嘿嘿一笑，道：「原來是你這個大笨牛！」

他拳勢往外輕輕一勾，那漢子一個踉蹌便被擊得飛落臺下，魏紫雄哈哈大笑，得意地在臺上走了一圈。

「嘿！」房文烈低喝一聲，自臺下緩緩走了上來。他雙眉殺氣畢露，雙目寒芒大閃，冷冷地道：「魏兄，大旗派只出了你這塊料嗎？」

魏紫雄聞言大怒，道：「你這是什麼意思？」

房文烈冷笑道：「我看你的命活不長了，還敢在這裡耀武揚威。嘿嘿，實在差得太遠，我看你還是滾回去吧！」

魏紫雄沒想到房文烈居然敢當眾羞辱自己，他氣得大吼，閃身斜躍，揮掌向房文烈劈去。

房文烈有意要在天下群雄之前露一手，身形幽靈似的一閃，突然一伸右手，抓起魏紫雄的身子往外拋去。

「砰！」一聲大響，魏紫雄的身子如斷線的風箏，筆直地撞在一塊大石上，腦漿四溢，鮮血直流，頓時倒地氣絕身亡。

那些觀看的群雄一見大寒，俱被對方這殘忍的手段所震懾了。這樣一來，那些等待上臺較量的高手目睹這種情形，皆知房文烈有意殺死對方，有好幾個都自動放棄爭雄的機會，但在暗中卻為這種事情鳴起不平。

可是幽靈宮的勢力天下之最，誰也不願強出頭得罪幽靈大帝西門熊，而惹得日後殺身滅派之禍，只得含憤地混進人叢中，靜靜等待事情的變化。

他們知道這已不是比武大會了，而是幽靈宮獨霸天下、謀殺同道的手段，可是卻沒有人敢出面指責。

「哈哈！」突然自人叢中傳來一連串哈哈大笑聲。

笑聲一斂，只見東方剛身形恍如一團棉絮似的飄上擂臺。

幽靈大帝西門熊神情劇變，道：「東方剛，你還沒有死？」

天龍大帝東方剛冷冷地道：「西門熊，你的詭謀真高明，假借爭取天下第一之美名，消除自己的心腹大患，若不是我早看出來，還不知有多少人會死在你的手中！」

「胡說！」西門熊神情一寒，冷叱道：「你不要來這裡搗亂，沒有人會聽信你的話！」

東方剛淡淡笑道：「你不要再狡辯了，本大帝相信有許多人已看出你的意圖，你妄想以這大會之名聯合所有黑道力量，集體對付回天劍客石砥中，將你們的眼中釘除去。」

幽靈大帝西門熊和房文烈聞言大顫，沒有想到自己所設計的陰謀竟讓這個一代宗師當眾揭穿。兩人心中大寒，臉上同時現出殺機，俱陰冷地瞪著東方剛。

房文烈向前斜跨一步，道：「東方剛，你知道的太多了，可是大會不會因你在這裡胡說八道而停止舉行，現在我請你滾下去！」

東方剛冰冷地道：「我相信大家只要知道了你們的目的，沒有人會再參加這爭取天下第一的名號，因為你們決不肯將『天下第一』四字輕易地送給了別人。」

「哼！」房文烈鼻子竟傳出重重的一聲冷哼，道：「你錯了，他們非但不會放棄這次機會，還有人不屑你這種冒失的行動，不信你可問問他們！」

東方剛冷笑一聲，道：「我倒不相信有人明明知道要送死，還敢來送死！」

西門熊嘿嘿一笑，道：「天下就有那種不怕死的人！」

東方剛冷冷瞥視西門熊一眼，轉頭對臺下僅存的五、六個等待出手的人，問道：「各位，你們真的要上他們的當嗎？」

羅戟面上殺氣一湧，道：「大帝，請你不要管，在下來此並非是要爭取什麼天下第一，主要的是要替我姊姊報仇！」

房文烈在臺上伸手一招，道：「姓羅的，你上來！」

羅戟正想要躍身上臺，身旁的一個青年輕輕拍了他的肩頭一下，朝他淡淡一笑，輕聲道：「羅兄，還是讓我來吧，你姊姊的死由我替你辦了。」

羅戟一怔，道：「你是誰？」

這青年淡笑道：「鐘鳴自然知，雷鳴自然曉，你又何必急在一時。」

他輕靈地一閃，化作一縷清風飄上臺去。

第十五章　作法自斃

那男子僅僅一晃身形，便幽靈似的飄落在擂臺上，這一手罕古絕今的輕功頓時吸引住大草原上各派英雄的目光。

只見人群晃動，爭先恐後地要看看這個陌生的男子到底是哪一派的高手，居然不畏幽靈宮的惡勢力，而欲爭奪那天下第一的美譽！

東方剛深深瞥視這男子一眼，道：「年輕人，本大帝看你初次在這裡出現，不知道這是非之地陰謀險詐，我看你還是退出去吧！」

這男子雙手一拱，嘴角上漾起一絲淡淡的笑意，他斜睨幽靈大帝西門熊和房文烈一眼，道：「老前輩教訓的是，在下本該尊從老前輩的教訓退出這是非之地，不過在下難得能在這場合中見識見識，為了多增長自己一點見識，對老前輩的美意只得辜負了。」

東方剛一怔，沒有料到這個男子口氣這樣托大，他那舒捲的濃眉往上一聳，搖頭道：「你的話雖然不錯，可是此地卻不適合你的存在，而且他們也根本不容許你的存在，我真不知道你執意如此，到底是為了什麼？」

這男子哈哈一笑，道：「除了那『天下第一』四字，還有什麼事更能引起我的興趣！老前輩，你年輕時，難道不想做個出人頭地的一代高手嗎？我相信當時你比我還要心急！」

東方剛心神劇烈驚顫，詫異地望了這個男子一眼。他被這男子的大話所震懾住了，尤其是這男子所表現出的狂妄與冷傲，幾乎不把幽靈宮和在場所有的人看在眼裡。

他淡淡笑道：「本大帝對你進取之心深表敬意，不過自古至今名氣累人，你縱然得到天下第一又能怎樣呢？況且這裡高手如雲，你根本不可能有出頭的機會。年輕人，我看你還是算了吧，這條路並不好走。」

這男子搖搖頭，道：「要我這樣下去，我可丟不起這個人。你說這條路並不好走，這個我心裡比你還明白，為了在這裡露露臉，未嘗不是一條捷徑，老前輩金玉良言，在下衷心感激，等我得取天下第一之後，再和老前輩敘敘……。」

這男子口氣之大，幾乎不將任何人放在眼裡。話聲甫逝，非但臺下的人起了一陣騷動，連臺上的西門熊和房文烈都不覺對這男子留意幾分。

自古道：「不是猛龍不過江」，這男子敢當著天下群雄之面說這種大話，定是有兩手，否則哪敢這樣目中無人。

東方剛長嘆了口氣，黯然道：「自古『名』字最累人，年輕人，你上了『名』字的大當了，你看看眼前有人容許你成名嗎？恐怕你還沒成名便死於非命，本大帝為你的豪氣而惋惜！」

這男子目中寒光一閃而過，道：「但願這是我第一次上當，也是我最後一次上當。我一生中難得上當，今天倒要嚐嚐這上當的滋味！」

東方剛黯然長嘆，道：「這是賭命不是上當，你太倔強了！」

這男子正容道：「老前輩之言甚是，在下確實是為賭命而來。東方先生，你請在這裡看看，我還要請你幫幫場呢！」

他冷然瞥視西門熊一眼，道：「西門大英雄，在下這次遠來貴地，志在奪取那天下第一之美譽。你是這大會的發起人，不會不為這『天下第一』四字設想一下，有什麼東西足以代表它的精神！」

西門熊是個老江湖，焉能看不出這男子的厲害，他腦海中正思索著這個身上瀰漫神秘意味的男子的來歷。

他僅是冷漠地笑了笑，不作正面答覆，道：「朋友，你是誰？」

這男子淡淡地道：「這個名字是非報不可了，在下石中客，今天二十八歲，來自回疆家中還有父母兄弟。大英雄，該告訴你的都告訴你了，不知道你還有什麼要問？」

西門熊一愕，道：「你姓石？」

石中客冷冷地道：「我們姓石的出過不少能人，有名一點的是石砥中，我石中客身為石家子弟，可不能給石家丟人！」

西門熊一聽對方姓石，心中就起了莫大的恐懼。

他仔細朝這位石中客臉上端詳了一會，覺得這男子與石砥中的面貌相差太大，該不會是石砥中假扮而來?他暗中嘀咕，這個雄踞一方的宗師內心迷惑不已。

他冷然道：「石砥中和你有什麼關係？」

石中客哈哈笑道：「你倒像是在審問犯人一樣！」

他笑聲一斂，面上陡地罩上一股令人駭懼的寒意，冰冷地道：「關係倒是沒有，這位石砥中傳言是大漠裡的傳奇人物，我若是有機會，倒希望能看看我們本家的手采！」

幽靈大帝西門熊幾乎被這男子弄糊塗了，他每一句話都是那麼刻薄，倒像和自己有深仇大恨一樣。

他陰沉地笑了笑，道：「石兄弟，你是哪一派的？」

石中客哦了一聲，道：「你問我哪一派的呀！哈哈，這真是難以答覆的問題。我爸爸是佔山為王的強盜頭子，我母親是個專門養狗的愛狗夫人，而我哥哥是個專門闖空門的三隻手，至於我姊姊嘛，她是個……哈哈，還是不說的好！大英雄，我家的門派這樣多，你看我該告訴你我是屬於哪一派……。」

這男子指手劃腳在那裡胡說瞎扯，惹得臺下那些高手轟然大笑。

他們從沒有見過這樣的人，連家裡的醜事都給搬出來了。可是有幾個知道這事底細的人，卻笑不出來了，通通將目光投落在西門熊的身上，恍如要在他身上看出秘密似的……。

神情陡變，幽靈大帝西門熊的臉上恍如罩上一層寒霜，青紫中浮現一股殺氣，他氣得全身直顫，道：「石朋友，你不是想在這裡找麻煩吧！」

原來西門熊的父親西門林在未成名之前是個佔山為王的強盜，而他母親愛狗成痴，西門熊的哥哥更沒出息了，家中雖然富有，卻是天生竊盜狂，只要有機會一定大動手腳，是個扒竊名手，而西門熊的姊姊則是個名傳千里的蕩婦，終日追逐淫色。

這些家門醜事，西門熊從不願輕易提起，沒想到今天讓這個來歷不明的野小子給當眾抖露出來，他哪能不氣得幾乎要吐出血來。

石中客冷冷地道：「西門大英雄，這就是你的不對了！你問在下出身何派，在下據實回答，怎能算是找麻煩。我是問什麼說什麼，你要是不要我爭取天下第一之譽，在下這就退出好了。」

「嘿！」西門熊低喝一聲，道：「你不要走，這『天下第一』四字還在等著你呢！」

石中客哈哈大笑，道：「當然，只要西門大英雄肯順水推舟做個人情，不妨將那面金牌先送給我，那也省得在下多費手腳。」

傍立的房文烈這時再也忍耐不住了，他冷哼一聲，身子緩緩移位，連續向前了幾步，道：「你配拿那塊金牌嗎？」

石中客冷笑道：「這是什麼話？不要說一塊小小的金牌，就是一座金山我也有辦法拿回去，不信你可想試試！」

西門熊嘿嘿笑道：「我看你這不像是來爭取天下第一的美譽，簡直是想來砸我們的比武大會！石兄弟，本大帝希望你那對照子放亮點，看清楚了這是什麼地方再下手！」

石中客面上沒有絲毫恐懼之色，他冷冷斜瞥了擂臺上下四周一眼，只見西門錡率領四個黑衣漢子，目中含恨瞪著他。

他鼻子裡傳出重重的一聲冷哼，不屑地道：「西門大英雄，那可是令郎？」

西門熊回頭看了看西門錡一眼，道：「不錯！他是負責這裡秩序的總管。」

「哦！」石中客輕輕哦了一聲，道：「令郎好像對在下頗為不善！」

西門熊冷嘿一聲，道：「你在這裡破壞大會秩序，他自然有權干涉你。石兄弟，本大帝只要隨便一揮手，你就要永遠躺在這裡了，我希望你還是知趣一點，早點滾下去！」

西門錡有點不耐煩，道：「爹，你和這種人還客氣什麼！他來擾亂大會的秩序就是沒將我們幽靈宮放在眼裡，看不起幽靈宮，也就是看不起天下人，我相信我們這樣制裁他，天下群雄沒有人會說我們的不是。」

「哈！」石中客大笑一聲，道：「你這個小孩子倒蠻會說話，居然幫起你爹來整我了。行，你們父子兩張嘴，我一個人是沒有辦法鬥得過你們，那錯全在我了。」

西門錡自認在年輕輩中是個出類拔萃的一代高手，在江湖上提起幽靈宮的少宮主，沒有一個人不尊敬有加，奉承恭維。哪裡料到今天在這群雄雲集的場合，遭到石中客侮辱一頓，他氣得神情大寒，怒吼道：「誰是小孩子？閣下不要亂佔便宜！」

石中客冷冷地道：「我和你爹平輩論交，哪有你插嘴的餘地。」

西門錡氣得全身直顫，返手輕輕掣出斜插在背上的長劍。

他在空中抖腕一顫，流灩兜起一個渾圓的大弧，閃顫的劍芒斜斜躍起，嘿嘿笑聲中，向前斜跨一步，轉頭對幽靈大帝西門熊說道：「爹！我不能再忍耐了，如果我們再不教訓他，人家還以為我們幽靈宮是只會拿話唬人的空殼子！」

西門熊凝重地道：「你是這裡的總管，有權干涉這事，我雖然是你的爹爹，也不能干預你的執法，這事你自己看著辦吧！」

西門錡長劍斜舉，大聲道：「小子，你聽見了，我為了維持這會場的秩序不得不有所行動，你請出手吧！不要光耍嘴皮子了！」

石中客濃眉一豎，道：「你真要和我動手？」

西門錡一怔，道：「這不是廢話嗎？我若再不出面，我這個總管也不用當了，閣下要是不敢動手，你現在滾還來得及！」

石中客冷冷地道：「我向來不輕易和人交手，動手就得傷人。你們西門家現在只有你這條命根子，等會兒我若出手重了，一個失手將你打死，你爹要哭恐怕都來不及了。」

西門錡氣得長劍一揮，大吼道：「放屁，你只要有本事儘量出手！我西門錡若是不幸死在你手裡，那也只能算是命薄，本身學藝不精，我爹絕不會怨你！」

石中客頷首道：「好，話是你自己說的，我們等會兒都不要後悔，這裡見證人不少，你死了，令尊也沒有臉找我算賬！」

西門錡憤怒地道：「臭小子，拔出你的劍來！」

石中客冷笑道：「我身上之劍是來爭取天下第一之譽用的，拿來對付你有點太委屈了。少宮主，你還是出手吧！」

西門錡嘿嘿道：「你真是個狂徒，居然敢這樣托大！姓石的，這是你自嫌命長，待會兒也怨不得我心狠！」

他身子斜斜一躍，手中長劍倏地化作一縷寒光，對著石中客身上重穴點去。

這一招發得悄無聲息，攻得絕妙神奇，僅憑這一手已知西門錡在劍道上的功夫是何等深厚。

臺下觀戰的群雄一見西門錡的劍法凌厲，暗中不禁為石中客捏一把冷汗，哪裡料到石中客等對方長劍將要觸及身上的剎那，突然一個轉身便將這精湛的一劍避開，所施的身法居然沒有人看得出是哪一派的功夫。

西門錡暗中大凜，長劍在空中兜一半弧，自上而下斜劈而出。

這幻化如神的一劍出乎任何人的意料，是他自劍施出的一式怪招，滿以為這一招必可傷敵，哪知對方又是一晃身形，輕靈的閃了出去，依然沒人看出石中客是怎麼避過去的。

幽靈大帝西門熊見自己愛子一連劈出七、八劍都沒有佔到對方絲毫便宜，心神劇烈地一顫，頓時曉得這神秘的男子是個空前的勁敵，他直凜凜的盯視石中客的步法與身形，居然沒有辦法看出他是哪一派的弟子。

他暗中大駭，輕聲問道：「房兄，你有把握擊敗這個敵手嗎？」

房文烈凜然道：「這小子始終沒還過一手，不知道他的深淺如何？不過這個傢伙確實是個可怕的人物，待會兒可要小心對付。」

他看了左右一眼，小聲道：「西門兄，你看出他的來路沒有？」

西門熊苦笑道：「不瞞你說，本大帝到現在還沒摸清這小子的底細。」

房文烈這時腦海中意念流轉，始終想不起哪一派的武功有這種幻化神奇的步子，竟能一招不還的輕易閃過這麼凌厲的劍勢。

他愈看愈寒，不覺被對方這幻化神奇的身法所震懾住了，凝重地忖思如何去對付這個空前勁敵。

滾動的汗珠自西門錡的額上流了下來，他沒有料到自己今天會這樣狼狽，一連攻出十幾劍而沒能動得對方分毫，他氣得熱汗直冒，劈出一劍，大吼道：「你怎麼不還手？」

石中客冷冷地道：「我還手你就沒命了。」

「嘿！」西門錡大喝一聲，吼道：「放屁！野小子，你只會窮他媽的躲躲閃閃，有本事就還一招試試，別讓人說我西門錡欺負你。」

石中客這時目光一冷，自那雙清澈的眸子裡射出一股懾人心神的寒光，他緩緩舉起右掌，冷笑道：「你西門錡並沒什麼了不起，我還沒將你當成一個人物。你要注意了，我這一出手絕不留情，你能否接得下來，全看你的造化了。」

西門錡見他說得那麼慎重，神情頓時緊張起來，他斜馭長劍，將全身勁力蓄集在劍尖上，劍芒顫爍，長刃流灩。

他沉聲吼道：「你少吹牛，有種出手！」

石中客的右掌斜舉，自掌心透出一股流灩的光華，奇幻地一晃，空中圈起一片掌影，強勁的氣旋怒湧而出。

西門錡神情大變，沒有料到對方掌勁那樣威猛，他駭得驚叫一聲，閃身急向斜側躍去。

掌影流閃，石中客的那隻手掌隨形劈去。

「斷銀手！」

幾乎是在同時，傳出幽靈大帝和房文烈驚顫的呼叫聲。雙雙一晃身形，像一縷清風般的撲了過去。

「呃！」那低沉而慘痛的悲鳴自西門錡的嘴裡傳出來。

他冷寒地一顫，雙唇微啟，一股血雨斜斜灑落在擂臺上。

那鮮豔奪目的鮮血染滿整個擂臺上，一個修偉的身軀隨著慘叫之聲倒了下去，目中盡是恐怖之色。

他顫聲叫道：「爹！」

幽靈大帝西門熊和房文烈立時飛身撲去，竟沒來得及搶救。

西門錡叫聲一出，幽靈大帝駭然煞住身形，痛苦地問道：「孩子，你怎麼了？」

西門錡連著又吐出兩口鮮血，顫抖地道：「爹，我不行了。」

幽靈大帝西門熊聞言大駭，惶悚地全身大顫，一股錐心刺骨的哀傷自這個凶狠暴戾的老狐狸臉上顯露出來。

他沙啞地吼了一聲，道：「錡兒，爹害了你，我不該讓你出手！」

他想起自己只有這個傳遞煙火的命根子，晚年淒涼的哀痛便在心裡回盪起來，他怨毒地看了看石中客，憤怒自他雙眉之中透了出來，他恨得牙齒咬得格格作響，目中射出一股烈焰……。

這時他心中雖然怒火高熾，卻是十分冷靜，奔躍至西門錡的身旁，仔細查看他的傷勢，道：「孩子，爹想辦法救治你！」

石中客冷冷地道：「斷銀手之下還沒聽過有救活的人！」

西門熊心神劇顫，一個恐懼的意念在電光石火間湧進他的腦海中，他顫聲道：「你到底是誰？為什麼要殺死我的兒子？」

茫茫武林中，僅有回天劍客石砥中會斷銀手這種絕傳的武學，捨他而外，幾乎沒有人懂得這神奇的技法。

這個石中客一出手便是斷銀手，他莫非是石砥中的化身？可是看來又極不像，因為在對方的臉形上找不出一絲與石砥中酷似的地方，頓時使西門熊陷入滿頭霧水中。

石中客哈哈一笑，道：「我表現的還不夠表明我的身世嗎？西門熊，斷銀手天下僅有一家，你現在應該明白了吧！」

西門熊顫聲道：「你是石砥中？」

石中客在臉上輕輕一抹，立時露出回天劍客石砥中本來的面貌，那化裝手法之巧簡直是匪夷所思，連西門熊這個老江湖都能蒙騙過去，可見石砥中在來此之前，確實下過一番苦功，那心血並沒有白費。

他冷漠地笑道：「不錯，我正是你所等待的石砥中！」

臺下發出陣陣詫異的驚嘆聲，顯然這件事情太出人意料了，誰都不會想到回天劍客石砥中會喬裝而來！在這大庭廣眾中出現，所有的人都想看看這個傳奇人物到底長得什麼樣？俱向擂臺前湧去。

「爹！」那低沉的叫聲裡，隱隱帶著顫抖與無比的驚恐。

西門錡目光渙散，嘴角掛著一絲血漬。

他面色蒼白劇烈地喘了口氣，慘然道：「爹，你要替我報仇！孩兒不甘心死在他的手中……。」

西門熊神情戚然，望著自己愛子臨死前的痛苦掙扎，心靈有如遭受到利刃絞剜一樣，在那寒刃似的眸子裡居然隱隱浮現一層淚影。

他怨毒地瞪視石砥中一眼，道：「錡兒，爹一定會替你報仇！」

他恨恨地低喝一聲，道：「石砥中，我兩個孩子都死在你的手中，這筆血海深仇，本大帝發誓必血債血還！」

石砥中鼻子裡重重冷哼一聲，嘴角上漾起一絲不屑的笑意，他冷漠地一笑，道：「西門錡殺死羅盈，罪有應得。至於令嫒西門婕，她之所以會死，全是為了你。你這個做父親的非但沒有盡到做父親的責任，反而教導孩子步入邪道，今天你怎麼不先反省反省自己，反而倒先來說起我來了。」

西門錡雙目赤紅，大吼道：「你是來替羅盈報仇的？」

石砥中冷冷地道：「不錯，我不但是在替她報仇，也是在替那許多冤死在你手裡的人報仇，你這個人幼秉令尊劣根性，這樣死了也可減少一點罪孽！」

「羅盈，羅盈！」西門錡目光射出一股恐怖駭懼之色，嘴唇輕輕顫動，喃喃念著羅盈的名字。

他突然大吼一聲，哇地噴出一口鮮血，身子顫了顫便僵死在地上，那兩隻陰狠的眸子睜得像銅鈴般大，茫然望著空中，凝結於一點。

「錡兒，錡兒！」幽靈大帝西門熊恍如瘋了一樣，張口大叫，撲在他愛子身上居然大哭出聲，顆顆淚珠滾落。

房文烈眉頭一皺，道：「西門熊，你這是幹什麼？我們的大事你難道忘了？」

西門熊全身直顫，道：「我們什麼事？」

房文烈怔道：「你是怎麼了，我們所等待的就是今天，你難道連替你兒子報仇都忘了嗎？」

西門熊輕輕拭去眼角的淚水，茫然道：「報仇，我要報仇……。」他雙目怒張，一股濃濃的殺機自那張陰冷的臉上瀰布而起。

他深情瞥視死去的西門錡一眼，怒道：「我兒子死得好慘，房兄，你請文先生上場吧！」

房文烈嘿嘿笑道：「在這種情形下動手，也太那個了……。」

東方剛這時向前移動一下身子，道：「房兄，你最好不要再多生是非，西門熊若不是受了你的慫恿，今天也不會讓他寶貝兒子丟了性命。」

房文烈神情略變，道：「你這是什麼意思？」

東方剛冷冷地道：「這只是警告你做人不要太過分，你認為除去石砥中便能穩坐天下第一高手寶座嗎？告訴你，江湖上能人異士不知有多少，多數安於養性，根本不願出來爭強而已。」

房文烈讓東方剛訴說一頓，心底頓時漾起怒火，他氣得雙眉一鎖，嘿嘿連笑數聲，道：「你管的閒事太多了！」

東方剛冷笑道：「天下事自然得由天下人管！我東方剛僥倖沒有死在你們聯手之下，現在本大帝可不想再姑息你們。」

「嘿嘿！」幽靈大帝西門熊低笑道：「你要強出頭，本大帝就連你也算上一人！」

東方剛冷冷地道：「行！你劃下道來吧！」

西門熊陰沉地道：「在今夜三更之時，我們在這大草原上見！」

他恨恨地瞪了石砥中一眼，怒道：「你要是不敢來，我西門熊就是追上天也要把你抓回來，我兒子之仇今夜總要了結！」

石砥中鼻子裡傳出重重的一聲冷哼，不屑地道：「你放心，我不會使你失望！」

臺下群雄一見遍傳大漠的一場武林大會，這時沒有結果便草草收場，俱感到十分失望，有許多人搖頭長嘆，悵然離去。

× × ×

夜空中僅有幾朵淡淡的浮雲，稀疏的寒星斜掛在雲天之中，冷灩的星芒閃爍灑向大地，點綴在大草原上。大草原飄著輕柔的夜風，發出沙沙響聲，像情人低語，寒露滾珠……。

神秘的夜溫馨靜謐，那美好的斜月，飄動的浮雲，還有像小精靈似的寒星都是那麼富有詩意，可惜這麼美好的夜晚卻讓那陣陣傳來的厲笑聲給粉碎了，撼動人心的淒厲笑聲像一支利箭一樣，穿過這個冷清的大草原。

黑夜裡，一個踽踽的黑影搖晃著身子，踉蹌向這裡行來。

在這黑影的懷中緊緊抱著一個人，一個已經忘掉過去與未來的人。

顫抖而令人寒悚的怪笑，自幽靈大帝西門熊的嘴裡沒有歇止地響遍整個大草原上。

在這個老狐狸的臉上掛滿滾動的淚珠，他猙獰地望著夜空，恍如這黑夜中的一切都與他有無比的仇恨，他恨每個人和每一件事情，而現在他感覺似乎連他自己也恨上去了。

他全身顫抖，哀傷地道：「孩子，你睡吧！安安靜靜地睡一個覺，爹就在你的旁邊，爹會保護你，不要怕，孩子，這夜雖黑，卻有爹在你身旁，沒有人會驚動你！」

他突然淒涼地一笑，道：「你記得嗎？爹在你小時候常常哄你睡覺，像今夜這樣，輕輕拍在你的身上，唱著催眠曲，你會對爹笑了笑，然後閉上眼睛睡了。」

當他低下頭去，看見西門錡雙目睜得像兩隻銅鈴似的望著自己時，恍如看見自己的愛子在幼時那種淘氣的情形一樣。

他臉上湧起一股薄怒，輕輕拍了西門錡一下，慍怒地說道：「你今夜是怎麼啦？怎麼還不睡覺，你這個小淘氣，難道非要將爹氣死你才會睡覺。嘿！小淘氣，爹疼你，爹喜歡你，你睡覺吧！」

他將西門錡的臉貼在自己長滿鬍鬚的臉上，雙手不停搖晃著，那種情景與大人哄小孩子的樣子一樣。

他彷彿突然想起什麼的，突然哦了一聲，道：「怪不得你始終不肯睡呢，原來是我忘了唱催眠曲給你聽，孩子，你這個小淘氣真會折磨人，小淘氣，你聽著，爹要唱了！」

「睡吧！睡吧，我的小淘氣！」

「睡，睡，睡，睡，一夜到天明。」

「你夢中，有小鳥，還有大獅子。」

「睡吧，睡吧！我的小寶貝！」

嘴唇顫動，低啞和緩的歌聲自這個突然喪子的老人嘴裡徐徐吐出。他恍如自己沉醉在那過去的夢境裡，忘卻了自己的愛子已經是個不會說話的屍體。

由於驟然的巨大變化，使幽靈大帝西門熊的神智混亂不清。他這時神智迷亂，陷入痛苦的哀傷中，回憶過去的片斷，幻想他的兒子還在襁褓之中，需要自己的照顧與疼愛。

當初西門婕死時，這個詭譎的老江湖還沒有這樣傷心過，那時僅不過是悲傷了幾天，依然故我做著雄霸天下的夢想。

可是，現在不同了，他那僅有的一條命根子，終於先他而去。

這種慘痛的打擊使一個孤獨的老江湖承受不住。雖然他擁有了一切，可是那一切離他太遠了，遠不如有個兒子來得幸福，至少在他蒼老的心靈裡可以得到一絲慰藉。

西門熊抱著西門錡的屍體，在這荒涼的大草原上沒有目的地狂奔著，清冷的夜風偶而吹醒了他的神智，但那只是短暫的一剎那，他抬頭望著布滿顆顆寒星的夜空，將那催眠曲反覆唱著，直等到他唱不出來為止……。

「西門兄！」

在他身際彷彿聽見有人在叫他，他茫然看了看四周，大地除了黑黝黝的一片，連個人影都沒有。

他長吸一口氣，心中有如被什麼東西塞住似的，一股濃濃的殺氣突然自他臉上布起，他恨恨地怒哼一聲，道：「你們誰也不要想搶走我的孩子！」

他憐惜地又看了西門錡一眼，殺氣盡斂，滿臉慈愛地笑道：「小淘氣，你乖，爹爹喜歡你！」

他伸出一根指頭輕輕摸著西門錡的臉頰，大聲道：「小淘氣，你笑一個給爹爹看！」

西門錡死了已不知多少時候，可是西門熊卻渴望著等待那奇異的一剎那，可惜西門錡沒有知覺，否則當他知道他父親這樣深愛他時，西門錡當會感到自己的幸福超越一切，沒有人能比自己更幸運了！

幽靈大帝西門熊奔馳了不少時候，身子逐漸有種疲乏的感覺，他長嘆了口氣，一個人孤獨地坐在草地上，不時低頭沉思，或者沒有緣由地大笑，此刻那種白髮人送黑髮人的痛苦心境，真非一般人所能感覺。

「西門兄！」

遠處清晰響起房文烈的呼喚聲，黑夜裡，兩道疾閃的人影恍如幽靈似的飄了過來。

幽靈大帝西門熊充耳不聞似的，不言不動茫然地望著夜深處，就像是一個泥塑木人一樣。

房文烈一愣，道：「西門兄，你怎麼啦？」

西門熊僅是淡淡瞥了他一眼，然後又緩緩將頭移了過去。那種冰冷而沒有表情的神色使房文烈和文法相大驚失色，怔怔地不知道是怎麼一回事。

文法相輕輕推了西門熊一下，道：「西門兄，你這是幹什麼？」

西門熊怨毒地看了他一眼，道：「你是誰？」

房文烈沒有料到幽靈大帝會突然變成這個樣子，居然連文法相都不認識了。他詫異地問道：「文兄，這是怎麼一回事？」

文法相心神劇烈地顫動，在西門熊的臉上仔細查看一番，他臉上逐漸顯出凝重之色。

他嘆了口氣，道：「他受的刺激太深，腦中神智已經混亂了，我們如果再不設法救治，西門熊可能要瘋了！」

房文烈一呆，道：「要瘋了！這怎麼辦？如果沒有他，我們怎麼能對付石砥中和東方剛，真沒想到在這緊要關頭，他竟自己出了事情！」

文法相沉重地道：「我們首先要把西門錡埋了，他才不會觸景生情，然後再敲打他全身命脈，才能使他清醒過來。」

他凝重地對房文烈施出一個眼色，緩緩向西門熊行去，手掌輕輕向前伸出，輕聲說道：「西門兄，令郎既然已死，你也不要太難過。人死不能復生，何苦累壞身子，我們還是先把令郎埋了再說。」

當他的手掌方觸及西門錡的身上時，幽靈大帝西門熊突然翻掌向文法相身上拍來，一股渾厚的勁力直湧而出，逼得文法相返身飄退五、六步。

西門熊目眥欲裂，喝道：「你幹什麼？」

文法相淡淡一笑，道：「你兒子都已經死了，你還抱著他幹什麼？」

西門熊全身一顫，道：「死了！」

他臉上泛起一陣劇烈的抽搐，雙臂一鬆，西門錡的屍體砰的一聲摔落在地上，這沉重的響聲使西門熊的神智一清，突然放聲痛哭起來。

文法相見機不可失，說道：「西門兄，你冷靜一會兒！」

幽靈大帝西門熊到底是個功力深厚的一代宗師，心中的哀痛一旦得到了發洩，那混亂的神智立時清醒過來，他大哭一陣，顫聲道：「孩子，爹對不起你！」

他雙目通紅，眼裡布滿血絲望著西門錡的屍體，心中泛現出無數感觸。

他淒涼地笑道：「你生在這裡，也該葬在這裡，爹要親手將你埋了，然後要手刃石砥中，將他的心挖出來祭你！」

他恨恨地朝地上重重揮出一掌，頓時沙石草屑滿天飛揚，沙泥濺激疾射而出，地上現出一個深深的大坑。

文法相搖搖頭道：「房兄，我們將他放進去吧！」

兩個人合力將西門錡的屍體放在那個大坑之中，西門錡僵硬地挺在那裡。

幽靈大帝西門熊不忍再看下去，痛苦地道：「埋掉吧，我不忍再看了！」

他現在神智極為清醒，不願再看見這幕令他痛苦而永難忘懷的慘景，他顫了顫身子，低泣地轉過身子。

文法相和房文烈默默的將沙土層層埋在西門錡的身上，一個自食惡果的青年，做盡人間所不齒的事情，而得不到善終。

房文烈長吸一口氣，道：「西門兄，我們合三人之力對付石砥中和東方剛，雖然沒有十分把握，卻也不會落敗。你現在若能將這哀傷之心暫時藏起，全力對付敵方，也許今夜就是報仇的時候！」

西門熊臉上滿罩殺機，嘿嘿笑道：「你放心，我若不能手刃石砥中，絕不再回幽靈宮！」

他像是突然想起什麼似的，轉頭問道：「文兄，你將那些人都安排好了嗎？」

文法相嘿地一聲，道：「各方面都布置好了，現在只等我們去了！」

幽靈大帝西門熊急忙收斂住心中的哀痛，將那幕痛苦回憶隱藏在心底。

他面上殺機畢露，陰沉地道：「走，我們宰他們去！」

三道人影恍如幽靈化身在大草原上飄起，幾個起落，已斜躍而出數丈之外，那迅捷的身形真是快得像一陣清風。

× × ×

靜謐的大草原，沒有一線人影，可是等那沉重的鼓聲，在黑夜中咚咚地敲了三下的時候，自那草原上的另一端逐漸出現一大排人影。

在黑夜中響起一聲暴喝：「是宮主來了嗎？」

西門熊淡淡地嗯了一聲，道：「不錯，你們快將人個別分開，躲在看不見的地方，沒有我的命令不要出手，我們今夜主要目的是不讓石砥中有逃走的機會！」

「是！」那個最前的漢子連忙答應一聲，揮了揮手，四周羅列的幽靈宮高手霎時隱退而去，悄悄躲在草叢裡。

房文烈濃眉深鎖，道：「我們誰先對付石砥中！」

西門熊詭譎地道：「第一場還是由房兄先請，你只要抵擋他五十招，再由老夫接他五十招，我們兩個人輪流出手，嘿！最後就靠文兄將他解決掉！」

房文烈一怔，道：「這是車輪戰，他恐怕不會上當！」

西門熊冷哼一聲，道：「我們這是指名挑戰，他不幹也得幹，況且今夜我們智珠在握，運用幽靈宮所有的力量。」

話聲未逝，空中突然響起一串奔馳的蹄聲，三個人同時將目光瞥向遠處，在黑夜裡，四道輕騎聯袂而來。

文法相一愣，道：「怎麼會多出兩個人？」

西門熊怒哼一聲，道：「那是東方老東西的兒子和女兒！」

石砥中和東方剛首先躍下馬來，接著便是東方萍和東方玉，四個人冷冷地望著這三大高手，沒有一個人發出一點聲音，雙方好像都維持著暫時的沉默。

文法相雙眉一舒，嘿嘿笑道：「你們好像多了兩位，難道以回天劍客和天龍大帝的名頭還要邀請幫手嗎?那未免太丟人了！」

東方剛冷冷地道：「這兩個人，一個是我兒子，一個是我女兒，說起來也不是外人，他們只是隨老夫來多長點見識而已！」

他深知文法相有意刁難，頓時毫不客氣一整臉色。

文法相暗中冷笑，面上露出盡是不屑之意。

文法相鼻子裡重重哼了一聲，道：「不管他們是什麼人，沒有我們的邀請就不准來這裡。東方兄，你是個聰明人，我希望你趕快叫他們滾！」

東方萍對這個陰險的老東西恨極了，她在半掩山時曾經見識過文法相的厲害，這時一見他有意刁難父親，長劍隨手一掣，寒光大顫，豎劍指著文法相，怒道：「姓文的，你不要肉堆裡挑骨頭，沒事找事，本姑娘若不是看在大宛國主的分上，上次就要教訓你一頓。」

文法相哈哈大笑道：「姑娘，你說話說得未免太幼稚了，我姓文的要不是看在你是個女流之輩，你恐怕早就躺下了！」

東方萍秀眉一聳，怒道：「有這麼簡單嗎？文先生，你也太瞧不起人了！」

她玉腕輕輕一抖，長劍化作一縷寒光，在空中連續挽起六個斗大的劍花，冷寒的劍刃泛起道道青芒。

她淡淡一笑，道：「文先生，我倒想請你指教幾招了！」

文法相身形一退，道：「老夫沒這個興趣！東方姑娘，今夜約的不是你，希望你不要強出頭，那樣對你並沒有多大好處。」

「嘿！」房文烈低喝一聲，笑道：「文先生沒有興趣，我房文烈倒是蠻有興趣的，對於女人我最拿手，東方姑娘，你看在下還值得一動嗎？」

「呸！」東方萍一聲輕啐，叱道：「無恥！」

房文烈冷笑道：「這是抬舉你，你別不識相！」

東方萍聞言大怒，氣得粉靨大變，全身泛起一陣輕顫。

她一抖長劍，斜身輕躍而起，叱喝道：「你不要臉！」

她身形甫動，石砥中已伸手一攔道：「萍萍，你不要生氣，這場交給我好了！」

一絲淺笑，自那彎彎的菱角似的嘴角上漾起，回天劍客石砥中面上一凝，冷寒的目光凜然投落在房文烈的臉上。

房文烈全身一顫，身子不由倒退一步。

石砥中冰冷地道：「你真是個懦夫，只會和女人鬥嘴，我們男人的臉都讓你丟光了！早知道你是這樣的人，今夜我就不來了！」

房文烈一呆，道：「你胡說什麼？」

石砥中冷冷地道：「我若不是看你還是昂昂七尺男兒，今夜就不會對你這樣客氣，現在我要你立刻滾開這裡，你沒有資格與我動手。」

房文烈嘿嘿大笑，道：「姓石的，那套假道學，少在我面前賣弄，我房文烈可不是好欺之輩！」

東方萍寒著臉，道：「砥中，你對這種人還講什麼客氣，他既然不是人，我們何必再把他當人，砥中，你動手吧！」

石砥中朗聲笑道：「聽見了嗎？姓房的，你在女人的嘴裡所得到的評價是那麼的低賤，我要是你，早就一劍自盡了！」

「嘿！」一股憤怒的烈火在房文烈那豬肝色的臉上浮現出來，他幾乎氣得要吐出血來，大喝道：「放屁，我房文烈寧願和你一拚也不會自殺！」

石砥中冷笑道：「那你請吧，在下等著你了！」

「錚！」的一聲脆聲，從房文烈的劍鞘中，濛濛的劍氣振顫而出，他斜斜地一撩長劍，大聲叫道：「我若不殺你，誓不為人！」

西門熊的目光隨著房文烈的長劍湧出一股血紅，他恨恨地盯視石砥中，全身直顫，低啞地吼道：「石砥中，你今夜不要想活著離開這裡！」

石砥中哈哈一笑，道：「你也要算上一個，不妨和姓房的一起來！」

「嘿！」西門熊怒哼道：「你還不配，我一個人會單獨殺死你！」

石砥中嗯了一聲，道：「很好，我會等你！」

房文烈冷笑道：「你等不著了，我的劍馬上要生飲你的血！」

第十六章　冷血殺機

清冷的斜月高掛在空中，彎彎的有如銀鉤。雪白的霜華顫耀的照射在這片大草原上，將地上移動的人影拖得長長的……。

房文烈這時滿面殺機，眉梢上瀰漫著一層煞氣，凜然瞪著雙目，將長劍緩緩舉了起來。

他是那麼沉凝，也是那麼小心，劍光一顫，抖出幾個冷寒的劍花，一絲淺笑冷酷地在嘴角上浮現出來。

他冰冷地道：「姓石的，我們的事沒辦法了結！」

回天劍客石砥中僅僅淡漠地笑了笑，一雙冷寒如刃的眸子突然射出一股寒芒，嘴角一顫，冷笑道：「房兄，我已放過你好幾次了，這次我不會再留情。因為我不願再對一個沒有人性的人多費心血，你已經是無藥可救！」

「放屁！」房文烈厲聲道：「我房文烈並沒有要你留情，你他媽賣這個情想討好誰？石砥中，今夜血債血還，有多少仇，結多少賬，誰有本事誰就討回來。」

「行！」回天劍客石砥中向前斜跨一步，道：「我非常同意老兄的看法，在這黑白兩道間永遠不能和平共存。我們知道你恨不得殺了我，現在是你最後一次機會，錯過這美好的一夜，你將永遠等不到機會了。」

房文烈心中大顫，只覺對方今夜所說的話是那麼斬釘截鐵，幾乎連通融的餘地都沒有。一股涼意自心底漾起，他不覺看了看自己手中長劍，青濛濛的劍氣飄蕩漾出。

他凶狠地哼了一聲，瞪著石砥中，恨恨地道：「那要看雙方的劫數了！石砥中，這個機會你也僅有一次。看清楚，形勢上對你並不是完全有利！」

幽靈大帝西門熊這時覺得非常不耐煩，他雙目噴火，冷煞地瞪視回天劍客石砥中，憤憤地轉身向房文烈說道：「房兄，你還在等什麼？」

房文烈這時只覺有一股怯意在心底作祟，他濃眉深鎖，斜睨幽靈大帝西門熊一眼，冷冷地道：「西門兄如果有意思，這第一陣讓給你了！」

西門熊一呆，道：「你這是什麼意思？我們原先講得好好的，現在你怎可臨時變卦，難道你真讓對方嚇破膽了！」

文法相一看這太不像話了，和對方還沒交鋒，自己人便先鬧內鬨，他氣得全身一顫，面上湧起怒意，冷喝一聲，不悅地對房文烈喝道：「房兄，我們還是按原計行事，你不要再僵持了。」

房文烈可不是個痴兒，他這時雖然惱恨幽靈大帝西門熊，卻不敢得罪這位文先生。他知道文法相的功力猶在自己之上，將來還有許多事情得求他幫忙，如果大家真的鬧翻臉，對自己將是有害無利。

他腦海中意念流轉，面上浮出陰沉的笑意，嘿嘿笑道：「文先生的吩咐，在下哪敢有違！」

文法相僅是笑了笑，像是大家心照不宣似的，可是幽靈大帝西門熊卻覺得滿不是味兒。他氣得鼻子裡傳出一聲冷哼，對今夜房文烈所給予自己的冷淡，暗暗記在心中。

房文烈恍如不覺一樣，朝回天劍客石砥中嘿地一聲大笑，道：「我們可以動手了。」

回天劍客石砥中淡淡地道：「請呀，我不是在等著閣下嗎？」

房文烈冷哼一聲，怒道：「閣下傢伙還沒亮出來呢！」

石砥中面上神情隨著一冷，陡地罩上一層寒霜。那種冰冷的樣子，使所有人的心頭都不覺一寒，只覺這個男子今夜變了，變得那麼無情。

他不屑地道：「你儘管出手，我不會令閣下失望！」

「嘿！」一聲低喝自房文烈的嘴裡發出，他見回天劍客石砥中那樣自負，頓時有種不平的怒火從心底湧起，身形斜斜一躍，長劍在空中一顫而起。

冷寒的劍刃在空中兜起一個大大的光弧，激起一股寒風，輕靈幻化地朝一代劍神回天劍客石砥中身上攻去。

鏘然一聲輕響飄出，一道流灩如水灑出，回天劍客石砥中在對方寒芒一顫的剎那裡，突然將自己斜插在背上的金鵬墨劍拔了出來，輕靈地一個閃身，便自對方的劍刃之下穿過，揮臂輕輕劈出一劍。

房文烈心中大駭，沒有料到對方的反應如此靈敏，非但輕易避過自己攻擊，還能趁勢揮劍攻至，他全身直凜凜的一顫，閃身飄退五、六步。

猙獰地一笑，道：「閣下果然高明！」

石砥中冷冷地道：「你們六詔山的家傳劍怎麼不施出來？幾次動手，你連一點長進都沒有，我真不知道六詔山怎會教出你這樣的人來！」

這一罵可將房文烈氣慘了，自從進入江湖之後，他可說是沒有對手，幾次轟轟烈烈的表現，在江湖上總算弄出一點名堂。不但幽靈宮的人對自己有所敬畏，連文法相那樣高手都對他另眼相看。

可是正當自己要步入那頂尖的峰頂時，卻碰上了石砥中，幾次較技，自己都落下風，使自己稱霸武林的雄心一籌莫展。

他恨這個世界，恨在這世上為什麼有個石砥中，在他心中時常發出這樣不平的怒吼！

「天生我房文烈，為何又生一個石砥中！」

在他心底含鬱不平之氣，激使他設法毀了石砥中。他非常明白，只要回天劍客一死，憑藉自己的聰明才智，再加上那一身罕逢對手的功夫，在武林中闖出一番事業並不是件困難的事。

所以他恨，恨這個世界上為什麼有個石砥中。

他氣得幾乎要嘔出血來，目中怒火愈來愈熾，長劍隨手一揮，沉聲喝道：「石砥中，你不要太自負，六詔山的人並不怕你！」

他這時雖然憤怒達到極點，卻絲毫不亂陣腳，暗中將那股怒火強自壓抑下去，沉重地斜馭長劍，尋找空隙，準備給予對方致命的一擊。

石砥中一見對方這種神情，不覺搖搖頭，黯然長嘆一聲，腦海中疾快忖思道：「這樣一個人才，可惜誤入歧途，憑他這身武功，如果用在正途，必可在武林中大放異彩，可惜，可惜！」

他長吸一口氣，道：「房兄，得放手時且放手，你現在走吧！」

石砥中自己都不知道為什麼，心中忽然有一種憐才的念頭，他只覺對方年紀尚輕，不該這樣早結束生命，盼望對方能及時念轉，自邪惡的沼泥中脫身出來。

「放手！」

房文烈聞言之後，禁不住仰天一陣狂笑。他猜不出回天劍客石砥中怎會有這麼奇怪的舉動，冷煞的一笑，道：「你說的倒輕鬆，要我放手，除非是摘下你的頭！」

凝立在旁的東方剛搖頭長嘆，道：「頑石不點頭，你渡化不了他的！」

東方萍輕輕道：「砥中，這種人你還跟他談什麼道理！對付他只有以強攻強，在這種情形下，我看你還是收起你的那份悲天憫人之心，他是不會領情的！」

房文烈嘿嘿一笑，道：「還是女人看得透澈，石砥中，她說得不錯，我們之間根本沒有商量的餘地，今夜不是你死就是我亡，我們之間必做個了斷！」

回天劍客石砥中緩緩抬起頭來，望著幽黯的黑夜中的浮雲，冷寒的長劍斜斜撩向空中，冰冷地道：「你不是我的對手！」

房文烈一呆，沒有料到回天劍客石砥中會以這種傲慢不屑的態度對待自己，他有種被愚弄的惱火，氣得厲聲狂笑，長劍斜顫而出，大吼道：「放你媽的屁！」

回天劍客石砥中陡地一個回身，寒著臉道：「這句話將用你的命來抵消！」

劍刃斜飄，房文烈那幻化如虹的一劍已逼臨他的身上。石砥中神情一寒，手中長劍頓時攻了出去。

雙方動作都是迅捷快速，攻防之間全是玄奧博大的式子，只見兩道寒光繚繞顫起，居然分不出哪個是誰？

回天劍客石砥中此刻面上罩著一層薄薄的殺氣，他冷煞地移動身子，長劍緩緩下垂，雙手將劍柄緊緊握住，凜然望著房文烈。

房文烈心神大顫，道：「你！」

石砥中冰冷地道：「達摩三式之下，將沒有你逃命的機會！」

這幾個字吐出來，像是幾個連響的巨雷一樣，震撼房文烈的心神。他腦中嗡地一響，神色頓時變得蒼白，畏懼地將長劍上舉，直凜凜地注視石砥中的劍式。

良久，他長吐了口氣，道：「你真要用達摩三式對付我？」

石砥中冷冷地道：「對付你這種人已經不能再談感情了，房大英雄，我給你臉你不要，在下只得狠下心了！」

寒冷的一顫，在那支冷寒的劍刃上泛起一股流灩，濛濛的劍氣迫體生寒，恍如這空氣中沒有一絲生機一樣。

房文烈低沉地大喝一聲，道：「你出手吧！我也要以六詔山的家傳神技，和你周旋到底，看看我們兩個人在劍道上，到底是誰下的功夫深！」

他突然一聲大吼，上身陡地衝了過來，手中長劍化作一縷寒光，迅雷不及掩耳搶身攻出。

回天劍客石砥中對房文烈這種不顧性命的打法，僅僅回以一聲冷笑，他身子神幻地一飄，長劍靈巧地在空中顫了三顫。

「呃！」劍影一晃而逝，空中只傳出一聲痛苦的慘叫聲，一股腥風隨之飄起，房文烈連著奔出幾步，搖搖晃晃仆倒在地上。

在他染滿鮮血的身上只有三處傷口，除了右臂那一劍較輕外，其餘兩劍都是致命傷，股股血水湧洩出來，使這個一身賤骨的邪道煞星都不禁發出哀嚎聲……。

他慘痛地大叫一聲，抬起絕望而蒼白的臉，怨毒地望著回天劍客石砥中。

他劇烈地喘了兩口氣，道：「你的手法好快！」

石砥中淡淡道：「劍道一門博大深奧，一個人想在這方面下功夫，永遠沒有止境。你雖然在劍上有極深的造詣，可惜用心不正，不能修成……。」

房文烈痛苦地道：「我不是說這個，石砥中，我僅是不甘心這樣死在你手裡。你不要太得意，我還有一個哥哥，他會替我報仇，你不會永遠都這樣幸運。」

石砥中眉頭輕鎖，道：「房兄，你知道有一句話曾留傳千古？那就是『仁者無敵』這四個字。一個練劍的人不該只顧滿足自己的私欲，做出不合義理的事。」

房文烈的身子一顫，怒吼道：「我不要聽你的教訓！」

石砥中冷笑道：「在你死前能了悟人生真理，至少可以減輕良心上的負擔，我希望你多想想！」

「嘿！」西門熊低喝一聲，道：「你殺了人還想教訓人，你這算什麼？」

石砥中冷煞地斜睨幽靈大帝西門熊一眼，精光四射，閃顫出一股令人不敢逼視的冷芒，幽靈大帝西門熊只覺通體一顫，不覺倒退兩步。

回天劍客石砥中冷漠地笑道：「西門熊，我就算放過所有的人也不會放過你！」

幽靈大帝西門熊怨恨地怒吼道：「這話該由我老夫來說才對，你連我僅有的一個兒子都不放過，使得他慘死在你劍下，這筆仇，我西門熊只要一天活在世上，我就不會忘記向閣下討回這段恩怨，你該曉得我西門熊的手段！」

石砥中見他滿臉都是猙獰怨毒的神情，心中對這個滿身邪惡的老狐狸不禁有一股不可遏止的怒氣，他幾次放過西門熊，都是看在西門婕身上，如果西門態還有一點靈智，早該洗手向善才對。可是他非但沒有一絲向善的表現，反而變本加厲，愈來愈不像話，石砥中深深體會出，對一個黑道梟雄而言，沒有情義可講。

他搖搖頭，寒著臉道：「你兒子所以會有這種下場，全是你一手造成的，你怎麼不檢討自身的罪惡，以為光憑武功能解決一切事情。」

西門熊嘿嘿兩聲乾笑，道：「武功就是真理，我只知道強存弱亡……。」

石砥中看了看自己手中的神劍，道：「這是你們黑道的規矩嗎？老狐狸，你的想法太偏激了，這也許是因為你正是在那種環境裡長大的，看的學的都是為人所不齒的勾當。但我得告訴你，江湖雖大，卻不容許邪惡的人存在，你總有一天會被趕出這個世界，遭到所有的人唾棄！」

「呸！」西門熊輕輕啐了一口，道：「你多大年紀敢妄論老夫的不是！」

石砥中冷冷地道：「你年紀雖大卻連個孩童都不如，和你說話等於是對牛彈琴，白費口舌……。」

幽靈大帝西門熊當真是給罵慘了，他氣得幾乎想馬上發作。

當他正待出手的時候，忽然瞥見房文烈那副受傷後的慘象，心神驟然一顫，面對眼前這個豐朗的男子格外增加了幾分謹慎，他偏著頭向房文烈問道：

「房兄，你的傷怎樣？」

房文烈神情悽慘，嘴唇蒼白，輕輕顫抖一下，道：「你還記得我姓房的嗎？」

西門熊一呆，道：「你這是什麼意思？」

房文烈急促喘著氣，沙啞地道：「我房文烈都快死了，也沒見你來問問我，現在你倒憐憫起我來了。西門熊，你的心我早看透了。」

西門熊雙眉一鎖，嘿嘿笑道：「房兄，我們自己人鬧意見，不怕給人家笑話！」

「笑話，哈哈……。」房文烈這時竟不顧自己身上嚴重的傷勢，嘴裡發出一連串大笑。

他痛苦的額上直冒汗珠，身子向前動了一動，雙目火紅瞪著西門熊，道：「我連死都不在乎，還會怕誰笑我！」

西門熊一怔，道：「至少你不該在我們敵人面前這樣丟人！」

房文烈冷笑道：「西門熊，我們的合作只限於對付石砥中，現在我第一陣已經敗下陣來，也正合你預期的結果。」

西門熊呆了一呆，不解地道：「你這是什麼意思？」

房文烈冷冷地道：「還不明顯嗎？從開始，你就希望我能死在回天劍客石砥中的手上，這樣可以減少你日後的對手，也除去了你心中真正的大害，我沒說錯吧！」

西門熊冷冷地道：「你現在知道太晚了。」

房文烈詭譎地一笑，道：「是太晚了！不過在我和我哥哥分手時，我曾告訴過他，如果我遇有不測，要他先殺了西門熊再說。」

西門熊聽得心頭大顫，道：「你為何要和我作對？」

房文烈冷冷地道：「你存殺我之心已不是一天的事，我不得不防你一著。不過，我倒沒想到會死在石砥中手中，而不是死在你手上，可是現在時間太晚了，我哥哥只要一得到我的死訊必會趕來找你，那時你有理也說不清了。西門兄，你是知道我哥哥的手段，對待人比我還要毒辣……。」

幽靈大帝西門熊心神大顫，只覺一股涼意自腳跟直湧上腦頸後，他深知房登雲的陰毒尤甚於其弟，這個人功夫雖然沒有房文烈高，自己卻也不是他的對手。

他左思右想，只覺房文烈給自己留下來的禍患不少，心中一急，道：「這個誤會可大了！」

房文烈長嘆一聲，道：「不錯！我也後悔向我哥哥交代這幾句話，使他誤會我是死在你手中。西門熊，趁我還沒咽最後一口氣之前，我不得不有所交代，希望能解開我哥哥的誤會。」

西門熊的確不願無緣無故樹此大敵，一聽房文烈嘴裡尚有轉機，精神不由一振，嘿嘿笑道：「房兄，可有什麼安排！」

房文烈突然從懷中掏出一個青玉指環，道：「你拿這個去找我哥哥，告訴他我是怎麼死的，我哥哥只要一看到這個指環，他必會問你是怎麼回事……。」

西門熊伸手接過這個青玉指環，道：「這有什麼用？」

房文烈喘了一口氣，道：「這是我和哥哥的約定，誰只要拿出家傳的指環，必是遇有大難，所以我若非至生死關頭，絕不輕易拿出它來。我哥哥一見這個指環在你手中，他就知道我並不是死在你手上，那時這場誤會豈不就迎刃而解。」

西門熊心神一定，嘿嘿笑道：「這個你放心，你就是不吩咐，我也會將你的死訊通知令兄，況且還有這個指環。」他斜睨石砥中一眼，道：「如果今夜不除去石砥中，老夫必親自去見令兄！」

「咚！」他的話聲方逝，房文烈身子突然翻了個身，雙唇微啟，噴出一口血水來，兩隻火紅的眼睛一閉，頓時氣絕死去。

西門熊一呆，道：「房兄，房兄！」

文法相身形斜移過來，冷冷地道：「死了！你叫他也不會再醒了。」

幽靈大帝西門熊雖然是個殺人不眨眼的老江湖，可是當他看見自己同類的人這樣死去之時，心裡也不禁有點感傷，感傷世事多變，昨日還是個生龍活虎的年輕人，今日卻這樣謝世，人生禍福不定。

他冷漠地瞪視石砥中一眼，道：「你現在得意了吧！」

石砥中淡然一笑，道：「你不更滿意嗎？替你除去一個心腹大患，這在你可是求之不得，西門熊，你的用心我很清楚。」

西門熊陰沉地哼了一聲，道：「我們之間的事，也不是三言兩語所能解決的，石砥中，今夜我們還是手底下見真章吧！」

回天劍客瞥了房文烈的屍體一眼，道：「你不怕步上房文烈的後塵嗎？」

幽靈大帝西門熊全身顫抖，只覺對方冷漠的沒有一絲情意，所吐出來的話是那麼低沉有勁。

他以求助的目光看了文法相一眼，道：「文兄，我們的計劃不能不有所變動了。」

文法相冷笑道：「你的計劃沒有一次是有用的！」

幽靈大帝西門熊一愣，道：「文兄，你怎麼說出這種話？」

文法相冷冷地道：「房文烈是怎麼死的，他人雖然有欠忠厚，到底也是你請來的幫手，你非但沒有立時替他報仇，反而在這裡拖延時間，我今天總算認識你了！」

西門熊可沒料到文法相會突然和他翻臉，他呆了一呆，始終想不出文法相為何會對自己這樣反感。

他哪知文法相眼見房文烈死去，而西門熊竟沒有絲毫表示，他心想和幽靈大帝西門熊這種人交往，根本沒有感情可言，若是今夜自己死在這裡，豈不也和房文烈所得到的結果一樣。

西門熊的確不愧是個詭譎的老江湖，他一見苗頭不對，立時將話鋒一轉，嘿嘿乾笑兩聲，道：「文兄，你不要誤會，我西門熊再沒有情義也不會讓房文烈這樣白白死去，嘿嘿，你瞧我的了！」

他伸手掣出背上的長劍，在空中輕輕一抖，連續顫出七、八個劍花。這老小子還真有一套，僅僅露出這一手，就顯示出功力深厚。

他雙目一寒，大喝道：「石砥中，我們的事可以了結了！」

東方剛雙眉緊皺，身形斜躍而來，冷冷地道：「西門熊，你也是個成名露臉的人物，怎麼這樣不要臉，竟會施出車輪戰，你如果有興趣，我東方剛陪你玩幾招如何？」

幽靈大帝西門熊冷冷地道：「現在還沒輪到你，閣下可以先在旁邊涼快涼快，等我們的事解決之後，自然會給閣下一點東西看看。」

東方剛冷哼一聲，道：「只要我東方剛在這裡，就不容許你們這樣囂張！」

文法相緩緩移動身子，朝天龍大帝東方剛逼來，他滿面不屑之色，嘴角一哂，冷冷地道：「閣下滾到一邊去！」

東方剛一愣，沒料到江湖上竟有人敢這樣對待自己，他聞言大怒，幾乎立時要發作出來，深吸一口氣，道：「文先生這句話就太不客氣了。」

東方玉和東方萍可沒有這樣好的修養，兄妹兩人一見文法相對自己父親不敬，頓時氣得忍受不了，一晃身形，俱欲拔出劍來。

這些動作全落進天龍大帝東方剛的眼裡，他急忙示意不准，東方玉和東方萍只得含怒退回，但兩個人卻恨恨地瞪著文法相。

文法相冷漠地道：「東方剛，我文法相一生最恨人家多管閒事，你身為一代之宗，連這點檢點不知道，我看你的功夫也白練了。」

東方剛苦笑道：「文先生今夜是有意指教了。」

文法相嗯了一聲，道：「指教倒是不敢，只不過是告訴你一點做人的道理。」

東方剛涵養再好，也不能忍受對方一再反唇嘲譏，他氣得全身顫抖，伸手捋了一下頷下鬍鬚，道：「想不到我東方剛年紀這般大了，還有人來教訓我，文先生，老夫只好向閣下討教了。」

文法相絲毫也不覺得過火，他完全是以一派宗師的身分自居，冷冷地一笑，緩緩將身上的長袍脫下，露出一身青藍色緊身武士裝。

他將那長袍向草地上一擲，悠閒地看了天龍大帝東方剛一眼，冷冰地說道：「你既然不識抬舉，我只好拿出一點功夫給你瞧瞧，否則你不會知道這世界有多大，還以為僅有你東方剛一個人！」

東方剛見這個姓文的這樣沉著，深知對方是個大行家，他沒有一絲輕敵之心，急忙將全身真氣運轉一匝，長吸一口氣，凝重地道：「文先生，你嘴上最好留點德！」

文法相冷冷地道：「對於你，我根本不需要客氣。東方剛，你要表現的高明一點，可不要像個娘們一樣！」

東方萍看不順眼文法相的狂態，氣叱道：「爹！你還跟他客氣什麼，這種人只會嘴上佔便宜，手底下功夫可不見得怎麼樣，爹如果不願動手，讓女兒給你出這口怨氣！」

東方剛回頭怒叱道：「萍萍！不得胡說！」

文法相詭譎地一笑，道：「令嬡不但人長得漂亮，嘴皮子本領也不差，上次在半掩山上，我姓文的還差點栽在她手裡呢！」

東方剛客氣地一拱手，道：「小女不懂事，文先生不要介意！」

文法相一再拿話相激，主要是想將天龍大帝東方剛激怒，這時一見東方剛非但沒有發怒，始終含笑有禮，他雖然這樣狂傲，也不禁對東方剛這種獨到的修養感到敬佩，心中凛然，頓時曉得今夜可碰上勁敵了。

他冷煞地一笑，道：「你好像比上次又高明了不少！」

東方剛黯然道：「你文先生的功夫，老夫東方剛十分佩服，我不是在恭維你，以你這種身手，早不該再涉身武林了。」

文法相嘿嘿一笑，道：「你倒來教訓我了！東方剛，我們年紀都這麼大了，動刀動槍是年輕人的事情，我看我們還是空手對上幾招吧！」

東方剛凝重地道：「文先生有興趣，老夫只得奉陪。」

文法相神情突然一凜，道：「你不要儘量討好我，我不會因你幾句話而對你留情，東方剛，你要知道這可是一場生死較量。」

東方剛搖頭道：「我不懂文先生存的是什麼心？」

文法相沉思一會，莊重地道：「你東方剛在中原是公認的一代宗師，單打獨鬥還沒遭過敗績，我文法相看你也逍遙不少時間了，想將你『天龍大帝』那四個字給摘下來，也好讓別人出出頭了。」

東方剛心中一痛，氣得幾乎要吐出血來，他根本沒有想到文法相是存心來砸自己這塊招牌，雙眉深鎖，自眉心中透出一股隱隱殺意。

他冷冷地道：「文先生只要有本事，老夫願意讓給你。」

文法相嘿嘿笑道：「你要保也保不住了！」

他身形恍如綿絮輕靈一飄，陡地躍了過來，右掌在空中幻化地一掄，沒有人看出他是怎麼出手的，一連七、八掌，幾乎同時攻到東方剛的身上。

東方剛心中大寒，身形疾掠而起，隨著對方的掌勢也連揮出十幾掌，雙方的動作都是快得使人看不清誰是誰，只覺兩個人倏分倏合，迸激的掌勁比山崩地裂還要淩厲，在空中響起風嘯雷鳴，誰也看不出他們共換了幾招。

「砰！」一聲大響傳了開來，兩個人身形突然一分，各自凝立在地上不言不動，俱是在輕輕喘息。

東方剛嘴唇發紫，喘了兩口氣，道：「文先生果然高明，老夫這個牌子從今取消。」

文法相冷冷地道：「你還算聰明，江湖上從今日起，再也沒有天龍大帝這號人物了。」

東方剛慘然一笑，道：「我這塊牌子是砸了，可是我並沒有說我們之間這樣簡單的就算了，只要我有能力，會向文先生討回面子！」

他長嘆一口氣，回頭看了他的兒女一眼，道：「你們跟我走吧，爹太丟人了！」

東方萍一呆，眸中閃出淚影，道：「爹！你不能這樣撤手就走！」

東方剛黯然搖頭，苦笑道：「你難道還看不出爹的意思，我已經沒有臉再留在這裡了，你們兄妹跟我回去，我有幾件事要交代你們，將來洗刷這個恥辱的責任恐怕要落在玉兒身上了。」

他落寞地一聲長嘆，邁著沉重的步子，踽踽向前行去，東方玉心情沉重地隨著他父親離去。

石砥中看出事情有點不對，忙道：「萍萍！跟你爹回去吧，令尊還有事要吩咐呢！」

東方萍悽苦地道：「砥中，你得小心應付！」

她這時心情紊亂，見父親那種傷心的樣子，就像是自己受到傷害一樣痛苦，她瞥了石砥中一眼才閃身奔去。

「呃！」文法相等東方剛父子甫一離去，突然痛吟一聲，張口噴出一口鮮血，他看了幽靈大帝西門熊一眼，道：「西門兄，我們也該罷手了！」

「什麼？」西門熊一呆，道：「你要我就這樣放手？」

文法相冷冷地道：「你看我這個樣子還能動手嗎？聰明點，看清楚眼前的形勢，也許你還能多活幾年。」

西門熊猶不死心地道：「我們還有人，那些弟兄可以一用。」

文法相冷笑道：「幽靈宮那群飯桶只能嚇唬嚇唬人，要是真正動起手來，沒有一個有用，我言盡於此，咱們再見了。」

西門熊哪料到這樣收場，他見文法相一個人飄身而去，不禁氣得髮鬍直豎，怒吼道：「好！你們都不管，我一個人來辦好了！」

回天劍客石砥中也沒想到文法相會中途抽腿，他愣了愣，知道西門熊在江湖上不會再發生什麼影響力，朗聲一笑，道：「西門熊，你今夜可是黔驢技盡了！」

西門熊冷笑道：「我還要孤注一擲，石砥中，沒到最後關頭，誰也料不出誰輸誰贏！」

他緩緩抬起手來，在空中重重揮出一掌，霎時四面八方湧出幾十條黑影，向這裡奔了過來。

石砥中冷冷地道：「西門熊！你若再不知進退，這裡將是你命喪之地。認清楚一點，這是最後一次機會，錯過今夜，你將永遠不會再有活命的機會。」

幽靈大帝西門熊瞥了四處羅列的幽靈宮高手一眼，突然心神一顫，詫異地吼道：「你們在搗什麼鬼？」

這群幽靈宮的高手驟見幽靈大帝西門熊這樣憤怒地望著他們直吼，俱嚇得沒有一個敢吭出聲來，像一群待宰割的羔羊，顫悚地凝立在地上。

西門熊回頭怒叫道：「吳漢！你說，這是怎麼一回事？」

幽靈宮新上任的統領吳漢自人叢中緩緩走出來，他驚懼地望著幽靈大帝西門熊，躬身道：「宮主不要生氣，這全是文先生的意思，他要小的將所有人的兵刃取出，不准帶傢伙來這裡，他說這樣不但可以減少傷亡，還可救宮主一條命……。」

他說著拿出一封信，道：「還有這個，要小的交給你！」

「混蛋！」西門熊氣得當真七竅生煙，怒叱一聲，伸手將那封信搶過來，拆開一看，只看上面僅有幾個黑字：「回頭是岸，我已覺悟了。」

幽靈大帝沒有說話，他怔怔地在地上呆立一會，連回天劍客石砥中什麼時候走了都不知道，乾澀的嘴唇輕輕顫動，喃喃低語道：「回頭是岸，哼！我兒子那條命難道這樣就算了。」

西門熊只覺有種孤獨無助的感覺，也有窮途末路的哀傷，這時他才覺得惶恐，他知道江湖上已經沒有自己立足之地，所有的人都離他而去，他的兒子、女兒，還有那些曾經共患難的朋友，一個個都離他遠去了。

他突然伸手拿出那個青玉指環，心中不禁又升起一縷希望，看了那個指環一眼，重重地擊了一下手掌，大聲道：「我還有希望！」

第十七章　日暮途窮

當一個人瀕臨死亡絕境時，他會對那僅有一線的曙光寄予莫大的希望，一種信念尚在他心中盪漾，西門熊想要生存下去，他不甘就這樣被趕出江湖，也不願放棄自己辛辛苦苦經營的事業，尤其是他的幽靈宮……。

兒子的慘死，文法相的突然離去，都給這個老狐狸莫大的打擊。他在喪心病狂之下，變得更瘋狂了，最令他傷心的是那群幽靈宮的弟子，一個個偷溜而去，他真的已經窮途末路，已經沒有什麼可為的了。

自從兒子西門錡死後，他早已失去冷靜的理智，除了殺人外，幾乎沒有事情能使他高興。

他變得更恐怖、變得更殘忍；在他心裡沒有感情、沒有朋友。所以他的一切都隨著他那狠毒的心而失去，甚至於連他的生命都即將毀去……。

空中僅有幾片淡淡的浮雲，隨著輕風緩緩移動。

幽靈大帝西門熊趁著黃昏的時候，獨自一個人乘著一匹坐騎，向大漠馳去。

他望著將殘的天色，嘴角上漾起一絲笑意，冷酷地望著天空中的浮雲，非常沙啞而低沉的低語道：「石砥中啊石砥中！我西門熊要是真栽在你手裡，就枉在江湖上白混一輩子了，總有一天，你會死在我的手中……。」

他恨恨地揮動長鞭，啪啪地擊在馬背上，好像這匹忠於主人的坐騎和他有著極大的仇怨似的。

那匹馬長嘶一聲，身形躍起，在滾滾大漠中直馳而去。

幽靈大帝連自己都不知道奔馳了多少時候，只覺暮色愈來愈濃，一股濃煙在空曠的漠野升起，他輕輕拭去額角滲出的汗珠，長嘆道：「總算找到地方了！」

他緩緩朝那濃煙行去，只見一大堆漢子圍著一堆熊熊的烈火，正在烤著牛肉。那群漢子俱詫異地抬起頭來望著這個老狐狸，對他的出現多少有點意外。

西門熊飄身而下，道：「請問房登雲在這裡嗎？」

其中一個漢子隨手指了指左邊，沒有說話。

幽靈大帝西門熊嘿嘿笑了幾聲，移身向左邊行去。

在一個大篷幕裡，這時有一線燈光透出來，幽靈大帝西門熊輕輕一掀幕簾，只見一個人正在燈光下聚精會神研究一張地圖。

他心神一顫，腦海中疾忖道：「真想不到房文烈已將我繪成的大漠金城位置圖交給了他哥哥！嘿，房登雲恐怕已經開始找尋了。」

他嘿嘿笑道：「房兄！」

篷幕裡的房登雲似乎是吃了一驚，他驚覺地抬起頭來，急忙將那桌上的秘圖收藏起來，陰冷地道：「你來幹什麼？是不是想要將這張圖奪回去？」

幽靈大帝西門熊嘿嘿笑道：「那張地圖對我已無關緊要。房兄，你請放心，我沒有和你再爭奪金城的意思，大漠金城終將屬於你的！」

房登雲嘿嘿笑道：「你會放棄這金城裡面的金銀珠寶，還有那足可傲世的鵬城秘笈？西門熊，我想你會捨不得放手！」

西門熊眉頭深鎖，道：「你倒看得清楚，我的確有點捨不得放棄，不過我現在卻不想和你爭這份權利，只是有點事先和你談談。」

房登雲冷冷地道：「是不是想要討回那張地圖？」

西門熊搖搖頭道：「我不是說過了嗎？今天我來這裡，不是和你爭論秘圖誰屬的問題，我是想告訴你一點關於令弟的事情。」

「嘿嘿！」房登雲陰沉地大笑道：「我弟弟怎麼樣了？」

西門熊黯然道：「他不幸死了……。」

房登雲全身驚顫，道：「你說什麼？」

他心中大寒，幾乎懷疑自己的耳朵聽錯了，身子向前一移，一隻手緊緊抓住幽靈大帝西門熊的衣服，道：「你再說一遍！」

幽靈大帝西門熊見他那種急焦而憂傷的樣子，暗中不禁冷笑，他緩緩將房登雲的手臂移開，道：「令弟已經死了……。」

房登雲不信地沉思了一陣，他非常清楚這個幼弟的功夫，江湖上除了僅有的幾個厲害人物外，根本不可能有人能傷得了他，更何況是殺死他。

房登雲冷冰地在幽靈大帝西門熊臉上瞥了一眼，嘴角上閃出一絲冷酷的笑意，道：「我不信，西門熊，你又想跟我耍手段了！」

西門熊心中一急，道：「這是真的，我西門熊難道還會騙你！」

房登雲冷哼一聲，道：「你的詭計太多了，據我觀察，你是個只求利益不擇手段的厲害人物，只要對你有利的事，你用點心計騙騙人，那也是很平常的事。」

幽靈大帝沒有想到每個人對自己的批評都是這樣難聽，他心底有一股難以遏止的怒火，道：「信不信由你，我只要將這件事告訴你就行了，令弟在臨終之前曾要老夫這樣轉達，現在我的任務算是完成了。」

房登雲冷笑道：「我弟弟死後，你知道我首先要殺誰？」

西門熊一怔，道：「當然是找那個凶手了。」

房登雲嘿嘿一笑，道：「你錯了，我首先想殺的是你！」

幽靈大帝西門熊心中大顫，憤怒地道：「殺你弟弟的又不是我，你和我過不去幹什麼？」

房登雲冷冰地道：「我弟弟在去幽靈宮之前曾交代過我，如果他不幸死去，一定是中了你的陰謀詭計，因為你想除去我們兄弟，早已經不是一天的事了。」

西門熊冷哼一聲，道：「你連殺你弟弟的人名字都不問一聲，就先對我發狠，這算是哪門子英雄！對我凶沒有用，該殺的是那個凶手！」

房登雲淡淡地道：「我相信你會告訴我那個人是誰，因為他能殺死小弟，必也會殺你，你今天所以來找我，完全是想借我的力量替你除去那個人。我看人最明白，猜得對不對，你心裡比誰都有數。西門熊，我沒有說錯吧！」

西門熊冷煞地道：「這是你個人的看法，憑我西門熊，在江湖上還不需要向人求助。殺死令弟的是回天劍客石砥中，我言盡於此，你愛怎麼辦就怎麼辦！」

他自懷中拿出那個青玉指環，在房登雲的眼前輕輕一晃，冷冰一笑，道：「你看到這個，就知道我所言不虛了！」

房登雲伸手接過，僅僅瞥了一眼，道：「不錯，這正是我們家傳指環！」

西門熊得意地一笑，道：「令弟在臨死前，曾要老夫將這個交給你，他說你只要看見到指環就會明白一切。這是他僅有的遺物，你留著作個紀念吧！」

房登雲目中隱隱透出淚影，他雙目寒冷如刃，緊緊盯著那枚青玉指環，許久沒有表示。

幽靈大帝西門熊見他神情有異，目光詭異的一閃，道：「房兄，你請不要太過悲傷，這是命運的捉弄。老夫現在先回幽靈宮，關於替令弟報仇之事，你只要信得過老夫，隨時可來找我商量，老夫必捨命奉陪去找回天劍客石砥中，一定不會使令弟含怨而死。」

他正待舉步行去，房登雲突然說道：「西門兄慢行，小弟有件事要問你。」

幽靈大帝西門熊一煞身勢，轉過身子道：「房兄還有什麼事要交代？」

房登雲冷冷地道：「我弟弟之死，你該有一半的責任。」

西門熊長嘆一口氣，道：「那是因為我照顧不周所造成的疏忽，也是我一時的大意，房兄，對令弟的不幸，我非常難過。」

房登雲嘿嘿一笑，道：「你對舍弟的恩惠我非常感激，尤其千里送信更使人敬佩。西門兄，我有一點疑問，不知道該不該說。」

「嘿！」西門熊低喝一聲，道：「請說！請說！我們之間並沒有什麼不能公開的事，只要房兄有問題，老夫當然盡自己所知告訴你。」

房登雲冷煞地道：「舍弟在死前，你可曾給他吃過什麼東西？」

西門熊一呆，道：「這是什麼話？」

房登雲面上陡地罩上一層殺氣，雙眉一聳，自那冷酷的嘴角浮現出一絲冷酷的笑意，道：「你不但給舍弟服了藥物，連對文法相都施了手段，舍弟所以會死，全是你藥物作祟的結果，你自認那是一項秘密，卻不知道舍弟早已察覺出來了。」

西門熊急得一搖手，道：「誤會，誤會，這全是誤會！」

房登雲向前斜跨一步，道：「你給他們服了慢性毒物，滿以為等到殺死石砥中後，他們的藥物也可以發作，那時不但除了大敵，連與你相處的朋友也都一併消滅。西門熊，你的心好毒啊！」

西門熊臉色一沉，道：「房兄，我希望你說話要有證據！」

房登雲冷笑一聲，緩緩揚起那枚指環，道：「你自己看吧！舍弟在這裡說得很清楚，不但他發現了你的陰謀，連文法相也看出你的詭計。他倆在這種情形下當然不會為你出力，又不敢翻臉，只得隱忍不發作，舍弟在受傷之後，極快地用針將所有的經過刻在這枚指環上，可惜你沒看出來！」

西門熊伸手將那枚指環奪過來仔細一看，果然上面有無數的小字，他難以置信的道：「我不信令弟能在極短的時間中刻出這樣多的字！」

房登雲冷冷地道：「你不要忘了，我們六詔山曾以雕刻針刺聞名江湖，這種絕技我們每個人都會，不要說是一個指環，就是一根頭髮我都能刻上一首詩，這點功力並不足以為奇！」

幽靈大帝西門熊一生都暗計別人，絕沒料到強中還有強中手，房文烈臨死竟還留下這一手，將自己籌劃的陰謀完全公布出來，他通體寒悚地一顫，只覺自草原上武林大會之後，自己處處落進別人的圈套中。

他有種面臨末日的恐懼，顫聲道：「房兄，我們有話好談，這事是令弟誤會了！」

房登雲不屑地道：「舍弟雖是一身賤骨，卻從不冤枉別人。閣下血債血還，我身為舍弟的兄長，不得不向閣下先討回這筆血債！」

幽靈大帝西門熊深俱戒意，道：「你這樣不是太冒險了嗎？」

房登雲略略一怔，道：「閣下難道還有花樣不成！西門熊，你今天是自投羅網，要想從這裡逃出去，簡直是不可能的事情！」

他滿面濃聚著殺機，兩道斜眉高聳，那雙冷寒的眸子緊緊逼射在幽靈大帝西門熊的身上。

幽靈大帝西門熊嘿嘿一笑，道：「你既然這樣不識好歹，老夫只有在手底下和你分高低了。嘿嘿，房兄，這可是你逼我動手的！」

「鏘！」的一聲大響，幽靈大帝西門熊手中已多出一柄寒光四顧、冷芒如電的長劍，他輕輕在空中一揮，顫出一道斜斜的光弧，慎重地凝望著房登雲。

房登雲冷冷地一笑，道：「你的那套伎倆我早就知道了！很好，西門熊，動傢伙你比我差得太遠，我這枝寒山大筆除了敗在石砥中手裡，還沒遇過敵手！」

他輕鬆地將自己那枝輕易不動的寒山大筆拿出來，淡淡地瞥了一眼，輕輕握在手中，恍如沒事一樣。

西門熊冷哼一聲，怒道：「我不信你能比我強過多少！」

他奇詭地一晃身形，手中長劍奇幻地劃出，這老狐狸能在江湖上獨樹一幟，自然有其不可忽視的力量，僅僅一招就已顯示出功力的深厚了。

可是他今夜遭遇的對手太強了，六詔山能夠在武林中佔一席之地，當然也有它不可忽視的力量，房登雲鼻子裡冷冷一哼，寒山大筆突然一抖朝他劍上一點……。

「叮！」數點寒星迸濺射出，雙手臂俱是一震，各自飄退五尺。

但是在這兵器交擊中，房登雲的功夫可較幽靈大帝西門熊高明多了，身子在一帶之後又持筆撲了過去。

幽靈大帝西門熊心中大駭，急忙一掠身形，拔高數尺，長劍挑起一道白光，連揮七劍。

雙方都是頂尖的高手，身形稍沾即走，眨眼之間連換數招。

由於兩人這一動手，立時驚動四處的那些漢子，他們都是房登雲的手下，俱拔出長劍將西門熊圍困起來，顯而易見，他要從這裡衝出去已是不可能的事情。

西門熊厲吼道：「房登雲，你逼人太甚了！」

房登雲施展手中那枝寒山大筆當真是出神入化，逼得幽靈大帝西門熊連喘氣的機會都沒有。

房登雲狠辣地攻出幾招，冷冷地道：「大英雄，你昔日的威風到哪裡去了？」

西門熊大吼道：「我跟你拚了！」

房登雲應了一聲，身子化作一縷輕煙，靈巧地一閃，那尖銳的筆尖突然砰的一響，數縷黑星在間不容髮間射了出來。

「呃！」幽靈大帝西門熊身子一個踉蹌，痛苦地低吟一聲，長劍頓時掉落在地上。

他緊緊捂住胸前，一股血水直湧而出，痛苦地顫了顫，大吼道：「你居然暗器傷人！」

房登雲冷冷地道：「這還是對你客氣，如果我存心整你的話，就不會讓你這樣痛快地死去。現在你已活不成了，在下還要再去追尋石砥中，我絕不會放過任何一個舍弟的仇人。」

西門熊全身直顫，道：「你沒有一絲感情！」

房登雲奔過來給他一腳，踢得他在地上翻了個滾，張口噴出一道鮮血來。

房登雲冷笑道：「殺你等於殺豬，對你有什麼感情可講！」

西門熊憤怒地吼道：「我幽靈宮的弟子會找你報仇！」

房登雲不屑地道：「那個鬼地方你不提還罷，提了我就滿肚子氣！西門熊，惹惱了我一把火將你的老窩燒個精光！」

西門熊顫吼道：「你！」

他身子在地上連翻幾個滾，絕望地死去。

一個惡貫滿盈的人帶著他那一身罪惡奔向黃泉路，這個因果循環的下場，只有在他死前的一剎那才能領會……。

第十八章　大漠鵬城

靜謐的漠野響起一連串銅鈴聲，叮噹叮噹的銅鈴有節奏地敲擊著，絲絲縷縷清脆地飛越空中，才嬝嬝散去又叮噹叮噹地響起，漠野清冷，配上這叮噹不停的銅鈴聲，使這富於神秘的大漠更加神秘了。

紅色的騎影，再加上全身白衣的騎士，孤獨地奔馳在這遍地黃沙的大漠上，的確有種太單調的蕭索。可是，卻也顯出這個神秘男子的不凡心境，他石砥中像沙漠之神一樣在那裡出現。

他也像個隱遁的幽靈，隱身到一個沒有人的地方，隱身到一個永遠找不到的地方。

他來自哪裡，也該回歸哪裡，在這來去之間，他所能留在世間的只是那些傳奇的事蹟，以及浪漫的愛情。

西門熊的死訊很快傳進他的耳中，但是他猜不出房登雲為什麼會殺死這個老狐狸。

他一個人徘徊在這令他不能忘懷的地方，留戀著這裡的一切，哪怕是一沙一石，在他心底都有濃厚的感情。

明天，他便會在這塊土地上消失，永遠不會再看到這漠野風情了。他知道自己的歸宿，未來伴隨他的，將是那無窮的寂寞和無盡的回憶，所以他對自己的未來難免有一絲迷茫和惆悵！

他嘴唇輕輕顫動，長嘆了口氣，自語道：「萍萍會原諒我嗎？我們都得為自己活下去，為自己的未來開闢一條屬於自己的道路！」

他緩緩抬起頭，看了看穹空的藍天白雲，憂鬱地嘆了口氣，非常焦急地望著大路，望著他所等待的人。

自那迤邐開去的漠野盡頭，緩緩出現一道黑影，回天劍客石砥中懷著無比的激動，喃喃道：「他終於來了，我的心願總算了了。」

唐山客還是那個老樣子，只是身上十分憔悴，那頭雪白的髮絲像他的標幟一樣，使人一眼就能看出他是誰。

他大惑不解的望著石砥中，道：「石兄，你找我有什麼事？」

石砥中激動地飄身而來，握著他的手，道：「唐兄，我有事相求！」

唐山客愕道：「石兄，小弟承蒙閣下幾次抬手放生，對你除了敬佩之外，還有一份感激，你有什麼事請吩咐！」

石砥中長嘆了口氣，道：「唐兄，萍萍在名分上還是你的妻子，我知道你也是真心愛她的，在我走之前，我請你照顧她、愛她，像以前一樣。她將是一個好妻子，希望你們能白頭偕老！」

唐山客一呆，道：「石兄，你這是幹什麼？萍萍是愛你的，我自知不配去愛她，但是你怎麼可以讓她傷心，石兄，你不能！」

石砥中目中含淚，嘆息道：「我們從一開始相識就註定不能結合，唐兄，我原本是一個四海飄泊的浪子，未來我選擇了一條孤獨的路，我們的一切都將成為回憶。你比我強多了，她和你在一起會更幸福。請不要拒絕，否則我會感到遺憾！」

唐山客激動地道：「她對你，你對她，難道不真情！想來想去，總覺得你們若無圓滿的結局，將是使天下都要同聲一哭的憾事。」

石砥中的神情悽惶，黯然道：「什麼叫真情？無非是在騙自己，彼此之間有許多承諾都不能認真，否則將苦惱一輩子。唐兄，這是我第一次求你，也將是最後一次，希望你我不要讓我失望，萍萍是個純情的女孩子……。」

唐山客莊重地道：「愛情是不能勉強的，如果雙方相愛，對於往昔的回憶也應該沒有一絲遺憾。石兄，雖然我只是個俗人，可是我總覺得你這樣做，將是人間憾事！」

石砥中淡淡地道：「唐兄，你不要說了。」

他緩緩解下自己身上的長劍，深情地瞥了這柄伴隨他半輩子的神器，有種留戀不捨的樣子。

他低沉地道：「這是我的第二生命，也是我真正依賴的伴侶，現在我送給萍萍，請你交給她，並為我祝福她！」

唐山客含著淚水伸手接過來，道：「你要去哪裡？」

石砥中長嘆一口氣，道：「一個遙遠的地方，你們會把我忘記，時間也會沖淡記憶，讓該過去的過去吧！」

正在這個時候，一個人影悄悄移了過來，石砥中和唐山客都驚覺出這人來意不善，兩個人同時望著這個滿面殺氣的房登雲。

房登雲嘿嘿笑道：「我等你不少時候了。」

石砥中冷冷地道：「聽說你殺了西門熊，我真不明白你們同類相殘，到底是為什麼？房兄，你能說給我聽聽嗎？」

房登雲冷冷地道：「我弟弟是死在你手中嗎？」

石砥中長吸了口氣，道：「這個有什麼值得奇怪，一個黑道人物之死是江湖上的大幸，我這樣做並沒有什麼不對。」

房登雲一呆，沒有料到回天劍客石砥中會直截了當如此回答他，他雙目噴火，紅得甚是嚇人，身子輕輕顫抖，冷冷地道：「舍弟和你有何仇恨？你非殺他不可！」

石砥中搖搖頭道：「你只知道令弟之死是件十分傷心的事，你為什麼不去想想他曾害死多少人。自從他上了你和西門熊的圈套後，在江湖上惹了多少是非。房兄，你身為兄長，非但沒有盡到做兄長的責任，還要去指使他學壞，他所以有今天的下場，你該負完全責任！」

房登雲怔怔然道：「你倒是說得很輕鬆！」

石砥中冷漠地道：「我只是就事論事，並沒有歪曲事實！」

「放屁！」房登雲聞言大怒，身子向前移了一步，道：「你殺了舍弟還要將責任推到我的頭上，石砥中，你太可惡了，我們六詔山的子弟在江湖上絕不容許別人欺到頭上，你怎麼對付我小弟，我也怎麼對付你！」

石砥中冷笑道：「我希望你離開這裡！」

「嘿嘿！」房登雲低沉地嘿嘿一笑，道：「要我離開不難，拿下你的腦袋我自然走路！」

唐山客雙眉深鎖，道：「朋友，你聰明點好，這裡輪不到你發狠！」

「呸！」房登雲不屑地啐了一聲，道：「姓唐的，你少他媽的那樣沒骨氣，老婆給人搶了還要厚顏無恥去巴結人家，我要是你，早就找個地洞鑽進去了。」

這句話說得太重了，不但唐山客神情一變，連回天劍客石砥中都覺得難以忍受。

唐山客身子斜斜一躍，滿臉殺氣地笑道：「看來我們只有在手底下爭這口氣了！」

房登雲冷冷地道：「我找的不是你，姓唐的，你滾到一邊去！」

唐山客氣得大吼一聲，正要過去和他動手，回天劍客石砥中伸手將他一攔，長嘆一口氣，道：「他說的不錯，這事因我而起，該由我自己來解決。唐兄，忍下這口氣吧，他會後悔今天說過這句話！」

房登雲伸手拿出那枝寒山大筆，在空中一抖，發出一連串嗡嗡之聲。濃眉往上一聳，大吼道：「石砥中，我不殺你誓不回去！」

石砥中冷冷地道：「你話不要說得太滿，當心閃了舌頭！」

房登雲嘿地一聲，揮著那枝粗粗的大筆直掄而來，他今天是存心拚命，手上招式俱是辣招，石砥中空手應付頗覺吃力，一時竟被逼得倒退幾步。

唐山客一見大寒，拿起那柄金鵬墨劍，道：「石兄，你拿這個……。」

石砥中揮出一掌，道：「不要，我不希望它再沾上一點血腥。唐兄，你放心，我還有辦法對付……。」

房登雲詭譎地攻出兩招，嘿地冷笑一聲，道：「石砥中，你要是怕死，何不大方地拿它出來！」

石砥中身子幽靈似的一晃，冷冷地道：「你未免太小看我了！」

他緩緩抬起右掌，自掌心中射出一股流灩，這股光華清亮閃爍，像是潔玉一樣，這正是練至頂峰的「斷銀手」。

石砥中盯著房登雲道：「你要是再不滾，那後果可不堪想像了。」

房登雲一揮大筆，吼道：「去你媽的，誰怕你那隻狗爪子！」

回天劍客石砥中黯然一聲長嘆，對這個始終執迷不悟的對手頓覺十分可惜，他凜然長吸口氣，右掌隨著那股顫射出來的寒芒揮去。

「呃！」晶瑩的光華流顫而去，房登雲低吟一聲，張口噴出一口鮮血，身子在地上一翻，許久才自地上搖搖晃晃地站起來。

他怨毒地瞪著石砥中，道：「你為什麼手下留情！」

石砥中冷冷地道：「我不忍你們房家斷絕香火！」

房登雲全身直顫，道：「我還會找你報仇，這並不是真正的結束。」

石砥中搖頭道：「你沒有這個本事了，我雖沒有殺了你，卻毀了你全身的功夫。我希望你重新做人，不要再拿武功去害人。」

「你！」房登雲氣顫道：「你好毒辣的手段！」

回天劍客石砥中黯然道：「不管你對我怎麼批評，我知道這是我該做的！」

冷靜的漠野上突然傳來轟轟兩聲巨響，只見沙影漫空，像一層黃霧將整個天空都瀰漫起來，地上的沙石開始流動，恍如陷入流沙一樣。

唐山客心神劇顫，道：「流沙！」

石砥中長嘆一聲，道：「這是最後一次出現，唐兄，你將看到鵬城了！」

「什麼！」房登雲詫異地道：「鵬城在這裡？」

石砥中斜睨他一眼，對這個在大漠找尋鵬城甚久的邪道高手，有種說不出的反感。

他頷首道：「鵬城是會移動的，沒有人能找到它真正的位置！」

房登雲不信地道：「你怎麼知道鵬城會在這裡出現？」

石砥中淡淡地道：「我不同，我進去過裡面，當然知道它什麼時候會再度出現。房兄，得不到的事不要強求，希望你能瞭解。」

房登雲突然若有所失地凝立在地上，動也不動一下，僅是愕然望著黃澄澄的流灩，像是被神奇的景象震撼住了。

漸漸地，滿空雲霞裡射出萬道金光，閃爍的金芒耀眼生輝。

除了金光外，僅能隱隱看到一座金城，恍如是浮在半空中的雲霧裡。雖然看不真切，卻依稀能看到這座神秘鵬城的輪廓。

「嗯！」大紅突然發出一聲亮亢的低鳴，牠揚起四蹄在地面上來回奔馳，石砥中招手將牠喚來，黯然道：「大紅，我們再見了！」

他目中閃過一絲淚影，望著這個忠貞不二的老朋友，牠也舔著他的臉，像是知道就要分離了。

石砥中望了唐山客一眼，道：「唐兄，我送給你！」

唐山客搖頭道：「我沒有這個福分，石兄，你千萬不要這樣做！」

石砥中以夢幻般的聲音道：「寶劍贈玉女，名駒送英雄，唐兄，你不要辜負我這一番苦心！」

他落寞地長嘆一口氣，身形斜躍而起，向那沙影裡的神秘之城奔去。

在流飛的沙影裡，回天劍客石砥中的身形由深而淡，身形在空中飛躍，霎時撲進神秘鵬城黃金大門之前。

那兩扇黃金大門緩緩啟動，他回身站在門口向外揮手，唐山客面上一陣抽搐，痛苦地揮著手，吼道：「石兄，你是沙漠之神！」

沙影裡傳來石砥中的話聲，道：「忘了吧，忘記過去的一切！」

那流動的浮沙突然又旋轉起來，龐大的金城在沙漠中緩緩移動，空中又響起轟隆隆的巨響，濃濃的沙石流射，使那耀眼的金光逐漸模糊起來。

空中傳來尖銳的大叫聲，唐山客全身直顫，只見東方萍披散滿頭長髮，向這裡直奔而來，她的出現使唐山客愣住了。

「砥中……。」

他痛苦地道：「萍萍！」

「呃！」東方萍痛苦地悲吟一聲，身子像幽靈一般撲向那飛濺的沙霧裡。可是當她撲過去的時候，鵬城已自地面上消失了，消逝得連一絲痕跡都沒有。

她捂著臉孔，輕泣道：「你怎麼連見我一面都不肯！」

唐山客輕輕拍著她的肩頭，道：「萍萍，他是沙漠之神，你該振作起來！」

東方萍緩緩抬起頭來，突然瞥見唐山客手中的金鵬墨劍，她心頭一酸，激動地抓著劍鞘，道：「他的劍，這是他的劍！」

唐山客雙手將長劍捧過去，嘆口氣道：「這是他送給你的！」

東方萍輕輕拭去臉上的淚水，心中只覺空空茫茫的，那過去的回憶在她腦海中已逐漸消逝，她低語道：「他想成全我們？」

唐山客惶恐地道：「不！我沒有那種想法。」

東方萍搖頭道：「唐山客，原諒我，愛情是無法勉強的！」

唐山客莊重地道：「這是什麼話？即使我仍然愛你，但我仍會尊重你的決定。」

東方萍黯然道：「我知道你會的，我走了，永別了！」她停頓一會，又道：「我不會再回白龍湖去，請你繼承白龍派之主，我會永遠祝福你的！」

唐山客一呆，道：「萍萍，你要去哪裡？」

東方萍緩緩站起身來，道：「忘了吧！忘記這一切！」

穹空忽然響起一串銀鈴聲，漠野寂靜像死去一樣，東方萍揹著金鵬墨劍單騎直馳而去，離開這塊令她感傷的地方。

唐山客解開套在大紅頭頸上的韁繩，一拍馬臀，汗血寶馬陡地直立而起，長嘶一聲，立時向無際的沙漠盡頭狂奔而去，無影無蹤。

空曠的漠野，孤獨的騎影，萬里晴空，風平浪靜。

全書完

風雲武俠經典

大漠鵬城【八】荒漠悲歌 大結局

作者：蕭瑟
發行人：陳曉林
出版所：風雲時代出版股份有限公司
地址：10576台北市民生東路五段178號7樓之3
電話：(02) 2756-0949
傳真：(02) 2765-3799
執行主編：朱墨菲
美術設計：許惠芳
業務總監：張瑋鳳

出版日期：2025年10月
版權授權：蕭瑟
ISBN：978-626-7695-09-8
風雲書網：http://www.eastbooks.com.tw
官方部落格：http://eastbooks.pixnet.net/blog
Facebook：http://www.facebook.com/h7560949
E-mail：h7560949@ms15.hinet.net
劃撥帳號：12043291
戶名：風雲時代出版股份有限公司

風雲發行所：33373桃園市龜山區公西村2鄰復興街304巷96號
電話：(03) 318-1378
傳真：(03) 318-1378
法律顧問：永然法律事務所 李永然律師
北辰著作權事務所 蕭雄淋律師

行政院新聞局局版台業字第3595號 營利事業統一編號22759935
© 2025 by Storm & Stress Publishing Co.Printed in Taiwan
◎如有缺頁或裝訂錯誤，請退回本社更換

定價：340元 **版權所有 翻印必究**

國家圖書館出版品預行編目資料

大漠鵬城／蕭瑟 著. -- 初版. -- 臺北市：風雲時代出版股份有限公司, 2025.10 冊 ; 公分

ISBN 978-626-7695-09-8 (第8冊：平裝). --

863.57 114003702

風雲時代

風雲時代 風雲時代 風雲時代 風雲時代 風雲時代 風雲時代 風雲時代
雲時代 風雲時代 風雲時代 風雲時代 風雲時代 風雲時代 風雲時代 風雲
風雲時代 風雲時代 風雲時代 風雲時代 風雲時代 風雲時代 風雲時代
雲時代 風雲時代 風雲時代 風雲時代 風雲時代 風雲時代 風雲時代 風雲
風雲時代 風雲時代 風雲時代 風雲時代 風雲時代 風雲時代 風雲時代
雲時代 風雲時代 風雲時代 風雲時代 風雲時代 風雲時代 風雲時代 風雲
風雲時代 風雲時代 風雲時代 風雲時代 風雲時代 風雲時代 風雲時代
雲時代 風雲時代 風雲時代 風雲時代 風雲時代 風雲時代 風雲時代 風雲
風雲時代 風雲時代 風雲時代 風雲時代 風雲時代 風雲時代 風雲時代
雲時代 風雲時代 風雲時代 風雲時代 風雲時代 風雲時代 風雲時代 風雲
風雲時代 風雲時代 風雲時代 風雲時代 風雲時代 風雲時代 風雲時代
雲時代 風雲時代 風雲時代 風雲時代 風雲時代 風雲時代 風雲時代 風雲
風雲時代 風雲時代 風雲時代 風雲時代 風雲時代 風雲時代 風雲時代
雲時代 風雲時代 風雲時代 風雲時代 風雲時代 風雲時代 風雲時代 風雲
風雲時代 風雲時代 風雲時代 風雲時代 風雲時代 風雲時代 風雲時代
雲時代 風雲時代 風雲時代 風雲時代 風雲時代 風雲時代 風雲時代 風雲
風雲時代 風雲時代 風雲時代 風雲時代 風雲時代 風雲時代 風雲時代
雲時代 風雲時代 風雲時代 風雲時代 風雲時代 風雲時代 風雲時代 風雲
風雲時代 風雲時代 風雲時代 風雲時代 風雲時代 風雲時代 風雲時代
雲時代 風雲時代 風雲時代 風雲時代 風雲時代 風雲時代 風雲時代 風雲
風雲時代 風雲時代 風雲時代 風雲時代 風雲時代 風雲時代 風雲時代
雲時代 風雲時代 風雲時代 風雲時代 風雲時代 風雲時代 風雲時代 風雲
風雲時代 風雲時代 風雲時代 風雲時代 風雲時代 風雲時代 風雲時代
雲時代 風雲時代 風雲時代 風雲時代 風雲時代 風雲時代 風雲時代 風雲
風雲時代 風雲時代 風雲時代 風雲時代 風雲時代 風雲時代 風雲時代
雲時代 風雲時代 風雲時代 風雲時代 風雲時代 風雲時代 風雲時代 風雲
風雲時代 風雲時代 風雲時代 風雲時代 風雲時代 風雲時代 風雲時代
雲時代 風雲時代 風雲時代 風雲時代 風雲時代 風雲時代 風雲時代 風雲
風雲時代 風雲時代 風雲時代 風雲時代 風雲時代 風雲時代 風雲時代
雲時代 風雲時代 風雲時代 風雲時代 風雲時代 風雲時代 風雲時代 風雲
風雲時代 風雲時代 風雲時代 風雲時代 風雲時代 風雲時代 風雲時代
雲時代 風雲時代 風雲時代 風雲時代 風雲時代 風雲時代 風雲時代 風雲
風雲時代 風雲時代 風雲時代 風雲時代 風雲時代 風雲時代 風雲時代
雲時代 風雲時代 風雲時代 風雲時代 風雲時代 風雲時代 風雲時代 風雲
風雲時代 風雲時代 風雲時代 風雲時代 風雲時代 風雲時代 風雲時代
雲時代 風雲時代 風雲時代 風雲時代 風雲時代 風雲時代 風雲時代 風雲
風雲時代 風雲時代 風雲時代 風雲時代 風雲時代 風雲時代 風雲時代
雲時代 風雲時代 風雲時代 風雲時代 風雲時代 風雲時代 風雲時代 風雲
風雲時代 風雲時代 風雲時代 風雲時代 風雲時代 風雲時代 風雲時代
雲時代 風雲時代 風雲時代 風雲時代 風雲時代 風雲時代 風雲時代 風雲
風雲時代 風雲時代 風雲時代 風雲時代 風雲時代 風雲時代 風雲時代
雲時代 風雲時代 風雲時代 風雲時代 風雲時代 風雲時代 風雲時代 風雲
風雲時代 風雲時代 風雲時代 風雲時代 風雲時代 風雲時代 風雲時代